"词与文化"：
曼德尔施塔姆诗歌创作研究

胡学星◎著◀

中国社会科学出版社

图书在版编目(CIP)数据

"词与文化":曼德尔施塔姆诗歌创作研究/胡学星著. —北京:中国社会科学出版社,2016.9

ISBN 978 - 7 - 5161 - 8900 - 9

Ⅰ.①词… Ⅱ.①胡… Ⅲ.①曼德尔施塔姆(1891 - 1938)—诗歌创作—诗歌研究 Ⅳ.①I512.072

中国版本图书馆 CIP 数据核字(2016)第 217282 号

出 版 人	赵剑英	
责任编辑	张 浩	
责任校对	王 斐	
责任印制	李寡寡	

出 版	中国社会科学出版社	
社 址	北京鼓楼西大街甲 158 号	
邮 编	100720	
网 址	http://www.csspw.cn	
发 行 部	010 - 84083685	
门 市 部	010 - 84029450	
经 销	新华书店及其他书店	

印 刷	北京明恒达印务有限公司	
装 订	廊坊市广阳区广增装订厂	
版 次	2016 年 9 月第 1 版	
印 次	2016 年 9 月第 1 次印刷	

开 本	650 × 960 1/16	
印 张	15	
插 页	2	
字 数	182 千字	
定 价	56.00 元	

凡购买中国社会科学出版社图书,如有质量问题请与本社营销中心联系调换

电话: 010 - 84083683

目　　录

时间田埂上的诗人——曼德尔施塔姆（自序）

胡学星

　　曼德尔施塔姆是一位难以读懂的诗人。之所以谓之难懂，一方面是由于他很博学，谈起古希腊以来的历史文化时经常津津乐道，如数家珍，并且对人文和自然科学领域的最新进展了如指掌；另一个方面，似乎更为重要，在于他改变了人们观察和理解各种现象时习惯采用的视角，对时间和空间构成的坐标系作了调整，将空间摆在首要的位置。因此，不妨称之为"时间田埂上的诗人"。

　　曼德尔施塔姆认为，庸俗进化论并不适应于文化艺术领域，强调艺术上的创新具有偶然性。纵览人类业已走过的历史，审视不同时代留下的文化奇迹，曼德尔施塔姆反对厚此薄彼，提倡将人类创造出来的所有文化珍宝都放在一个共时的空间里加以欣赏，并希望促成彼此之间的相互借鉴。在他的散文和诗歌作品中，人们看到的是他自得其乐漫步于人类文化历史之中的身影。阅读他的作品，在读者面前呈现出的是人类文化的圣殿，不同历史时期的人类创造物琳琅满目，绚丽多彩，各自闪烁着智慧的光芒，令人目不暇接，其丰富的程度甚至会让人感到眩晕。曼德尔施塔姆本人则不然，他兀自坐在时间的田埂上，从现在望向过去，从过去回望现在。

生活寂寥之时，人生未必不堪。1891 年曼德尔施塔姆出生于华沙的一个犹太人家庭，六岁时随父母举家迁移到了彼得堡。经商的父亲很重视孩子的教育，将诗人送到彼得堡最好的商业学校读书，并让他出国游学。在国外，曼德尔施塔姆接触到柏格森等为代表的生命哲学新思潮，并与后来成为阿克梅派创始人的诗人尼古拉·古米廖夫相识。回国后，古米廖夫与曼德尔施塔姆等一起创立阿克梅派。曼德尔施塔姆在日常生活中的表现就像个孩子，没有什么心机，更不懂什么世故。在严酷的年代，由于不懂得保护自己，他常常惹出一些令人啼笑皆非的麻烦事。有一次，他想吃鸡蛋炒西红柿，就到街上买鸡蛋，但在回家的路上又遇到一个卖巧克力的。因为钱不够，就用刚买的鸡蛋去换巧克力，被好事者发现，给他扣上了投机倒把的帽子。还有，他曾经带着布尔什维克方面开具的介绍信闯到敌占区，在被白军当作间谍抓起来时，他还信誓旦旦地宣称自己天生不是坐牢的人。在众人噤若寒蝉的年代，他好似《皇帝的新装》中的那个孩子，无所忌惮，曾抢走契卡人员随意填写的逮捕名单并撕掉，还曾写过一首讽刺斯大林的诗，并读给别人听。屡屡闯祸的曼德尔施塔姆能够幸存下来，多亏了他的妻子，多亏了一直关心他的阿赫玛托娃、什克洛夫斯基、布哈林等人。每当曼德尔施塔姆惹出麻烦，这些友人每每不顾个人安危，多方奔走，为之求情。在曼德尔施塔姆 1933 年写了那首讽刺斯大林的诗之后，帕斯捷尔纳克曾接到斯大林亲自打来的电话，事关曼德尔施塔姆的生死。尽管帕斯捷尔纳克与曼德尔施塔姆不曾有过深交，但他还是冒着受牵连的危险，客观地承认了曼德尔施塔姆的杰出才华，这才保住了后者的性命。死罪可免，活罪难逃，曼德尔施塔姆于1934年和1938年两次被捕，最终死于远东的劳改营。1987年曼德尔施塔姆得到彻底平反，1991年联合国教科文组织为了纪念他，将这一年确定为曼德尔施塔姆年。

诚然，在那个特定的历史时期，曼德尔施塔姆蒙受了不少冤屈，但这并不能用来否认他对革命的欢迎态度，否定他对社会主义建设所持有的信心。在审视历史人物时，我们应该采取审慎的态度，既不能轻易地将一个人捧到神仙所处的高位，也不能贸然将一个人贬至妖魔所在的底层。曼德尔施塔姆确实写过讽刺斯大林的诗，但也写过颂扬列宁的诗，甚至后来也写过颂扬斯大林的诗。顾此失彼，必然会有失公允。何况早年，曼德尔施塔姆曾热衷于马克思主义学说，读过马克思的著作以及《爱尔福特纲领》，还一度曾想与自己的同学鲍里斯·西纳尼参加革命组织。在十月革命胜利后的第二年，即1918年，他创作了《自由的黄昏》一诗，对列宁开创的事业表示敬意："大地在浮动。勇敢些，男子汉……"1937年，仍在流放中的曼德尔施塔姆写出了颂扬斯大林的诗篇，在诗中他称斯大林为"斗士"，呼吁人们："艺术家，帮帮那个人，他全身心与你在一起，/他在思考、感受和建设。"如果说1933年写的那首讽刺诗指出了斯大林的缺点，那么在1937年写的诗中则肯定了斯大林领导下的苏联所开创的未来。因此，在考察曼德尔施塔姆对待革命的态度和所持的立场时，不应急于给他贴上某种意识形态的标签，以免影响到对其文学观点和诗歌成就的客观评价。

实际上，曼德尔施塔姆本人曾明确地表述过他与时代的关系。1928 年，他宣称自己是"革命的债务人"，并坚信他正在做的事情会对革命的未来有好处。从他的自我定位中，我们可以看到，诗人身处时代生活之中，但心思并不在此。带着特有的那股痴气，曼德尔施塔姆希望借助诗歌，揭示出俄罗斯文化与其他文化之间的关系，并促成人类不同文化之间的有机联系，维系传统与创新的统一。此外，曼德尔施塔姆之所以坚信自己正在做的事，必将有益于革命的未来，是因为他看到了俄罗斯文化正面临着断裂的危险，这种忧患意识可见于他 1922 年写成的一首诗："我的世纪，我的猛兽，/有谁能正视你的双眼，/并用自己的一腔鲜血/把两个世纪的脊柱粘连？"（顾蕴璞译）

曼德尔施塔姆诗歌创作不仅成就斐然，而且独居品格，被誉为阿克梅派的"第一小提琴手"（阿赫玛托娃语）、"文明的孩子"（布罗茨基语）。难能可贵的是，曼德尔施塔姆的诗论和创作相辅相成，相互辉映，真正做到了"言与行守一，论与述不二"，对俄罗斯乃至世界诗歌影响深远。我们知道，俄国诗人布罗茨基于 1987 年、爱尔兰诗人谢默斯·希尼于 1995 年获得诺贝尔文学奖，而这两位诗人都深受曼德尔施塔姆诗学观的影响。

从文学或文化的意义上，"把两个世纪的脊柱粘连"，这是曼德尔施塔姆自觉承担起来的神圣使命。当时，不少人鼓吹历史虚无主义，譬如，未来派就曾公开发表宣言——《给社会趣味一记耳光》，叫嚣要把普希金、托尔斯泰等人从现代轮船上扔下去。与此同时，文化阵线上的激进分子也采取庸俗进化论和机械因果论的立场，对历史文化传统采取轻蔑的态度，认为旧文人、旧文化已经过时，应该自觉退出历史舞台。在这种特殊的历史背景下，曼德尔施塔姆能坚守传统，根植于全人类的历史文化，寻求不同文化之间的联系，并致力于促成不同民族、不同文化之间的相互借鉴，自然会给人留下不合时宜的印象。当时代走出那个文化建设的误区之后，迷雾散开，人们才逐渐认识到曼德尔施塔姆所言非虚。

曼德尔施塔姆将文学语言比作上帝造人所用的泥土，文学是一种创造活动，语词是其"基石"。他认为，语言本身就是历史，并且是通向历史之门。每一个词的意义都会随着时代更替而不断丰富，就像建筑物之中的石头一样见证着人类历史的变迁。因此，在进行文学创作时，应保持语词原本具有的"物性"，这也是曼德尔施塔姆将第一本诗集冠名为《石头》的原因。由此，在语言观上他必然要反对象征派掏空语词本义的做法，更不会赞同未来派等提出的自造新词的主张。在承认象征派的历史贡献的同时，他也指出了其不足："形象似标本一样被开膛掏空，并用其他内容来填充。"为了克服象征派的这一缺陷，曼德尔施塔姆像其他阿克梅派诗人一样，特别强调诗歌用词或形象的"物性"。在《给了我躯体，我该怎么处置》（1909）一诗中，曼德尔施塔姆力求将深刻而复杂的思想形诸于直观之物，以哈气留在玻璃上的"纹理"来象征生命的意义："给了我躯体，我该怎么处置，／如此唯一并属于我的躯体？／享受呼吸与生活的平静乐趣，／告诉我，我该对谁表示感激？／我既是花匠，我也是花朵，／在世界的牢笼里我并不孤独。／在永恒的玻璃上早已／留下了我的体温，我的气息／在那上面留下的纹理，／刚过不久已经无从辨识。／任由瞬间的浊流淌下来吧，／但不要将这可爱的纹理抹失！"应该说，

5

曼德尔施塔姆的艺术世界之所以给人以明晰透彻的印象，这得益于其对语词"物性"的强调。为了让所描摹对象呈现出清晰的轮廓，甚至对本非实体的存在物也会赋予固态的形状，如诗句"你的气息带有棱角"（《威尼斯生活》）、音符恍如"水晶一般"（《静默》）等。

人类的历史文化是曼德尔施塔姆诗歌创作的土壤或田野。在弘扬文学和文化传统方面，他采取的立场极为开放，不仅对普希金等俄国作家和其他国家的经典作家一视同仁，而且希冀促成人类各种文化之间的有机联系，在相互启发和借鉴中开创未来。为此，他仿佛站在时间的田埂上，目光穿越不同的历史时空，检视着人类不同文化留下的奇珍异宝，并试图在不同的时代、文化或思想之间建立起某种和谐的联系，进而创造出新的奇迹。1914年，曼德尔施塔姆创作了《阿赫玛托娃》一诗，第一部分似乎阿赫玛托娃就坐在作者面前，而作者在为之画像，第二部分则由眼前的阿赫玛托娃联想到了 17 世纪的拉辛及其名作《费德尔》、19世纪扮演费德尔的法国著名演员拉歇尔："侧面像，一脸愁怨，/望着那些冷漠的人。/那条仿古典主义的披肩/从肩上垂下，变得呆板。//不祥的声音，如苦酒/解除内心深处的锁链/怒气冲冲的费德尔/从前由拉歇尔扮演。"诗人跨越三个世纪，将三位杰出女性的命运和故事联系到了一起，以此来描摹阿赫玛托娃的美貌、气质、才华，进而对这位女诗人的命运作出预言。

从曼德尔施塔姆的作品看，似乎他过多地专注于人类的历史文化，给人以游离于现实生活之外的印象。实则不然，只不过他喜欢将每件事都放在历史文化这一宏大视野中进行审视而已。他的每一首诗歌作品几乎都缘起于日常生活中的所见所闻，读者凭着诗人在字里行间留下的蛛丝马迹，仍可以还原出这些见闻最初的形态。

1915 年，曼德尔施塔姆创作了《失眠。荷马。涨满的风帆》一诗，起因是这一年他在黑海岸边见到了一块古船残片，这让他想到了 1914 年 7 月俄国军队渡过黑海支援塞尔维亚一事，但他马上就由此联想到了古希腊历史上的特洛伊战争，开启了他对人类史上所有战争之意义的思考："楔形的鹤群突入异国的疆域，/国王们头顶着神圣的浪花，/你们要去哪里，阿哈伊亚勇士，/不是为了海伦，特洛亚有何意义？/大海，荷马，一切都受爱的驱使。/我该听谁的？荷马沉默不语，/黑色的海水激情澎湃，喧嚷不止，/伴着沉重的轰鸣，向着床头奔去。"又如，1922 年创作的《温柔的唇边泛起疲倦的玫瑰色泡沫》一诗："温柔的唇边泛起疲倦的玫瑰色泡沫，/公牛在狂怒地翻卷绿色的波涛，/打着响鼻，不喜欢爬犁——贪恋女性，/脊背不习惯有重负，劳作很辛苦。……"（汪剑钊译）这首诗的起因是诗人看到了当时展出的一幅名画，画作的名字是《劫掠欧罗巴》，该画由著名画家瓦连京·谢洛夫于 1910 年完成。显然，这幅画给诗人留下了非常深刻的印象，掀起了创作的欲望。在诗的开头，诗人描述了画面上讲的神话故事：宙斯因为爱上了腓尼基台洛斯国的公主欧罗巴，就变成了一头公牛。贪玩的美女欧罗巴骑上牛背，被驮到了克里特岛上，之后与宙斯生下三个儿子。在这首诗中，我们能感觉到，从油画到神话，从地理上的欧洲（欧罗巴）到神话中的美女欧罗巴，从当代诗人到古希腊的女诗人萨福，多种文化现象遥相呼应，相互交织。在曼德尔施塔姆的诗歌作品中，历史人物或事件不受时间壁垒的限制，随时可以呈现在今人的生活和讨论之中。正像他本人所说的那样，

7

“诗歌是耕犁，它能将时间翻起来，让时间的深层、黑土层翻到上面来”。

在对诗歌创作的理解上，曼德尔施塔姆的认识有别于传统上的“作诗”，也不同于马雅可夫斯基所说的“做诗”。曼德尔施塔姆将建筑学原理引入诗歌，提出了一种可称之为“建造诗”的创作观。由于深受法国生命哲学家柏格森之创造进化论的影响，他对诗歌创作乃至人生的意义都有着独特的理解。他认为，像巴黎圣母院这样的建筑是人类创造出来的奇迹，它耸立在大地之上，以自身的存在填充了原本虚无的空间，其价值和意义也在于此。从他的一首诗中，我们不难看到诗人的这种信念：“石头，请你化作饰绦，／请你变成蛛网，／用你的细针去刺伤／苍天那空荡荡的胸脯。”（《我恨这种星光……》）在文化艺术领域，如同建筑师拿起石头进行建造一样，诗人使用语词“建造”诗歌，目的也是以自己的创造去填补空白。建筑师手中掂量着每块石头，将之用于建筑，不同形状、不同重量的石头经由建筑师的巧手而砌成一道道墙。石头之成为墙，必须彼此之间相互挤压，相互协调。就一座教堂而言，相对于普通的墙壁，高耸的拱门尤其让曼德尔施塔姆感到不可思议：拱顶上的石头巧妙地排列着，相互挤压着，形成一道美妙的弧形，悬在空中。在曼德尔施塔姆看来，除了特有的美感之外，拱门较之一般的墙壁还赋有另一种价值意义，即它以有限数量的石头“圈占”了最大限度的空间。而所有这一切的基础，就在于建筑师让石头之间建立起了一种关系，让它们彼此相邻和挤压。按照这种理解，曼德尔施塔姆坚信：“为了道出语言中尚没有命名的东西（诗人要表达的正是这个），需要从已经存在的词中挤出所需要的意义，为此而将词推向它不期而至的邻居。"对建筑之美的这种理解，主导着曼德尔施塔姆在诗歌创新方面的各种尝试。在创作诗歌时，曼德尔施塔姆力求促成不同语词之间的联系，他通过使用多义词、专有名词以及普通名词概念化等手段，增大每一个语词自身的"重量"，此外还扩大了词与词、意象与意象、相邻诗行之间的联想空间。《车站音乐会》一诗写于 1921 年，主题是钢铁世界与音乐精神之间的冲突。我们仅从其中的一个诗节，就不难看出曼德尔施塔姆让每一个意象或诗行表达了多么丰富的含义："我走进车站的玻璃森林，/提琴的旋律渗进眼泪和慌张。/夜间的合唱那野性的开端，/腐烂的温床上玫瑰的芳香，/亲爱的暗影在玻璃天空下过夜，/它躲在游牧人群的中央。"（刘文飞译）在 1930 年完成的文论集《第四散文》中，诗人曾强调："对于我来说，在面包圈中有价值的是那个洞孔。"面包圈的价值和拱门一样，都在于以有限的材料去克服空白，实现了对空间的"巧取豪夺"。我们不妨来看一下创作于 1935 年的一首诗，其中的每一行诗都似乎独立存在，可见诗行之间的跨度之大："我应该活，尽管我死过两次，/而洪水已让这座城市失去理智：/它那么美，多么快乐，颧骨多么高，/犁铧下，肥沃的土层多可爱，/四月耕耘中的草原多么安谧，/而天空，天空——你的布奥纳罗提……"在我们试图揭开曼德尔施塔姆诗歌的奥秘时，尤其是在研究其诗歌意象的特点时，需要意识到，他的系列革新主要是在诗歌内部展开的。就其诗歌意象的构建而言，在一定程度上，类似于水墨画风格，每一笔下去都落脚于一个核心，但笔墨会浸染扩散开来，在核心的外围渲染而成一种光晕一样的东西，与相邻的"光晕"既保持着独立的姿态，又存在着相互交融的趋势和倾向。这正是曼德尔施塔姆之诗歌意象所独有的创新

9

与魅力。

1938 年曼德尔施塔姆在远东的一处劳改营中凄惨地死去,他那颗历经磨难而不曾改变的"童心"停止了跳动。或许有所预感,诗人在去世的前一年写下了《我在天空中迷了路,怎么办?》一诗(1937 年 3 月):"千万不要为我,我可不要/用多刺而舒适的桂枝将鬓角环绕,/最好将我的心撕成碎片/让它们变成蓝色声音的片段……/当我尽完义务,入梦长眠,/作为所有未亡人的生前好友,/我的声音将变得深沉而高远——/天际的回声会传入我冰冷的心间。"(智量译)令人欣慰的是,时至今日,他当年带着痴气讲出的那些真理开始为人们所接受,他的诗歌拥有了越来越多的知音,他的声音正变得"深沉而高远"。

今年是曼德尔施塔姆诞辰 125 周年,写下此文,以志纪念。

最后,借此机会,就个人对曼德尔施塔姆的认识或研究之经过做一小结。1995 年,笔者第一次接触到曼德尔施塔姆的诗歌。在随后的二十年里,笔者始终关注着国内外对他的介绍和研究,注意收集其不同版本的作品和相关的研究文献,同时也陆续撰写了一些探讨其创作特色的文章,刊发在《国外文学》《俄罗斯文艺》等杂志上。随着资料的积累和研究的开展,对曼德尔施塔姆诗歌的认识也不断加深。2009 年以此申报了国家社科基金项目,这为我更全面和系统的研究曼德尔施塔姆的诗歌提供了便利和条件,并最终促成了眼前的这部书稿。

多年来,很多同仁和朋友一直帮我收集研究资料,分享对曼德尔施塔姆诗歌的兴趣和看法。对这些帮助和支持,心里一直充满感激。1995 年在首都师范大学攻读硕士学位,师从韩世滋教授,硕士论文成为我接触和研究曼德尔施塔姆的起点,得到了韩老师的悉心指导。1998 年硕士毕业论文答辩时，著名翻译家、北大教授顾蕴璞先生担任主席，对我的论文作了很高的评价，并鼓励我将研究成果在《国外文学》上发表，这是我研究曼德尔施塔姆而发表的第一篇论文。在后来的研究中，南京大学的余一中教授、王加兴教授、董晓教授，首都师大的刘文飞教授，上海外国语大学的郑体武教授，南京师大的汪介之教授等，都对我的研究提供了热心的指导和帮助，在此表示由衷的感谢。同时，非常感谢中国社会科学出版社的郭沂纹副总编辑、张湉编辑，她们为此书的顺利出版付出了大量的辛劳，她们的工作热情与严谨令人钦佩。

书稿还有很多需要完善之处，对于书中存在的问题，欢迎专家们不吝赐教。我的电子信箱：huxuexing68@ 163. com。

导　言

奥西普·埃米利耶维奇·曼德尔施塔姆（Осип Эмильевич Мандельштам，1891—1938）是俄罗斯白银时代著名诗人、散文家、诗歌理论家，是阿克梅派的发起人之一。著有诗集《石头》《哀歌》和散文集《时代的喧嚣》《亚美尼亚游记》《第四散文》以及文论集《词与文化》等。曼德尔施塔姆所理解的阿克梅派"就是对世界文化的眷念"，因此较之同时代的其他诗人，他更加注重研究语言和文化史，其创作观和诗作在白银时代可谓独树一帜，被誉为阿克梅派的"第一小提琴手"（阿赫玛托娃语），别雷则称他是"所有诗人中最诗人化的一位"①。1987年俄国诗人布罗茨基获得诺贝尔文学奖，却认为曼德尔施塔姆比自己更有资格获得诺贝尔文学奖。涅尔列尔指出，"毋庸置疑，曼德尔施塔姆是20世纪俄罗斯诗歌的核心人物之一"，他的诗歌作品无论是抒情诗，还是公民诗歌，都依然忠实于普希金和丘特切夫的创作传

---

① 张建华、王宗琥主编：《20世纪俄罗斯文学：思潮与流派》，外语教学与研究出版社2012年版，第61页。

统，"为俄罗斯诗歌开辟出一片新天地，在很多方面对诗歌的未来发展产生了影响"①。

在 19 世纪和 20 世纪交界，俄国兴起了形式主义学派，在彼得堡和莫斯科分别成立了独立的文学语言研究小组。莫斯科语言学研究小组的代表人物是雅各布森，他曾对当时新兴起的诗歌流派进行追踪研究，并尤其关注赫列勃尼科夫、马雅可夫斯基等未来派诗人的创作。当年，雅各布森曾对当时的诗歌领域的成就进行了分析，列出了具有代表性的五大诗人，认为他们的诗歌创作应该引起文学史研究者的关注，除了他所欣赏的未来派诗人赫列勃尼科夫、马雅可夫斯基外，还包括象征派的第二代诗人勃洛克，以及阿克梅派诗人曼德尔施塔姆②。在今天看来，雅各布森当年的预言是富有远见的。他所提到的阿克梅派诗人曼德尔施塔姆不仅早已超越了该诗歌流派的影响，而且成为俄国文学史需要开设专章介绍的重要诗人。曼德尔施塔姆是一位具有独特魅力的现代主义诗人，他的作品描写的对象无所不包，大有兼容并蓄的风格，但从中仍然能看到他对古希腊和古罗马文化的格外推崇。曼德尔施塔姆从文化和历史的角度，检视时代生活，在历史传统的基础上，不断创新俄罗斯诗歌，并且成就不凡。曼德尔施塔姆在文学流派上的同门，女诗人阿赫玛托娃对他赞誉有加，认为他所开创的诗歌是独一无二的："曼德尔施塔姆没有师承。这是值得人们思考的。我不知道世界诗坛上还有类似事实。我们知

---

① *Нерлер П.* Мандельштам и «борисоглебский союз»: Мандельштам и Америка. «Новый журнал», 2010. №258.

② *Лекманов О. А.* Книга об акмеизме и другие работы. Томск: Издательство «Водолей», 2000. С. 565.

道普希金和勃洛克的诗歌源头，可是谁能指出这新的神奇的和
谐是从何处传到我们耳际的？这种和谐就是奥西普·曼德尔施
塔姆的诗！"① 1938 年诗人去世之后，很长一段时间内研究界对
其讳莫如深，对他的关注和研究并不太多，但在"解冻"文学开
启的活跃氛围中，还是有人发现了他的诗歌价值："大致从战争
后期，他作为本世纪俄罗斯第一诗人的地位越来越巩固，并可与
黄金时代的三大泰斗比肩：普希金、丘特切夫和莱蒙托夫。"② 对
于曼德尔施塔姆的散文，阿赫玛托娃也给予了高度评价："这种
散文闻所未闻，已经被遗忘，只是到现在才开始为读者所领悟。
但是我无时无刻不听到它，主要是从青年人的口中。这种散文使
青年们发疯，在整个 20 世纪不曾有过这般的散文（这就是所谓
'第四种散文'）。"③

一

1891 年 1 月 3 日，曼德尔施塔姆出生于华沙的一个犹太人家
庭，父亲有制作皮手套的手艺，是一名商人，母亲则是一名中学
音乐教师。1894 年起，曼德尔施塔姆一家人住在巴甫洛夫斯克，
1897 年全家搬迁到了彼得堡。从 1900 年开始，一直持续到 1907
年，曼德尔施塔姆在父母的殷切期望下，在当时最负盛名的商业
学校——捷尼舍夫学校学习。值得一提的是，担任语文课的老师
名叫弗拉基米尔·瓦西里耶维奇·吉皮乌斯，曾担任过捷尼舍夫

---

① 乌兰汗：《俄罗斯文学肖像》（散文卷），广西师范大学出版社 2007 年版，第 278 页。
② 转引自胡学星《巧用诗歌意象之间的间隔——曼德尔施塔姆诗歌奥秘简析》，载《解放军外国语学院学报》2008 年第 6 期。
③ 乌兰汗：《俄罗斯文学肖像》（散文卷），广西师范大学出版社 2007 年版，第 270 页。

学校的校长，这位语文教师本身就是一名象征派诗人，而且对诗歌创作的热情极其高涨，应该说这位语文教师对曼德尔施塔姆最终走上文学创作之路影响很大①。

从曼德尔施塔姆所作的自传体裁的《时代的喧嚣》中，我们能看出，这位语文教师是比较开明的。作为学生的曼德尔施塔姆在其自传中的《爱尔福特纲领》一章中提到，弗拉基米尔·瓦西里耶维奇·吉皮乌斯不仅不干涉学生阅读跟马克思主义相关的宣传材料，而且还建议学生去读马克思的《资本论》："'你干吗读那些小册子？它们谈的是什么？'聪明过人的弗·瓦·吉（即吉皮乌斯——作者）凑着我的耳朵说道。'你想结识一下马克思主义吗？拿去吧，这是马克思的《资本论》'。"②

1907 年，曼德尔施塔姆来到法国巴黎③，先后在法国和德国的一些知名院校听课，并对西欧的古代文化产生了浓厚的兴趣，一边研习外语，一边展开对历史文化古迹的研究。在索邦时，曼德尔施塔姆到法兰西学院听过 A. 柏格森和贝迪耶（Bedier Joseph）的课，此时结识了后来成为阿克梅派领袖的诗人尼古拉·古米廖夫，并喜欢上了法国诗歌，对维庸、波德莱尔和魏尔伦的诗歌极为痴迷。1907—1910 年，曼德尔施塔姆经常性地到德国、法国、瑞士、意大利等国游历。另外，出国游学期间，曼德尔施塔姆也经常回到彼得堡，在维亚切斯拉夫·伊万诺夫组织的文学沙龙

---

① 一般认为，弗拉基米尔·瓦西里耶维奇·吉皮乌斯（1876—1941）是曼德尔施塔姆走向诗歌创作的启蒙老师。自 1904 年起，吉皮乌斯就在捷尼舍夫学校讲授俄罗斯文学，1907 年曼德尔施塔姆出国后，仍经常和这位老师通信，一起探讨文学艺术。

② 曼德尔施塔姆：《时代的喧嚣》，刘文飞译，云南人民出版社 1998 年版，第 97 页。

③ 1907 年 10 月至 1908 年夏天，曼德尔施塔姆住在巴黎，之后到瑞士旅游；1909 年秋至 1910 年春，在海德堡大学钻研罗马语文学，其间曾到过意大利和瑞士。

"塔楼"① 里学习诗歌写作。1911 年由于家道中落，无法继续在国外游学。1911 年 9 月 10 日，回国后的曼德尔施塔姆考入彼得堡大学的历史语文系，时断时续地参加学习活动，致力于学习罗曼语族的各种语言，1917 年结束学业。在彼得堡大学学习期间，具体是在 1914 年年底至 1915 年 1 月，曾赴华沙旅行。

曼德尔施塔姆自 1907 年开始写诗，1910 年在《阿波罗》杂志上首次发表作品。1911 年春天，在维亚切斯拉夫·伊万诺夫的"塔楼"里结识安娜·阿赫玛托娃，从此成为古米廖夫、阿赫玛托娃这对夫妇家中的常客。1911 年 12 月，曼德尔施塔姆加入"诗人行会"②，并经常参加活动，与青年诗人们一起切磋技艺。1912 年认识象征派诗人 A. 勃洛克，是年年底，作为主要成员之一，参与创立阿克梅派。1913 年曼德尔施塔姆出版第一本诗集《石头》（阿克梅出版社），其间经常光顾文学—戏剧社团"流浪狗"，与未来派有过一些交往。1915 年 12 月推出《石头》的增订版。1915 年结识女诗人玛丽娜·茨维塔耶娃，1916 年两人交往密切。1917 年十月革命后在报社工作，1919 年在基辅遇到纳杰日达·雅科夫列夫娜·哈津娜。1921 年年底在柏林出版了第二本诗集 *Tristia*（哀歌集），1922 年与纳杰日达·雅科夫列夫娜·哈津娜成婚。1923 年出版了题献给妻子的《第二本书》。1925 年，出版回忆录性质的随笔集《时代的喧嚣》。国内战争期间，曼德尔施塔姆携妻子在俄罗斯、乌克兰、格鲁吉亚等地漫游。1925 年 5

---

① 所谓"塔楼"，指的是维亚切斯拉夫·伊万诺夫的住处，青年诗人经常在此聚会，探讨诗歌创作问题。

② 一批热衷于诗歌创作的青年参照中世纪手工业者成立行会的做法，创建了一个诗歌小组性质的团体，名之为"诗人行会"，也有人译作"诗人车间"。

月至 1930 年 10 月，他一度中止了诗歌创作，而专心从事散文随笔的写作。1928 年出版了生前最后一本诗集《诗歌》、中篇小说《埃及邮票》和文论集《论诗歌》。1930 年《第四散文》的写作接近尾声，布哈林设法安排曼德尔施塔姆到亚美尼亚等地旅游，行至高加索，曼德尔施塔姆重又开始写诗。这一期间，曼德尔施塔姆迎来了诗歌创作的高峰期，但其作品无处发表或出版。曼德尔施塔姆开始自学意大利语，阅读《神曲》原文版，1933 年写出纲领性的随笔《与但丁的谈话》。1933 年曼德尔施塔姆在《星》杂志第 5 期上发表《亚美尼亚游记》，之后，在《文学报》《真理报》和《星》杂志上，有人掀起了针对曼德尔施塔姆的毁灭性评论。

　　1933 年 11 月，曼德尔施塔姆创作了一首反斯大林的讽刺诗《我们活着，感觉不到国土在脚下……》，并在自己的朋友圈子里朗诵过。帕斯捷尔纳克认为，曼德尔施塔姆这一行为无异于自杀。据阿赫玛托娃回忆，1934 年 2 月，当她和曼德尔施塔姆在特维尔街心花园散步时，后者曾对她说过："我已做好死的准备。"[①]由于讽刺斯大林的那首诗被人告密，1934 年 5 月 13 日深夜，曼德尔施塔姆遭到逮捕，并被发配到彼尔姆边疆区的切尔登劳改，妻子纳杰日达·雅科夫列夫娜一路相伴。在切尔登，曼德尔施塔姆曾试图跳窗自杀。从曼德尔施塔姆被捕开始，他的妻子纳杰日达·雅科夫列夫娜便忙于四处奔走求助，阿赫玛托娃、帕斯捷尔纳克等人不顾个人安危，多方设法营救。后来，在布哈林的斡旋下，曼德尔施塔姆获准可以自己挑选一处地方居留。曼德尔施塔

---

① 乌兰汗：《俄罗斯文学肖像》（散文卷），广西师范大学出版社 2007 年版，第 269 页。

姆选择了沃罗涅日这座城市。居留沃罗涅日期间，一些不离不弃的朋友不时寄钱来，帮助曼德尔施塔姆活下去，曼德尔施塔姆自己也时不时地为当地报纸、剧院写些东西赚点儿稿费。曼德尔施塔姆的母亲、阿赫玛托娃（1936 年 2 月曾去沃罗涅日看望）等人有时也来看望。曼德尔施塔姆在此地创作的诗歌，即《沃罗涅日诗抄》被认为是其诗歌创作的高峰。在沃罗涅日居留期间，1937 年有人曾安排曼德尔施塔姆做了一次报告，当时有人问他什么是阿克梅主义，曼德尔施塔姆称阿克梅就是"对世界文化的眷念"。1937 年 5 月，流放期满之前，诗人获准离开沃罗涅日，他与妻子回到莫斯科。1938 年在苏联作协书记 B. 斯达夫斯基所作的声明中，称曼德尔施塔姆的诗歌"下流无耻、造谣中伤"。1938 年 3 月初，曼德尔施塔姆夫妇来到萨玛提哈工会疗养院并在此住了下来，5 月 1 日深夜曼德尔施塔姆再次被捕，并被送往 25 公里外的契鲁斯吉火车站，之后经由羁押站送往远东地区的劳改营。1938 年 12 月 27 日，曼德尔施塔姆因伤寒死于远东一家劳改营。

1987 年，诗人曼德尔施塔姆得到彻底平反。在此之前，这位心性天真而命运不济的诗人亲身体验了人世间的人情冷暖。按照阿赫玛托娃的说法，在曼德尔施塔姆生活困顿之际，瓦西里莎·什克洛夫斯卡娅是他真正的朋友①。另外，在诗人遗孀的回忆材料中，也有对这一事实的记述。"在沃罗涅日的最后一年，我们住在'没有门廊'的小屋里，隔绝程度达到了顶点。我们的生活局限在我们的洞穴和离小屋只有两步远的电话站范围之内。我们有时去电话站给我弟弟挂电话。那一年冬天，有两个人，即

---

① 乌兰汗：《俄罗斯文学肖像》（散文卷），广西师范大学出版社 2007 年版，第 280 页。

维什涅夫斯基和什克洛夫斯基,每月各自给我弟弟寄去 100 卢布,由他再转给我们。他们不敢自己直接寄给我们。我们生活中事事都让人提心吊胆。我们用寄来的钱交付房租——房租恰好每月 200 卢布。我们没有工资来源——无论是莫斯科还是沃罗涅日,什么单位也不接受我们——这是警惕的表现。熟人在街上见到我们就把脸转过去,或者望着我们却是一副不相识的模样。"①

　　曼德尔施塔姆的妻子纳杰日达·雅科夫列夫娜(1899—1980),结婚前的原姓为哈津娜,毕业于基辅女子中学,从事美术和戏剧方面的工作。她作为真正理解和支持曼德尔施塔姆伟大志向的人,1921—1938 年与曼德尔施塔姆不离不弃,一直是诗人最信赖的人。在诗人去世后,哈津娜从事英语教学,以此来维持生计,更主要的任务则是千方百计保存和整理曼德尔施塔姆留下的文稿。20 世纪 60 年代哈津娜撰写了《回忆录》,1970 年在纽约出了俄文版;1980 年撰写《第二部书》,1982 年在巴黎出版,1990 年在俄罗斯由莫斯科工人出版社出版。曼德尔施塔姆与纳杰日达自 1919 年相识后,一直相濡以沫,相知相爱。作为妻子,纳杰日达时刻陪伴在诗人身边,而不谙世故的曼德尔施塔姆冷不丁就会惹出麻烦来,这让妻子每时每刻都不得安宁,总是提心吊胆。在曼德尔施塔姆去世后,保存诗人的手稿成了纳杰日达最重要的任务,也是最为艰巨的任务。从纳杰日达撰写的三部回忆录可见②,她对曼德尔施塔姆的诗歌才华深信不疑,并为了实现丈

---

　　① 乌兰汗:《俄罗斯文学肖像》(散文卷),广西师范大学出版社 2007 年版,第 287 页。

　　② 这三本回忆录分别是:*Мандельштам Н. Я.* Воспоминания. М.,《 Согласие 》,1999.; *Мандельштам Н. Я.* Вторая книга. М.,《 Согласие 》, 1999.; *Мандельштам Н. Я.* Третья книга. М.,《 Аграф 》, 2006.

夫生前的梦想而置个人安危于不顾。

1937 年 3 月，曼德尔施塔姆写过一首诗，叫做《我在天堂迷了路——我该怎么办》，从诗中不难发现诗人的雄心壮志和难以抑制的自信：

请别给我的额头上，请别这样
扣上一顶让我非常舒服的桂冠，
最好还是，请你来把我的心房
撕成一堆发出蓝色声响的碎片！

当我鞠躬尽瘁，与世永远别离——
我活着时曾经和一切人友好——
我的声音将变得深沉而高远
天际的回声会传入我冰冷的心间！①

为了将曼德尔施塔姆的"声音"留存下来，诗人的妻子纳杰日达·雅科夫列夫娜冒着生命危险，费尽周折，将诗人生前的各种文稿完整保存了下来，并在自己的余生中对曼德尔施塔姆绝大多数作品的创作背景和内涵做了注解和说明。布罗茨基曾怀着深刻的敬意，高度评价了曼德尔施塔姆的遗孀为保存手稿而付出的辛苦和努力：曼德尔施塔姆"是一位现代俄耳甫斯。他被遣往地狱却再也没有归返。他的寡妻在占地球表面六分之一的土地上东

---

①　此处采用智量的译文，稍作改动，参见《贝壳——曼德尔施塔姆诗选》，智量译，外国文学出版社 1991 年版，第 134—137 页。此外，文中出现曼德尔施塔姆诗歌的译文，如没有特别说明，均为笔者自己译出。

躲西藏,将一只暗藏他诗卷的平底锅握在手中,夜深人静时默默背诵着他的诗歌,时刻提防手执搜查证的复仇女神闯入内室。这是我们的变形记,我的神话"。①

二

1991 年 1 月 15 日适逢曼德尔施塔姆诞辰 100 周年,在俄罗斯和其他一些国家举办了各种形式的纪念活动,联合国教科文组织也将这一年设立为"曼德尔施塔姆年"。世界各地掀起的诗人诞辰 100 周年纪念活动,成了开启曼德尔施塔姆研究热潮的标志。以俄罗斯曼德尔施塔姆研究中心为主,短时间内整理并出版了数十卷册的原始资料,极大地推动了相关研究,并迅速确立了曼德尔施塔姆作为 20 世纪伟大诗人的文学史地位。

除连续不断地推出各种曼德尔施塔姆的诗集和散文集外,自 20 世纪 90 年代起,由学者涅尔列尔、列科马诺夫等人组织力量,通过设立于俄罗斯人文大学的曼德尔施塔姆研究中心推出 10 余卷册的回忆材料和学术论文集,如《你多么轻盈,莫斯科,我的姊妹——曼德尔施塔姆》(涅尔列尔,1990)、《"留住我的话语"》(涅尔列尔,1991;列科马诺夫,2000)、《曼德尔施塔姆在海德堡》(涅尔列尔,1994)、《朴素的曼德尔施塔姆》(拉萨金,1994)、《曼德尔施塔姆的生平与创作》(拉松斯基,1990)、《曼德尔施塔姆和他的时代》(涅切波鲁克,1995)、《曼德尔施塔姆的生活与命运》(卡尔波夫,1998)、《永恒的人质——曼德尔施塔姆》

---

① 布罗茨基:《从彼得堡到斯德哥尔摩》,王希苏、常晖译,漓江出版社 1991 年版,第 476 页。

（萨尔诺夫，2005）等。此外，诗人遗孀纳杰日达·雅科夫列夫娜的著述同样具有重要的参考价值，俄罗斯相继出版了她的三卷回忆材料《回忆录》（1989）、《第二本书》（1990）和《第三本书》（2006）。

1997—2008 年，俄罗斯专门以曼德尔施塔姆为研究对象的副博士和博士学位论文有 23 篇。2008 年，费奥菲拉克托娃的博士论文主要探讨曼德尔施塔姆诗歌中的隐喻；2007 年有学位论文 2 篇，梅德韦梯关注诗人创作中的家园主题，普龙琴科则专门研究诗人作品中的互文性问题；2006 年有 4 篇学位论文：Л. 戈罗杰茨基关注评论界对曼德尔施塔姆的批评话语，杰明娜研究诗人创作中的哲学母题，东斯科娃研究曼德尔施塔姆抒情诗中作为体验对象的艺术，罗斯里则探讨了但丁与阿克梅派的诗学主张；2005 年集中研究曼德尔施塔姆的学位论文主要有 3 篇：克劳克利斯关注曼德尔施塔姆哲理诗中的音乐性，克鲁季研究曼德尔施塔姆诗歌形象的"建筑性"，梅利尼科娃主要研究了曼德尔施塔姆散文作品的语义符号结构；2004 年有 7 篇：阿法纳西耶娃研究曼德尔施塔姆抒情诗中的传统诗歌形象，瓦西里耶娃研究曼德尔施塔姆作品中的语义场，古特里娜研究曼德尔施塔姆 30 年代诗歌中的"巢"型形象，叶西科娃研究曼德尔施塔姆诗歌主人公强弱的语言标识，佩利诃娃研究曼德尔施塔姆散文的体裁类型和形象结构，列维亚金娜研究曼德尔施塔姆《莫斯科组诗》的符号域，E. 法捷耶娃研究曼德尔施塔姆创作个性的符号特征；2003 年有 2 篇，阿哈普金娜主要研究曼德尔施塔姆抒情诗中的时间语义，帕利则研究了诗人诗歌超文本的语义结构；2002 年有 2 篇，马丁年科研究曼德尔施塔姆诗歌中的姓名，亚库宁探讨曼德尔施塔姆创作意识中的荒诞主题。此外，还有一些较为重要的研究成果，其中，库津娜对曼德尔施塔姆和帕斯捷尔纳克的诗学进行了比较研究，А. Ю. 库兹涅佐夫则研究了曼德尔施塔姆诗歌中的可信性问题。

经过二十余年的研究，俄罗斯学术界已积累了丰硕的成果。就现有成果看，对曼德尔施塔姆的研究可分为以下类型。

（一）拿阿克梅派统一的美学旨趣，去考量曼德尔施塔姆的创作，如 О. А. 列科马诺夫的《论曼德尔施塔姆的第一本诗集〈石头〉》（1994）和《奥西普·曼德尔施塔姆》（2004）、Л. Г. 基赫涅伊的《阿克梅派的美学原则与曼德尔施塔姆的创作实践》（1997）和《曼德尔施塔姆：词的存在》（2000）、П. Д. 扎斯拉夫斯基的《阿克梅派之后曼德尔施塔姆诗歌中的"物性"》（2007）、И. З. 苏拉特的《试谈曼德尔施塔姆》（2005）、И. М. 谢缅科的《曼德尔施塔姆创作晚期的诗学》（1997）、М. Л. 加斯帕罗夫的《曼德尔施塔姆：1937 年的公民诗歌》（1996）等。

（二）在现代主义诗歌语境中观照曼德尔施塔姆的诗学特征，如《曼德尔施塔姆与俄国现代主义之现象学》（2008）、А. В. 亚库宁的《曼德尔施塔姆创作意识中的荒诞主题》（2007）、В. И. 秋帕的《曼德尔施塔姆的创作和历史诗学问题》（1990）。

（三）结合传统，对曼德尔施塔姆作品中特有的文学现象进行专题研究，如 Ф. Б. 乌斯宾斯基的《对曼德尔施塔姆诗歌的三种猜想》（2008）、И. Б. 捷列克多尔斯卡娅编纂的《曼德尔施塔姆，他的前辈和后继者》（2007）、Л. Г. 帕诺娃的《曼德尔施塔姆诗歌中的"世界"、"空间"和"时间"》（2003）、П. Д. 扎斯拉夫斯基的《曼德尔施塔姆 1909—1925 年间诗歌中的个性发展脉

络》（2007）、М. Ю. 洛特曼的《曼德尔施塔姆与帕斯捷尔纳克》
（1996）、И. И. 切卡洛夫的《曼德尔施塔姆的诗学与俄国的莎
学》（1994）等。

（四）语言学范畴研究，如 Г. М. 利夫希茨的《诗语的多义
词：曼德尔施塔姆诗中"夜"的历史》（2002）、Е. В. 梅克尔的
《曼德尔施塔姆的词语观与语义诗学》（2002）等。

（五）世界观探源研究，如 О. А. 列科马诺夫主编的《曼德
尔施塔姆和古希腊文化》（1995）、Л. Ф. 卡齐斯的《曼德尔施塔
姆：犹太教之香》（2002）。

在我国，对曼德尔施塔姆的诗歌翻译开始于 20 世纪 90 年代。
王智量较早译出并发表曼德尔施塔姆诗歌 12 首（《俄罗斯文艺》
1990/04）、汪剑钊译出两首（《俄罗斯文艺》1997/01）、韩世滋
译出散文《语言的本源》（《俄罗斯文艺》1997/01）、李树冬译
出诗歌 11 首（《俄罗斯文艺》2005/02）。除了在有关期刊发表曼
德尔施塔姆作品的译文外，有关的译介作品也收进《俄罗斯白银
时代诗选》等书中（汪剑钊，云南人民出版社 1998 年版；顾蕴
璞，花城出版社 2000 年版）。

几乎在同一时期，就曼德尔施塔姆的生平与创作，国内期刊
上也开始刊登介绍类和赏析性质的文章，主要有蓝英年的《冷月
葬诗魂——俄国诗人曼德尔施塔姆寻踪》（《读书》1995/06）、刘
自立的《词啊，请回到音乐中去——读曼德尔施塔姆》（《出版广
角》1998/05）、张锐锋的《"被嵌入黑夜的眼睛"——我读曼德
尔施塔姆》（《名作欣赏》2002/01）、诗人北岛对曼德尔施塔姆 3
首《无题》诗和《列宁格勒》一诗的赏析（《名作欣赏》2006/
13、17、19）。

与俄罗斯和世界其他国家的研究热相比，国内学术界对曼德尔施塔姆诗歌的关注明显不够。截止到 2009 年，研究类成果主要有论文 9 篇，包括《曼德尔施塔姆的早期创作》（郑体武，《外国文学研究》1998/02）、《也说曼德尔施塔姆》（金水，《俄罗斯文艺》2007/03）、《普希金："动态的经典"——兼议"诗学流亡"中的阿赫玛托娃、茨维塔耶娃和曼德尔施塔姆》[查晓燕，《北京大学学报》（哲学社会科学版）1999/S1]，另外还有笔者累计发表的论文 6 篇，分别发表在《国外文学》《俄罗斯文艺》《解放军外国语学院学报》《中国俄语教学》等杂志上。另外，在《白银时代：俄国文学思潮与流派》（张冰，人民文学出版社 2006 年版）、《远逝的光华：白银时代的俄罗斯文化》（汪介之，译林出版社 2003 年版）、《危机与复兴：白银时代俄国文学论稿》（郑体武，四川文艺出版社 1996 年版）、《俄国白银时代现代主义诗歌研究》（曾思艺，湖南人民出版社 2004 年版）等著作中，也有探讨曼德尔施塔姆创作的论述。译介类著作主要有 5 种，分别是《时代的喧嚣——曼德尔施塔姆文集》（刘文飞译，云南人民出版社 1998 年版）、《曼杰什坦姆诗全集》（汪剑钊译，东方出版社 2008 年版）、《第四散文：曼德尔施塔姆随笔集》（安东译，学林出版社 1998 年版）、《贝壳：曼德尔施塔姆诗选》（外国文学出版社 1991 年版）、《曼德尔施塔姆诗选》（杨子译，河北教育出版社 2003 年版）。

从现有的国内外研究成果看，存在着三种明显的不足，有待于在今后的研究中引起足够的重视并加以弥补。

（一）认为曼德尔施塔姆的创作严格遵奉阿克梅派诗学主张，但同时代的阿克梅派诗人阿赫玛托娃、评论家哈达谢维奇等人曾指出曼德尔施塔姆创作独成一派，且其"玄诗"风格与该派提倡的"明晰"相悖。

（二）认为曼德尔施塔姆创作具有欧化倾向，持此论者甚至指出俄国诗歌有两大传统，一是以普希金等为代表的诗歌，二是自曼德尔施塔姆开始的欧洲诗歌传统（艾基）。这种论断与事实出入很大，因为曼德尔施塔姆严守俄语诗歌传统的诗行结构、韵律规范等，他本人不仅指责过象征派追求欧化而轻视俄国传统，而且也曾指责过未来派对俄国诗歌传统的虚无主义态度。从曼德尔施塔姆本人的文论和诗作风格看，他非常珍视并始终恪守普希金、巴拉丁斯基、丘特切夫等俄国诗人的写作传统。

（三）由于曼德尔施塔姆曾两次被捕，研究者倾向于为其贴上意识形态标签，从而导致忽略诗人称自己为"革命的债务人"的定位，在认识其世界观时出现偏差，从而也影响到对其诗歌作品的正确解读。简言之，现有研究成果一定程度上存在着顾此失彼、难以自圆其说的弊端，不能客观、全面地诠释曼德尔施塔姆诗学的本质内容。

我们毫不怀疑，曼德尔施塔姆是一位天才诗人。曼德尔施塔姆的诗歌之所以与众不同，自然与其秉持的创作理念密切相关。从曼德尔施塔姆所生逢的诗歌探索之历史文化语境中，我们既应看到象征派在当时的深刻影响，包括对喜爱诗歌、初登文坛的年轻的曼德尔施塔姆所产生的深远影响，也要看到曼德尔施塔姆等年轻诗人的创新意识。在考察和研究任何一种诗歌现象时，都不可以忽视哲学新思潮的影响，不能无视其与文化传统之间所产生的激烈碰撞，这就要求我们将曼德尔施塔姆的诗歌创作观置于独特的时代语境中去考察，同时也要发掘诗人自身世界观等因素之于其诗歌创作观生成的影响。

　　在革命情绪蔓延、渗透到时代生活的每一个角落这一宏观语境下，20世纪哲学新思潮的浸染、俄国形式主义的成果、自然科学的新进展、曼德尔施塔姆对古希腊罗马文化的深入把握等因素，相互交织，彼此贯通，促成了曼德尔施塔姆以"词与文化"为关键词、以有机联系为核心的诗歌创作观，并对他的诗歌创作产生了直接的影响。更为重要的是，诗人对诗歌创作的理论，不仅经过了他本人的实践验证，而且本着这一创作观而留下的文学遗产，正成为俄罗斯以及整个人类文化的重要组成部分。由此，整理曼德尔施塔姆的诗歌创作观，分析其具体的诗歌、散文写作的魅力与奥秘，不仅可加深对曼德尔施塔姆诗歌成就的认识，也必将有助于人类文化的丰富与发展。

第一章　诗歌创新的语境

第一节　现代主义思潮

我们这里所谈论的现代主义，指的主要是发生并存在于文学艺术领域的一种现象。作为一种影响广泛且深远的人文现象，现代主义的出现并非无源之水，而是以深刻的科学、社会发展变化为基础的。

我们认为，任何事物或现象的发生与出现都不可能避开"物质决定意识"这一根本原理，现代主义的出现同样如此。就人类的文明史而言，艺术的发展变化都与物质生产条件的改进有着深刻的联系。在 20 世纪初期，爱因斯坦、弗洛伊德等人在各个科学领域做出的发现或发明，都为工业技术文明的繁荣带来了新的可能性。由于这些新的理论的出现，人们对世界和宇宙、人生与艺术的认识也发生了惊人的变化。正是在传统理念已经受到质疑，现实生活亟须从新的角度进行规划和阐释之际，现代主义才应运而生。

应该说，现代主义作为一个历史过程，它的表现可谓琳琅满目，丰富多彩，譬如说印象主义、立体主义、未来主义、表现主义，等等。这些"主义"不尽相同，但都可归入现代主义这个大框架之内，这说明它们相互之间存在着一些共同的特点——与现实主义、自然主义创作主张和作品迥然不同。现代主义思考问题的一个重要倾向就是采取共时性角度。这一倾向在19世纪俄国文学中已有所表现，譬如陀思妥耶夫斯基的小说创作，相对于托尔斯泰的历时性描写，就更关注心理描写，在描摹心理和意识活动时，更喜欢将事情发展的前后左右各种因素汇总，强调瞬间的所思所想。就《罪与罚》这部作品而言，主要内容讲述的就是大学生拉斯科尔尼科夫杀死一个放高利贷的老太太这件事。围绕这件事情，作家让读者不仅了解到主人公的精神上的分裂，还透过其心理活动，将他所生活的社会现实图景介绍了出来，让人们了解到他的母亲和姐妹的生活状况，认识到空想性质的社会变革给普通人带来的影响等。就小说所涉及的这些事件而言，发生时间不仅本来有先后，而且各有其原因，但在作家笔下所有这些都随着主人公的意识和心理活动而汇聚起来，造成一切都爆发于瞬间的这样一种印象。这样的处理方式与现代主义的主观立场十分接近，即观察问题时采取了共时性角度。应该说，作为现代主义产生的背景之一，人们对科学技术、对理性的独尊和乐观态度发生了变化，对实现人类生活真善美的探索方向发生了一定程度的转向，开始重视人的内心世界，意识、心理活动逐渐成为文学艺术关注的中心内容。不管是就创作理念，还是就创作实践而言，在对待因果关系、庸俗进化论等方面都表现出了足够大胆的怀疑和讨论，对外部世界的作用也表露出不同的看法。

18

但是，这一切新变化、新思考，仍然根源于"物质决定意识"这一原理。如同现实主义等文学思潮的发生与繁盛一样，现代主义同样源于生活，新的思潮来源于科学和社会思想的新变化。1900 年提出的量子理论，1905 年爱因斯坦发现的相对论，对于以牛顿力学等为主要基石而发展起来的传统科学理论都是巨大的突破，这些自然科学领域的重大发现实质上不仅影响人们对历史、现实和人生的态度，而且也影响对大自然和宇宙的看法，甚至影响人们对宗教的再认识。同时，随着工业生产的日新月异，对资本主义的认识逐渐加深，在这样的背景下，现代主义便应运而生。毋庸置疑，这表现出人类适应新时期变化、重建新秩序的欲求。

就俄国而言，自彼得大帝改革以来，与西方的交流便未曾中断过，这也意味着西欧国家在政治、经济、文化等领域的思潮与新变化，都始终在或强或弱地影响着 18、19 世纪的俄国。早在普希金时期，俄国文学与西欧文学之间便已存在这种影响关系，如俄国的古典主义、感伤主义、浪漫主义等文学思潮，均借鉴自西欧国家并深受其影响。1812 年的卫国战争以及 1825 年的十二月党人起义，托尔斯泰主义，陀思妥耶夫斯基以及别尔嘉耶夫等思想家对革命的认识及态度变化等，这都折射出欧洲思潮对当时俄国社会与思想的影响之深刻。在 19 世纪末，俄国思想界的长期探索，社会变革意识以及对未来的展望等，都要求对俄国社会与文化进行一场总结，对不断涌动的思潮进行一次梳理和规整。弗洛伊德、爱因斯坦等人的新发现，尼采哲学引发的震撼，以及俄国国内宗教哲学家索洛维约夫的新思想，与本已存在并涌动着的变革之势合流，共同催生了俄国现代主义。

尤金·兰珀特写过一篇文章，叫做《俄国现代主义（1893—1917）》，该文收在布雷德伯里、麦克法兰编选的《现代主义》中。该书是英国企鹅书店出版的《欧洲文学指南》丛书之一，最早出版于1976年。在上面提到的那篇文章中，尤金·兰珀特分别从时代变迁、文化思想探索、艺术创新和新的未来四个部分，考察了俄国1893—1917年的现代主义现象。"1893年可能是这一时期的开端：这一年出版了一部书名有点累赘的作品，《论俄国文学衰微的原因，兼论俄国文学新潮流》。这本书可被看作新潮流的宣言，它为俄国象征主义文学开拓了道路。其作者是小说家兼诗人狄米特里·梅列日科夫斯基。他同妻子季娜伊达·吉皮乌斯和新尼采主义作家明斯基一起，反对政治上激进的、统治俄国文坛近半个世纪的知识界，反对他们在某些实质性问题上所作的轻率的断言和推理式的评价，反对他们力图使社会和政治力量介入文学艺术领域。"① 哲学家尼采发表著名的《查拉图斯特拉如是说》，宣布"上帝死了"，引起俄国知识分子的信仰危机。与此同时，"物质消亡了"的说法，也对俄罗斯出现文化意识的革新造成了深刻影响。当然，这样的信仰危机也带来了积极的变化。对于笃信东正教的俄罗斯人而言，哲学上的新思潮和科学上的新发现，都无形之中应和了俄国世纪转型时期经常出现的思想活跃期。普朗克量子假说的提出意味着有关物质世界的传统观点受到了挑战，而尼采哲学关于上帝的说法更加令人震撼。世纪交界，俄罗斯思想界一如既往地在寻求通向未来的希望之路，这就是为

---

① 布雷德伯里、麦克法兰：《现代主义》，胡家峦等译，上海外语教育出版社1992年版，第115页。

何俄国象征派誓言要破解世界永恒之奥秘，为何俄国社会选择走向了十月革命的道路，为何俄国会出现别尔嘉耶夫等人研究宗教神学的热潮，这些都是面向未来的努力之表现。

19 世纪末，俄国文化在知识分子世界观、哲学、美学、宗教概念等多个方面发生了变化。俄国文学在登上托尔斯泰、陀思妥耶夫斯基等人代表的顶峰之后，需要寻找新的突破和发展。接受尼采、叔本华、柏格森等哲学家的影响，俄国知识界对文化哲学产生了浓厚的兴趣，推出了《艺术世界》《天平》《新路》等杂志。早期热衷于马克思主义的一批思想家、哲学家转向唯心主义，循着宗教哲学的路径，形成了一种新的思潮，其中有 C. 布尔加科夫①、别尔嘉耶夫、弗兰克、洛扎诺夫、Вл. 索洛维约夫②等代表人物。除了宗教哲学热潮之外，文化复兴的征兆还表现在文学领域。梅列日科夫斯基、Вл. 索洛维约夫等人的思想对俄国象征主义的诞生具有重要的启迪和直接导向作用，而文学领域最突出的表现就是诗歌的迅猛发展。象征主义作家们"意识到自己是新的潮流并且处在与旧文学的代表的冲突之中。Вл. 索洛维约夫的影响对于象征主义作家起了主要作用。Вл. 索洛维约夫在自己的一首诗中，这样表达象征主义的实质：我们所看到的一切，／只是反光，只是阴影，／来自肉眼看不见的东西。象征主义在所看到的这种现实背后看到了精神的现实。象征主义是两个世界之间的联系，是另一个世界在这个世界上的标记。象征主义作

---

① 谢尔盖·尼古拉耶维奇·布尔加科夫（1871—1944），俄罗斯哲学家、东正教神学家，早年推崇马克思主义哲学，后来转向宗教思考，专注于索菲亚学说研究。

② 弗拉基米尔·谢尔盖耶维奇·索洛维约夫（1853—1900），俄国著名宗教哲学家、诗人、政论作家，主要著述有《西方哲学危机》《俄罗斯和普世教会》《爱的意义》以及诗集《花卉与神香》等。

家相信有另外的世界"。①

　　作为俄国现代主义的第一支生力军，象征主义大胆倡导"审美至上主义"，从而与传统的说教或桎梏相抗衡："在俄国象征派文学运动的生成期，对'审美性'的高扬与对'文学性'的正位，是贯穿于象征派文学家的思维与创作之中的深层意识。这种深层意识首先表现为反功利主义反现实主义的表层取向，被纳入象征主义文学探索的主航道上。"②

第二节　俄国象征派衰落

　　我们谈论俄国的现代主义文学流派，主要指象征派、阿克梅派、未来派。其中，象征派出现得最早，规模和成就也最大。1892 年，梅列日科夫斯基以"当代俄国文学的衰落原因与新流派"为题做了一次讲座，并于次年发表，由此开启了俄国现代主义（白银时代）。1894 年 3 月起，诗人 B. 勃留索夫以不同的笔名，先后推出多部冠名《俄罗斯象征主义者》的诗集，造成了一种象征主义诗歌已开始盛行的印象，使众多寻求诗歌革新的诗人纷纷加入。俄国象征派最大的理论家当数维亚切斯拉夫·伊万诺夫。俄国象征派诗人可分为两代，第一代主要有勃留索夫、巴尔蒙特、梅列日科夫斯基、吉皮乌斯、索洛古勃，第二代则主要包括勃洛克、别雷、维亚切斯拉夫·伊万诺夫、安年斯基、沃洛申等。

---

　　①　别尔嘉耶夫：《俄罗斯思想》，雷永生、邱守娟译，生活·读书·新知三联书店 1995 年版，第 223 页。

　　②　周启超：《俄国象征派文学研究》，社会科学文献出版社 1993 年版，第 22 页。

俄国象征派的出现，明显受到欧洲尤其是法国象征主义的影响，同时也存在着以俄国 19 世纪诗人丘特切夫等为代表的诗歌创作倾向的影响①。整体上，俄国象征派表现出自己的独特性，即推崇超验的宗教意识："俄罗斯的这种新浪漫主义主张通过艺术和诗歌向宗教信仰回归。人们希望在教会的边缘通过诗歌灵感来走向精神王国，以之反对历史的基督教，期待'新的启示'。在许多诗人身上都可以发现索洛维约夫的视野神秘主义的影响，这些诗人是：维亚切斯拉夫·伊万诺夫、安德列·别雷、亚历山大·布洛克、季娜伊达·吉皮乌斯等人，他们营造出一种混乱的、常常是模糊不清的、十分暧昧的气氛。"②

为了回避或抵制线性因果关系，勃留索夫认为，艺术只能用非理念的途径去认识世界，以此来探索和反映索洛维约夫所说的"世界心灵"。对于象征派诗人而言，创作"是惟有艺术创作者才能达到的、对神秘含义的潜意识直觉的观照"。③ 象征派的理论家维亚切斯拉夫·伊万诺夫更为激进，直接宣扬说："如果说，我不能用不可捉摸的暗示或影响在听者心中唤起难以言传的有时近似于亘古以来的回忆的感受……我便不是象征主义者。"④ 对于象征派诗人来说，亲眼所见的东西并没有多少价值，这首先是因为他们将眼见之物看作虚假的表征，而事物或现象的真相只有象征派诗人才能洞察，也就是说，唯有象征派诗人的主观感受才是事

---

① 郑体武：《俄罗斯文学简史》，上海外语教育出版社 2006 年版，第 154 页。
② 叶夫多基莫夫：《俄罗斯思想中的基督》，杨德友译，学林出版社 1999 年版，第135 页。
③ 阿格诺索夫：《二十世纪俄罗斯文学》，凌建侯等译，中国人民大学出版社 2001年版，第 20 页。
④ 维·伊万诺夫：《对于象征主义的见解》（1912），载《俄罗斯文艺》1998 年第 2 期。

物的本质之所在。尽管他们的表达含混模糊，但由于自诩能够超越客观现实，因此这并不能影响他们对现实主义持俯视的高傲姿态："象征派则采用塞壬那种饱含暗示和欲言又止的话的温柔的声音，或是女巫那种能引起预感的暗哑的声音。"①

在象征派诗人的作品中，大多致力于追求象征的无限多义性，面向永恒，企图在宇宙、世界规模上穷尽本质的意义，以发现和揭示世界存在的最终奥秘。象征派力求反映生活的整体，不在意个体和具体的现象，这样，便导致一种局面，即作为创作者可以不在乎当下读者的感受，不在乎他们能否了然作品的本意。象征派的创作追求于无形中带来了一种后果，每位诗人尽最大可能使用一些抽象的概念，力求阐释世界和生活的奥秘，然而同时却远离了现实，远离了文学艺术赖以存在和本应反映的现实生活，从而陷入了抽象思辨与随意联系的旋涡，直觉与"第六感"成为读者参悟象征派诗歌作品最重要的手段。"……将艺术看成象征化这一学说，比摹仿论在更大的程度上推重形象性所具有的概括性因素（艺术同思想和涵义的关涉性），但这一学说在其自身隐藏着一种危险性——将艺术创作同具有其多样性与情感具体性的现实相脱离的危险性，而承受着那种将艺术创作带进思辨的与抽象的世界的威胁。"②

作为一种文学流派，象征派的贡献主要在于强调了音乐之于诗歌创作的意义，同时在实践象征派诗学主张的同时，保持或扩

---

① 巴尔蒙特：《象征主义诗歌简述》（1907），程海容译，载《俄罗斯文艺》1998年第2期。

② 哈利泽夫：《文学学导论》，周启超、王加兴等译，北京大学出版社2006年版，第43页。

大了与现实表象的审视距离。按通俗的说法，就是将艺术关注的对象由脸部转向面部表情，由作为器官的眼睛转向传递表情和心灵活动的眼神，这些显然可视作象征派的贡献。在进行诗歌创作时，象征派诗人远离了可触可感的实物，作为一种补偿，他们将音乐放到了最高的位置："认为音乐是艺术活动和文化本身的最高形式的看法（这其中不乏尼采的影响）获得了前所未有的广泛流行，特别是在象征主义者的美学中。斯克里亚宾及其同道者们断言，正是音乐注定要把所有其他艺术门类聚集在自己的周围，而最终以此去改变世界。勃洛克曾说过这样一段十分著名的话：'音乐之所以是最完善的艺术，是因为它能更充分地表达和反映造物主的构思……音乐创造世界。音乐是世界的精神实体……诗歌会穷竭的……因为诗歌的原子就是不完善的，它们很少运动。诗歌到达自己的极限之时，想必就会淹没于音乐之中。'……类似的见解（无论是'文学中心说'，还是'音乐中心说'），反映出 19 世纪至 20 世纪初艺术文化的推进，但与此同时，它们也是片面的和脆弱的。"[1]

从 18 世纪以来俄国文学自身发展的脉络来看，存在一种不断加强的趋势，即文学承担社会政治批判和直接干预现实生活的功能。在一定程度上，象征派文学对于这一功利性倾向进行了反驳和重新校正。在这种意义上，就俄国象征派的创作本身而言，远离现实生活的具体化表象，便成为对这种文学功利性倾向的一种纠偏行为，多少带有矫枉过正的特征。这样的努力也反映在文学

---

[1]　哈利泽夫：《文学学导论》，周启超、王加兴等译，北京大学出版社 2006 年版，第 131 页。

研究领域，什克洛夫斯基作为俄国形式主义的奠基人和主要代表，提出作为手法的艺术这一论点，并指出"艺术一直游离于生活之外，艺术的色彩从来不反映城堡上空旗帜的颜色"。[①]

俄国象征派作为接续传统现实主义而出现的一种新流派，影响甚大，成为俄国文学新发展的先声，为后续发展提供了诸多可能。尽管如此，象征派自身毕竟存在着远离现实生活、倾向于抽象思辨的倾向，兴盛一段时间之后，各种弊病便呈现无遗。1909年俄国象征主义的两大刊物《天平》和《金羊毛》停刊，这一现象已预示着象征主义的危机。象征派的著名理论家维亚切斯拉夫·伊万诺夫于1910年撰文《象征主义遗训》，反映出象征派内部对未来发展已感到失望和不自信。勃洛克随即发表《关于俄国象征主义的现状》，试图延续象征主义作为一种文学流派的存在，但已回天乏力。在一首诗的前言中，勃洛克曾这样写道："1910年是象征主义的危机，对此，无论是在象征主义阵营里，还是在敌对阵营里，都有过很多议论。在这一年，一些以象征主义为敌，同时也彼此为敌的流派崭露头角，这便是阿克梅主义、自我未来主义和立体未来主义的最初萌芽。"[②]

对于象征派的兴盛与没落之原因，我们可以从别雷的一首诗中多少增加一些认识。1934年象征派诗人、小说家别雷染病身亡，临终前曾请人朗诵他以前写给情人尼娜·彼得罗芙斯卡娅的一首诗：

　　　相信过金色的光芒，

---

① *Шкловский В. Б.* Гамбургский счет. М.：Советский писатель，1990. С. 78—79.
② 转引自郑体武《俄国现代主义诗歌》，上海外语教育出版社1999年版，第272页。

却死于太阳的金箭。

思想可及绵绵世纪，

却不懂如何度过一生。①

从这首诗中，可见当年象征派对永恒真理的炽热追求和勇往直前的执着精神，同时也能看到它最终衰落的原因所在，即热衷于抽象思辨而忽视了现实生活。从本质上来说，象征派的特点和缺陷在于："象征主义，正如音乐一样，对于那些难以觉察的隐秘联系的形象化传达，终究不够完美。Videmus nunc per speculum in aenigmate（眼前是镜中之谜）。人们感到面对一个难解之谜，却仍用一个形象去解释另一个形象，就仿佛要努力辨清那镜中之花。象征主义，好比是在现象界这面镜子前举起的又一面镜子。"②

第三节　阿克梅派兴起

阿克梅派与象征派之间有着渊源关系，所有代表性的诗人早期均与象征派诗人保持着密切的联系。阿克梅派的主要成员曾积极参加维亚切斯拉夫·伊万诺夫组织的"塔楼"聚会。十月革命前后，彼得堡的文化精英们经常在热心的维亚切斯拉夫·伊万诺夫家里举办沙龙活动。这类活动实际上并没有什么固定的主题，但对于曼德尔施塔姆、尼古拉·古米廖夫这样的诗坛新手，自然

---

① 霍达谢维奇：《大墓地——霍达谢维奇回忆录》，袁晓芳、朱霄鹏译，学林出版社1999年版，第69页。

② 约翰·赫伊津哈：《中世纪的衰落》，刘军等译，中国美术学院出版社1997年版，第222页。

是学习和开阔眼界的好机会。这时候的 C. 戈罗杰茨基等青年诗人，经常会组织一些活动，邀请理论家维亚切斯拉夫·伊万诺夫来讲解象征派诗学，虔诚地聆听安宁斯基讲授如何写诗。1910年，并不属于阿克梅派的诗人 M. 库兹明在《阿波罗》杂志上发表了《论优美的明晰性》一文。库兹明在该文中提出了一系列主张，强调逻辑性，重视语词，提倡明晰澄澈等。"不论是细节上还是整体上，都要做个手艺高超的建筑师……像福楼拜那样热爱词，在手法上要简朴，在用词上要吝啬、准确和实在，这样就会发现奇妙之物、澄澈明晰的奥秘，我将此称之为明晰性（кларизм）。"① 这篇由象征派诗人撰写的文章呼吁恢复古典诗歌的庄重、清晰与明朗，为"阿克梅派的出现奠定了理论基础。该文的出现也是当时俄国诗坛上一种试图反拨、'克服'象征主义诗学的思潮依然涌动的表现"。② 1911 年 10 月，年轻的诗人们仿照中世纪手工业者的做法，成立了"诗人行会"。1912 年，古米廖夫等人决定成立一个新的文学流派，叫做阿克梅派。该名称来自希腊语，表示"最高级""顶峰"的意思。这样，一部分"行会"成员分离出来，成为阿克梅派诗人。阿克梅派成立之时，一般认为首领是尼古拉·古米廖夫和戈罗杰茨基，而古米廖夫的妻子安娜·阿赫玛托娃被当作这个新团体的秘书。除了两位首领撰写了成立宣言之外，当时曼德尔施塔姆也起草了宣言，但不知为何当时没有发表出来。除了上述四位诗人外，可算作阿克梅派诗

---

① *Рапацкая Л. А.* Нискусство《серебряного века》, М. : Просвещение《Владос》, 1996. С. 93.

② 汪介之：《远逝的光华——白银时代的俄罗斯文化》，译林出版社 2003 年版，第109 页。

人的还有岑凯维奇和纳尔布特等。

1905 年，尼古拉·古米廖夫发表处女作《征服者之路》。后来，作为阿克梅派的发起人和领袖，古米廖夫撰写了《象征主义的遗产与阿克梅派》一文，此文成了宣告阿克梅派成立的宣言，文中称象征派是"当之无愧的父亲"[1]。单从后来成为阿克梅派诗人的各位成员与象征派诗人之间的关系，就可以看出，阿克梅派是在象征派这个最大诗歌流派的土壤上生长起来的，他们身上或多或少地时刻闪耀着前辈们的影子。但是，阿克梅派又毕竟是一个新流派，它克服了象征派本身的不足或曰夸张的地方，同时更加强调诗歌的叙事和文化功能，从而为俄国诗歌的发展开辟出了一条新路。我们说，包括曼德尔施塔姆在内，所有阿克梅派诗人都深受象征派的影响，其中，对阿克梅派诗学影响较大的导师应该是象征派诗人库兹明、安年斯基等，尤其是库兹明撰写的文章《论优美的明晰性》，被称为"阿克梅主义美学改革的第一只燕子"[2]。由此可见，阿克梅派与象征派之间存在着紧密的继承关系。

阿克梅派与象征派之间的关系可追溯到 1909 年。1909 年春，"诗歌研究会"初步成立，秋天改名为"艺术语言爱好者协会"，主要在维亚切斯拉夫·伊万诺夫的"塔楼"里组织活动。按照阿赫玛托娃的说法，"诗人行会"与这个"艺术语言爱好者协会"在创作宗旨上针锋相对，并认为"曼德尔施塔姆很快就成了这个

---

① 阿格诺索夫：《二十世纪俄罗斯文学》，凌建侯等译，中国人民大学出版社 2001 年版，第 27 页。

② 阿格诺索夫：《白银时代俄国文学》，石国雄、王加兴译，译林出版社 2001 年版，第 190 页。

'诗人作坊'（即诗人行会——作者）的首席小提琴手"。① 戈罗
杰茨基曾著文《当代俄国诗歌中的若干流派》，与古米廖夫的
《象征主义的遗产与阿克梅派》相呼应，在《阿波罗》1913 年第
一期上发表，这两篇文章的发表宣告了阿克梅派的诞生。戈罗杰
茨基在宣言中写道："在阿克梅主义者处，玫瑰又复如它本来那
样美好，它具有自己的花瓣、芳香和色彩，而不带有神秘的爱情
之类想象的东西或其他什么东西。"② 实际上，曼德尔施塔姆也写
了一篇宣言《阿克梅派的早晨》，本来打算在《阿波罗》1913 年
第一期上发表，但未果。在这篇被视作宣言的文章中，曼德尔施
塔姆不仅阐述了自己对阿克梅派的认识，同时还证明了他具有非
同一般的哲学理论功底。

　　现在我们考察阿克梅派的诗学主张时，一般会认为：在古米
廖夫、戈罗杰茨基以及曼德尔施塔姆三人分别撰写的宣言中，已
经集中而系统地提出了作为一个新兴流派的系列文学主张。其
中，最重要也是最基本的主张就是，要求恢复象征派一度漠视的
物质性，使诗歌语言和形象恢复与现实生活的联系。即便是在表
现极为主观或抽象的内容时，阿克梅派诗人也竭力回避纯粹形而
上的语词或概念。有人指出，曼德尔施塔姆、阿赫玛托娃等阿克
梅派诗人擅长使用一种手法，即让心理感受具体化。我们来看一
下阿赫玛托娃在 1911 年创作的《最后一面之歌》：

　　　　胸口这么无助地发冷，

---

①　乌兰汗：《俄罗斯文学肖像》（散文卷），广西师范大学出版社 2007 年版，第 258 页。
②　刘文飞：《二十世纪俄语诗史》，社会科学文献出版社 1996 年版，第 37 页。

　　但我的脚步却很轻盈。

　　我将左手的手套

　　戴到了右手上。①

　　在这里阿赫玛托娃将失恋少女的心态刻画得惟妙惟肖，将其心理活动外化为一些细节，但读者很容易看到失恋者内心的纷乱与恍惚之状态。失恋者走出男友的住处，装出坚强的样子，故而能觉得脚步轻盈，但慌乱之间将手套戴错了，这一细节便暴露了主人公的内心。

　　无须赘言，阿克梅派的兴起，在很大程度上预示着要对俄国文学尤其在诗歌领域展开一场革新和重整，既是对象征派创作观的一次扬弃，也是与同时期兴起的未来派的一次抗衡与争鸣。

　　第一，就创作理念的形成而言，尽管阿克梅派的主要代表大多都有过在欧洲游学的经历，但他们在对待外来思潮的影响方面，相对于象征派而言表现得更为慎重，更注重表现和反映俄国本土的民族文化。在这一点上，对象征派过分倚重西方象征主义理论和创作的做法，曼德尔施塔姆曾公开表示过不满，并明确指出："象征主义者是糟糕的居家者；他们热爱旅行，然而，他们在自身有机组织的牢笼或在康德借助于他的范畴构筑的普遍牢笼里感到不舒服，不自在。"②

　　第二，阿克梅派高度重视历史文化传统，不管是诗学主张还是创作实践，都对此作了充分的强调。在象征派衰落之后，阿克

---

　　① 张建华、任光宣、余一中：《俄罗斯文学选集》，外语教学与研究出版社1998年版，第544页。

　　② 《曼德尔施塔姆随笔选》，黄灿然等译，花城出版社2010年版，第15页。

梅派与未来派几乎同时登上文坛，成为接续俄国文学发展的生力军。由于未来派提出的系列创作主张与当时的革命氛围联系紧密，且未来派作家大多身体力行，在生活和创作活动中洋溢着革命的激情，打着革命带来新时代的旗号，号召在艺术领域开展一场彻底革命，用新艺术反映新生活，认为一切都可以从零开始。在未来派提出的文学宗旨中，尤为强烈的是对传统的漠视和否定。在这种特定的历史语境中，阿克梅派则始终如一，坚决捍卫历史与文化传统的价值，在维系历史与文化的传承方面做出了突出的贡献。针对阿克梅派的这一追求，俄国学者阿格诺索夫指出："与俄国未来诗派相比，阿克梅诗派更注重对诗歌文化遗产的捍卫和继承。未来派要打倒一切，阿克梅派的诗人们则非常珍重从古希腊到象征主义、从但丁到普希金的所有诗歌遗产，戈罗杰茨基对斯拉夫古代民歌的搜集，古米廖夫对中国古典诗词的翻译介绍[1]，曼德尔施塔姆与但丁的深入'交谈'。阿赫玛托娃的晚年对普希金的深刻研究，也许都不是一些偶然的现象。"[2]

对于曼德尔斯塔姆来说，对历史文化传统的严谨态度得到了更高程度的体现。这是因为他较之其他人对世界文化尤其是俄罗斯文化在 20 世纪发生的变化有着独特的理解，表现为他感觉到文化面临着断裂的危险，进而意识到自己在这种危机前应该担负的使命之重大："第一次世界大战、国内战争以及革命，在曼德尔施塔姆那里引起了一种文化即将消亡的启示录性质的世界感受，这种感受得益于尼采提出的永恒循环而得到克服。在 19 世纪 20

---

[1]　胡学星：《古米廖夫所译中国组诗〈瓷亭〉之准确性》，载《山东外语教学》2011 年第 6 期。

[2]　刘文飞：《二十世纪俄语诗史》，社会科学文献出版社 1996 年版，第 37 页。

年代，曼德尔施塔姆敏锐地意识到正在发生的文化更迭、文化断裂，希望找到一条恢复文化继承性的途径。"①

这里谈到阿克梅派诗人对传统的态度和立场，还需要专门谈一下曼德尔施塔姆对待象征派遗产的态度。曼德尔施塔姆早期的创作与象征派诗歌存在着很复杂的关系。在象征派诗人内部都开始清算象征派诗歌之际，作为新流派的领军人物之一，曼德尔施塔姆尽管指摘过象征派的缺失之处，但仍一贯保持了自己对待历史传统的严谨而恭敬的态度与方法，真诚地承认了象征派诗歌的贡献。1924年，曼德尔施塔姆写了一篇名为《萧条》的文章，文中在明确新的诗歌潮流已经涌来的同时，他客观而公正地呼吁人们，对象征派的贡献要持有一种感恩的心态："当个人完善的诗歌现象从象征主义的子宫里浮现出来，当这个部落解体，个人的诗歌个性的王朝降临，喝象征主义部落诗歌（全部现代俄国诗歌的源泉）的奶汁长大的读者，在一个百花竞放的世界面前迷惑了，在那里一切都不再被部落的旗帜所覆盖，那里每一个个人都孤单独立，光着头颅。继将新血液注入俄国诗歌并宣布了一种出奇宽容准则的部落时代之后，继以维亚切斯拉夫·伊万诺夫的艰涩信条为顶点的丰富大杂烩之后，个性的、个人的时代降临了。然而，全部的现代俄国诗歌都萌生于部落象征主义的子宫。读者的记性不好——他不想承认这一点。哦橡子，橡子，我们有了橡子谁还需要橡树？"②

第三，在平等对待世界各国文化的同时，阿克梅派注意保持独立自主地位。现代主义之风吹进俄罗斯的时候，正是世纪转型

---

① *Попов Е. А. Эволюция культурфилософских взглядов О. Э. Мандельштама. //* Известия Уральского государственного университета, 2007. №53. С. 183.

② 《曼德尔施塔姆随笔选》，黄灿然等译，花城出版社 2010 年版，第 126 页。

时期，俄罗斯文化意识到自身发展的桎梏，迫切需要借鉴外来的思想，来催生本土的文化新萌芽。俄国象征派作为俄罗斯现代主义最早的一个流派，首要特征之一就是表现出吸纳外来文化的倾向。但是，象征派的出发点受限于它的美学追求，他们的目的是要穷尽世界和存在之永恒真理这一终极目标，因此在对待世界各民族文化的态度上，象征派将自身置于优越的高处。

俄国象征派在借鉴古希腊罗马神话等人类文明的珍宝之际，其取舍的侧重点是服务于创作自身的神话，保持着一种唯我独尊的高姿态。阿克梅派则保持了一种客观的立场，抱着真诚学习和借鉴的态度，在对待外来文化上不分亲疏远近，渴望在各种文化之中发现闪光点，并期望在俄国文化中使之发扬光大："象征派用优选的眼光看待过去的不同文化时代，阿克梅派则不同，它依靠各种不同的文化传统。"①

第四，强调物质性，还原词语、形象以及表象与现实之间的联系。在阿克梅派诗人中，不管是创始人尼古拉·古米廖夫，还是阿赫玛托娃、曼德尔施塔姆等人，都主张以虔诚的态度面向尘世生活，还原表象与现实之间的联系，注重发掘现实生活本身的价值，避免重蹈象征派的覆辙。这种原则立场首先要求，在诗歌创作中恢复语词的物性，避免象征派那种云山雾罩、虚无缥缈的用词风格。在前辈象征派的诗歌创作中，语言或意象往往过于玄妙，诗句的语义变得隐晦不明。为了克服象征派的这一做法，曼德尔施塔姆和其他阿克梅派诗人一起，对诗歌用词的"物性"给

---

① 阿格诺索夫：《二十世纪俄罗斯文学》，凌建侯等译，中国人民大学出版社 2001 年版，第 29 页。

予了特别的强调。应该说，这一原则在曼德尔施塔姆的诗歌创作实践中自始至终得到了很好的贯彻。为了使用最普通的词汇或意象，来表达深奥而丰富的思想，曼德尔施塔姆在运用比喻手法时，没有像通常那样采取以本体为主的做法，而是有意让喻体发挥主导性功能，在喻体上附着更多的思想。我们来看一下 1911 年创作的《天空，天空，我会梦见你》这首诗：

> 天空，天空，我会梦见你；
> 想让我头晕目眩并非易事，
> 白昼似一张白纸，已燃尽：
> 留下一道烟，一小堆灰迹！

　　在这首应该算是曼德尔施塔姆早期的诗作中，"天空"是现实生活中常见的，是具有"物性"的，白天作为一种自然现象，也是人们熟悉的。诗人在这里要表现夕阳西下这一时刻，将白天的天空比作一张白纸，这与人们的常识是吻合的——在白天，天空是亮的，是白色的，但在表现夜幕降临时，把黑夜喻作燃烧完了的白纸。这首诗的奇妙之处在于，整首诗中并没有提到黑夜的到来，而只是讲到"白昼似一张白纸，已燃尽"。将缥缈浩瀚的天空比作一张人们可以触摸、可以看见的白纸，这里显然进一步突出了"物性"，与此同时，以作为喻体的"白纸"为基础，继续展示天空在迎来黑夜时的变化——"留下一道烟，一小堆灰迹"，这里的"烟"和"灰迹"均可让人联想到夜空中的云层，且表现出了云层的明暗差别，使用"已燃尽"这个表达，让人会想到灰烬中残存的火星，这又与在遥远的夜空中闪烁的星光相对应。显然，诗人创作这首诗的目的，绝不可能仅限于要描摹夜幕如何降临这一现象，而是在字里行间渗透着对人生的思考，表达诗人对时光飞逝、人生苦短的喟叹！在短短的四行诗中，曼德尔施塔姆表达了极为丰富的内容，而做到这一点，在很大程度上是由于他改变了比喻中"本体"与"喻体"的传统结构关系，扩大了"喻体"的作用。之所以这样做，则是因为"喻体"更能体现物质性。

阿克梅派将艺术的任务归结为表现多姿多彩的现实生活，不仅要表现神圣而美好的一面，同时也要接受丑陋的一面，简言之，要接受造物主创造的一切："世界在受到种种非难之后，被阿克梅派义无反顾地接受了，接受了它的所有的美和丑。"① 对待现实的这种态度在曼德尔施塔姆的创作中表现得尤为明显，恰如他本人所追求的，他更在意的对象是"疯瘤"与"野肉"。

1912 年曼德尔施塔姆创作的《巴黎圣母院》一诗，经常被视作他对阿克梅派创作理念的一种阐释。在这首诗中，诗人通过对巴黎圣母院这座哥特式天主教教堂的解读，阐明了他对人类创造活动的看法，谈到了他对"建筑材料"的理解。

> 就在这罗马法官审判异族人的地方，
> 有一座柱廊式建筑，像当年的亚当，
> 也属于让人开心的首创，轻盈的十字形拱
> 舒展着筋骨，展示着肌肉的力量。

---

① 阿格诺索夫：《二十世纪俄罗斯文学》，凌建侯等译，中国人民大学出版社 2001 年版，第 27 页。

但还是暴露了建筑结构的秘密：
弓架自觉内化了自身的重力，
这样，负重便不会压垮墙体，
狂野拱顶上的攻城槌无所事事。

巧夺天工的迷宫，不可思议的森林，
哥特式灵魂的理性深渊，
埃及的强悍与基督教的怯懦，
橡木与芦苇并排着，似国王般笔直。

巴黎圣母院，你这个庞然大物，
我越是用心研究你那硕大的肋骨，
越会作此想：用好这烦人的重量，
我也会创造出美妙之物……

或许可以认为，在曼德尔施塔姆第一部诗集《石头集》中，《巴黎圣母院》一诗揭示出了整部诗集的主题和基调。通过这首诗，我们可以看到，曼德尔施塔姆带着充分的自信踏上诗歌创作之路，怀着满腔的挚爱面对绚丽多彩的人生。带着一种难以置信的豪情，诗人认为现实生活中的磨难和阻碍都是可以克服的，而且唯有克服这些磨难，就像石头克服自身的重量成为创建神奇拱门的一分子那样，一个人也能够为这个世界创造出奇迹，创造出"美妙之物"。这样的梦想恰如他在《阿克梅派的早晨》一文中所说的那样，要积极面对手中掌握的材料之重量："虔诚的阿克梅派抬起这神秘的丘特切夫式石头，将它作为他们建筑的奠基石。"① 在曼德尔施塔姆眼中，坐落于巴黎市中心西堤岛上的巴黎圣母院本身就体现着人类的智慧，建筑师能够巧妙地将普通的石头转化成建筑材料，使之表现出教堂的恢宏壮丽之美。从这首诗的最后部分，不难发现诗人对未来成就的期望以及舍我其谁的信心。像建筑师那样，接受石头的重量，也就意味着接受现实生活伴随而来的磨难和困惑，在接受之后，需要创造者发挥一己的智慧，化解矛盾和困难，大胆地投入创造活动中。这个创造过程中，体现出一种对上帝创造活动的模仿，上帝创造万物，人生也应该表现出同样的追求，在"无"的领域缔造出新生事物，赋予其人类文化的含义，这就是人生的价值所在。巴黎圣母院作为人类的创造物，它的价值不仅仅体现着建筑师巧用石头来搭建如此神奇的建筑，还体现在这座建筑物见证了人类历史上的沧桑变迁。在第三个诗节中，"巧夺天工的迷宫"一语便点明了整座建筑的文化意义，紧接着提到的哥特风格、埃及文化、基督教，都让人追忆这座教堂在历史上经历的风云变幻。一块石头，只要加入了人类创造活动，它便被赋予了文化意义，而揭示这种文化含义，正是曼德尔施塔姆诗歌创作的美学追求之所在："较之事物本身，更爱事物的存在；较之自身，更爱自身的存在——这就是阿克梅派的最高戒律。"②

总而言之，阿克梅派的出现既是对象征派的继承与扬弃，同时也是与未来派的抗衡与争鸣："相对于象征派的'扩张'与

---

① 《曼德尔施塔姆随笔选》，黄灿然等译，花城出版社 2010 年版，第 14 页。

② *Мандельштам О.* Шум времени. СПб.：Издательский Дом "Азбука-классика"，2007．С. 166.

'越位'，阿克梅派是一种'改革派'；相对于未来派的'革命'与'虚无'，阿克梅派则是一种'保守派'。相对于象征派的'拓展'，阿克梅派是一种'收敛'；相对于未来派的'决裂'，阿克梅派便是一种'传承'。"①

第四节　现代主义语境中的曼德尔施塔姆

曼德尔施塔姆是一位学识渊博的诗人，性格有些乖张，才情却非同一般。作为阿克梅派的一名诗人，他虽然追随古米廖夫这位阿克梅派的首领，并且与另一位阿克梅派诗人阿赫玛托娃在很多观念上相互呼应，但就其创作观和作品而言，他又与其他阿克梅派诗人迥然不同。这些差异自然与他感受到的现代主义语境有着紧密的联系，而在这一语境中，象征派的影响、俄国形式主义学派的影响、20 世纪哲学新思潮的影响表现得尤为明显。

一　象征派的影响

既然是象征派的后继者，曼德尔施塔姆难免要受到当时文坛冲击力和影响力最大的诗歌流派——象征派诗人的影响。

曼德尔施塔姆、古米廖夫等阿克梅派诗人公开承认，作为一种诗歌流派，阿克梅派是继象征派之后诞生的诗歌流派，并且曾受过后者的影响。曼德尔施塔姆等人曾经常光顾象征派理论家和诗人维亚切斯拉夫·伊万诺夫在有名的"塔楼"举办的讲座，学

_____

① 　周启超：《白银时代俄罗斯文学研究》，北京大学出版社 2003 年版，第 51 页。

习和研究如何创作诗歌。根据最新发现的材料，曼德尔施塔姆自
1906 年便已开始写诗，这些诗 1907 年发表在他所在的捷尼舍夫
学校墙报上，因此，有人认为，1906 年应视作曼德尔施塔姆诗歌
创作的开始。之后，曼德尔施塔姆正式在《阿波罗》杂志上发表
的诗歌（1910 年第 10 期），写成的时间应该不早于 1909 年，而
这一年他已开始与象征派诗人伊万诺夫探讨诗歌写作技巧。发人
深思的是，在 1916 年推出的诗集《石头集》（首次出版于 1913
年）第二版时，他将自己开始诗歌创作的时间前推了一年，即
1908 年，这或许希望证明，其独特的诗歌创作观的形成早于 1909
年在"塔楼"听讲座的时间。

　　不管从在文坛出现的时间先后关系上，还是从诗学理念的传
承关系上，都可以说阿克梅派是象征派的后继者。作为一个新出
现的流派，阿克梅派对自己与象征派之间的继承关系毫不讳言。
古米廖夫在宣告阿克梅派成立的宣言中，认为象征派是"当之无
愧的父亲"。同样，对于曼德尔施塔姆而言，不仅早期曾频频参
与象征派诗人和理论家发起的各类活动，而且其对象征派诗学的
各种主张和存在的问题都有着极为深刻的认识。虽然，阿克梅派
出现之后，该派代表性诗人的创作均表现出自己的特色（如古米
廖夫的异域风情，阿赫玛托娃的闺阁诗），而且彼此之间差别明
显，但整体上像古米廖夫、阿赫玛托娃、曼德尔施塔姆等人，都
受到过象征派直接或间接的影响。专就曼德尔施塔姆而言，他曾
受到俄国当时现代主义文学最大诗歌流派——象征派的影响，这
已是不争的事实。1908 年 4 月 14 日，在写给导师弗拉基米尔·瓦
西里耶维奇·吉皮乌斯的信中，曼德尔施塔姆承认了自己受到象
征派诗人勃留索夫的影响："您将会理解我对生活之音乐的痴迷，

40

这种音乐我是从几个法国颓废派分子和俄国人中的勃留索夫那儿发现的。后者身上敢于否定的天才般勇气、彻底否定的勇气将我征服了。"① 作为曼德尔施塔姆的传记作者，O. 列科马诺夫经考证指出，1910 年曼德尔施塔姆对象征派诗人勃洛克的诗歌非常喜爱②，并在《蛇》等诗中引用过勃洛克的诗句。俄国象征派第一代诗人以勃留索夫为代表，勃洛克则是象征派第二代诗人的最大代表。在 1911 年 10 月 29 日的日记中，勃洛克记述了与曼德尔施塔姆初次相见之事。此外，曼德尔施塔姆曾与象征派的很多诗人有过交往，如勃留索夫、季娜伊达·吉皮乌斯、梅列日科夫斯基等。

俄国象征派对曼德尔施塔姆的影响可分为多个方面，既有正面的直接影响，也有由于曼德尔施塔姆在象征派身上看到的不足而引起的逆向影响，即曼德尔施塔姆在诗歌创作的某些方面，自觉地对象征派身上的弊端进行了修正与反拨。

第一，象征派对音乐的重视、对诗歌写作技巧的推崇，这些都对曼德尔施塔姆的文学追求和写作旨趣带来了积极影响。曼德尔施塔姆的母亲本身就是一名音乐教师，这为曼德尔施塔姆丰富的音乐知识和感悟力打下了基础。我们知道，音乐之于象征派诗人具有无可比拟的重要意义，譬如，勃洛克曾说过："音乐之所以是最完善的艺术，是因为它能更充分地表达和反映造物主的构思……音乐创造世界。"③

① *Мандельштам О.* Камень. Л., 1990. С. 204.
② *Лекманов О.* Осип Мандельштам. М.: Молодая гвардия, 2009. С. 48.
③ 哈利泽夫：《文学学导论》，周启超、王加兴等译，北京大学出版社 2006 年版，第 131 页。

第二，象征派诗人重视古希腊罗马文化，"古希腊、古罗马的神话，是他们艺术地活用典故的最喜爱的源泉"。[①] 同样，在曼德尔施塔姆的诗歌和散文之中，充满着对古希腊文化的迷恋，古希腊罗马神话中的人物、典故随处可见。当曼德尔施塔姆加入阿克梅派之后，对人类文明和历史的思考和钻研更加深入，人类文明在他眼中更像是绵延不绝的长河，在浩浩荡荡的历史长河中，不同民族、不同文化都会留下具有标志性的东西，而从这些文化遗产中可以窥见不同时代或不同文化所蕴含的世界观和价值观。在他所谓的文化遗产中，古建筑的重要性并不亚于人类的文化典籍，将自古希腊罗马以来代表东西方的各种文化遗产加以比照和融会贯通，势必会启发和矫正今人的观念和发展路径。与此同时，通过鉴别古代建筑或文献的时代归属，判别不同文物的时代印记，人类文明和文化的变迁史也就呈现了出来。在对俄语的起源和变化进行考证之后，曼德尔施塔姆甚至认为，"俄语是古希腊文化语"。[②] 曼德尔施塔姆的诗歌作品中，到处都能见到人类历史留下的"记忆"，诗人巧妙利用这些历史存留下来的记忆碎片，可以诱导人们借助于联想重温人类的过去，这样的联想特征既与象征派有着相似之处，又不尽相同。曼德尔施塔姆为诗歌可能引发的联想预留了线索，对于一般读者而言，虽要克服重重困难去解读，但毕竟有迹可循。象征派诗歌则不然，读者所有的联想是否恰当，需要高高在上的创作者去评判。客观地讲，19世纪末俄国现代主义思潮的兴起与发展，表现出对世界文化的强烈兴趣，

---

① 阿格诺索夫：《二十世纪俄罗斯文学》，凌建侯等译，中国人民大学出版社2001年版，第23页。

② 曼德尔施塔姆：《语言的本源》，韩世滋译，载《俄罗斯文艺》1997年第1期。

而不再像 18 世纪末的世纪转型时期那样，紧跟着西欧的新思潮亦步亦趋，注意力局限于西欧这一地域文化。在白银时代，不管是象征派还是阿克梅派，都对世界各民族文化表现出浓厚的兴趣，视野明显变得开阔起来，除了古希腊罗马文化外，也表现出对东方文明的深度关注和借鉴。在阿克梅派的代表人物中，尼古拉·古米廖夫对以中国和印度等为代表的东方文化典籍的翻译及借鉴，阿赫玛托娃对中国古诗词的译介等，都较之其他流派表现出更鲜明的开放性。曼德尔施塔姆在诗歌和散文创作中，强调了俄语与古希腊文化的密切联系，由古希腊文明开始，踏着人类走过的足迹，一步步地丈量和思辨俄国文化的变奏与发展。

曼德尔施塔姆不仅克服重重困难钻研古希腊罗马文化，通过原文研读但丁的《神曲》，而且将俄国的文学和历史文化传统看得弥足珍贵，对当时未来派所持的历史虚无主义态度不能苟同。无独有偶，象征派在寻求诗歌创新之际，对历史和传统并不排斥，像梅列日科夫斯基这样的理论家还曾指出："俄国文学的悲剧在于，每迈出一步，与普希金就离得越远，却一直认为自己是普希金戒条的忠实捍卫者。"①

第三，对语词及形象物质性的强调，这可视为对象征派主张的一种反拨与矫正。曼德尔施塔姆曾指出，象征派在使用词语时，"形象被开膛取出内脏，像稻草人那样，被塞进了异样的内容物，取代象征主义森林而来的是稻草人作坊"②。在一味推行和追求象征化的过程中，象征派诗人做得确实过了头，这显然引起

---

① *Мережковский Д. С.* Пушкин. См.: *Мережковский Д. С.* Полн. соб. соч.: В 24 т. Т. 18. М., 1914. С. 161—162.

② 顾蕴璞：《时代的"弃儿"，历史的骄子》，载《外国文学评论》1990 年第 4 期。

了阿克梅派的不满。曼德尔施塔姆在特意为阿克梅派撰写的宣言《阿克梅派的早晨》中，将诗歌用词比作建筑教堂使用的石头，每一个词都像石头那样，有着各自的形状与重量。曼德尔施塔姆坚信，如果建筑师手中的石头是虚幻的，而非实在的，就不可能构筑而成真正壮观的高楼大厦。

第四，象征派提倡并特别强调艺术综合（синтез），这为曼德尔施塔姆将文学创作与其他艺术门类的贯通提供了启示，让他找到了可资借鉴的榜样。在 19 世纪末 20 世纪初，不管是西方还是俄罗斯国内，在艺术领域都表现出一种富有活力的开放性，即存在各种不同艺术门类之间相互借鉴的风气。当时，象征派诗人勃留索夫就曾指出，维尔哈伦的诗歌中出现了新的种类。也有人指出，当时作曲家理查德·施特劳斯在音乐中借鉴了文学的技巧，"开启了音乐小说、音乐散文的先河"①。象征派的理论家维亚切斯拉夫·伊万诺夫、安德烈·别雷，第一代象征派诗人的代表人物勃留索夫，他们都曾就艺术综合作过专门的论述。研究象征派的俄罗斯当代学者米涅拉勒娃指出，"象征派艺术家们表现出综合的趋向，带有进行试验的执着和真正意义上'实验室'操作的强度。这使得综合成为象征派诗学'最重要的'基础之一"②。

我们知道，别雷是最具代表性的象征派小说家，其代表作是长篇小说《彼得堡》。别雷在 1910 年撰写出版的《象征派》

① *Минералова И. Г.* Русская литература серебряного века（поэтика символизма）. М.：Издательство Литературного института им.：А. М. Горького, 1999. С. 7.

② *Минералова И. Г.* Русская литература серебряного века（поэтика символизма）. М.：Издательство Литературного института им.：А. М. Горького, 1999. С. 7.

一书中，曾多次论及艺术综合。他认为："艺术形式类似于动物界的种类，在不断的发展中，可以相互转化……各不相同的艺术形式相互拉近，这种朝向综合的努力，并非要去除两种混合艺术形式之间的边界；所谓综合，就是用不同形式将居于中心的那种形式环绕起来。音乐相对于其他艺术的优势就是这样获得的。"①

在这种提倡艺术综合的精神影响下，曼德尔施塔姆引入建筑学概念，来阐述他的有机联系观和创作论，这种做法十分契合当时的社会审美趣味和艺术探索之方向："阿克梅主义以与广泛的艺术——绘画、建筑、雕塑相呼应为方向。阿克梅派对实物性的热衷反映出他们对三维世界的信任，生动的有时甚至是奇异的细节可以非实用性地运用，纯粹起着描绘的功能。"②

二　俄国形式主义学派的影响

由于曼德尔施塔姆当年曾与彼得堡和莫斯科两地的形式主义研究团体交往密切，并且积极参与他们的活动，这对其形成对诗歌用词的认识、对技巧的看法以及对艺术的任务的理解，都产生了积极影响。

我们知道，俄国形式主义存在于 20 世纪前两个十年，是一个文学研究流派，主要以什克洛夫斯基等人于 1916 年在彼得堡创立的"诗语研究会"（主要成员有什克洛夫斯基、艾亨鲍姆、蒂尼

---

① *Минералова И. Г.* Русская литература серебряного века（поэтика символизма）. М. : Издательство Литературного института им. : А. М. Горького，1999. C. 29.

② 阿格诺索夫：《白银时代俄国文学》，石国雄、王加兴译，译林出版社 2001 年版，第 193 页。

亚诺夫）和1915年雅各布森等人在莫斯科大学成立的"莫斯科语言小组"为中心。什克洛夫斯基1914年曾发表论文《语词的复活》专门研讨未来派诗歌，1917年写出论文《作为手法的艺术》，1923年发表《文学与电影艺术》《绝招儿》，1929年出版《散文理论》。雅各布森1919年曾出版论著《最新俄国诗歌》。形式主义学者曾研究过象征派、未来派和阿克梅派的诗歌现象，提出了文学性、陌生化等概念。1930年1月，什克洛夫斯基发文表示放弃个人的学术观点，这意味着形式主义作为一个学派的终止。

由于对诗歌的痴迷，年轻的曼德尔施塔姆与莫斯科、彼得堡研究文学语言的这两个组织都保持着经常的联系。布洛克曼在其著作《结构主义：莫斯科——布拉格——巴黎》中，曾提到曼德尔施塔姆与形式主义莫斯科学派之间的关系，证明曼德尔施塔姆与形式主义学者们有过不少接触和交流："布里克和托马舍夫斯基密切合作，而帕斯捷尔纳克和曼德尔施塔姆则加入了小组。"[①]

此外，还有材料证实，曼德尔施塔姆除了参与莫斯科大学语言小组的活动外，其他形式主义学者也与他保持着紧密联系。俄国学者日尔蒙斯基（1891—1971）是曼德尔施塔姆大学时的同学，是诗人的挚友之一。日尔蒙斯基深受形式主义的影响，撰写了大量研究俄国新诗歌的论著，其中包括：《克服了象征主义的诗人们》（1916）、《瓦列里·勃留索夫及普希金的文学遗产》

---

① 布洛克曼：《结构主义：莫斯科——布拉格——巴黎》，李幼蒸译，商务印书馆1980年版，第36页。

（1916—1917）、《抒情诗的结构》和《亚历山大·勃洛克的诗学》（1921）等。"日尔蒙斯基不但是整个 20 世纪上半期俄苏文学生活的见证人，而且与很多著名诗人，如勃洛克、阿赫玛托娃、勃留索夫、曼德尔施塔姆等等，直接交往，成为文学生活的积极参与者。他的很多有关诗歌的论著反映了同时代人所最关心的课题。这些著作不但对他的同代人起了启迪作用，而且也受到诗人们的重视。"① 俄国形式主义学派对曼德尔施塔姆的影响主要表现在以下几个方面。

　　（一）俄国形式主义影响到曼德尔施塔姆对诗歌用词和诗歌技巧的看法。

　　雅各布森是"莫斯科语言小组"的核心人物，他曾指出："诗歌的显著特征在于语词是作为语词被感知的，而不是作为所指对象的代表或感情的发泄。词与词的排列，词的意义，词的外部和内部形式具有自身的分量和价值。"② 在这段文字中，雅各布森谈到了诗歌语言的特点，不能将诗歌用词与语言符号作简单对等处理，而曼德尔施塔姆显然也认同这样的观点："难道物象是词的主人？词应是灵魂。活的词并不是物的符号，而是自由地选择这个或那个物的涵义、物性、可爱的肉体作为自己的寓所。"③

　　此外，在雅各布森的论述中，还谈到了词与词的排列、词的外部及内部形式均具有自身分量和价值这一问题。而曼德尔施塔

---

　　①　彭克巽主编：《苏联文艺学学派》，北京大学出版社 1999 年版，第 203 页。
　　②　王加兴、王生滋、陈代文：《俄罗斯文学修辞理论研究》，黑龙江人民出版社 2009 年版，第 82 页。
　　③　转引自胡学星《柏格森与曼德尔施塔姆诗学》，载《山东外语教学》2005 年第 3 期。

姆曾提出"词的交际"之说，重视借助词与词的组合关系，表达出所要反映的新意义。在这一点上，曼德尔施塔姆重视词的搭配效果，还受到另一位形式主义代表人物的影响。我们来看一下身在彼得堡的形式主义学派代表——什克洛夫斯基曾提出的相关论述，就不难看出，曼德尔施塔姆在诗歌语言观点上存在着对什克洛夫斯基研究成果的借鉴。一个明显的标志，就是二者均采用了哥特式"拱门"来举例说明语词的运用。什克洛夫斯基在谈到结构主义者的错误时，就指出不能局限于研究语法，"词只有在其周围环境的组合之中才能分析"，离开语词的组合就无从真正地分析语义和结构：

> 词在句子里，词被置于另一个词旁，词不单纯是词，这是转入新的构建的分析。
>
> ……
>
> 结构是某一事物的构造及其在与自己产生联想并在起源上有联系的其他事物中的位置。
>
> 为了论证这条原理要举个例子。
>
> 我们以哥特式拱门为例。在未出现直块式楼板之前不可能出现哥特式拱门。不了解这个构造和结构要素，就不能了解拱门如何制作和如何出现。拱门的结构是什么？除了拱门构件和构件之间的联系外，它还包括拱门的历史、拱门各构件的历史。光描绘结构还不够，要研究它的起源。①

---

① 什克洛夫斯基：《散文理论》，刘宗次译，百花洲文艺出版社1994年版，第148页。

在《阿克梅派的早晨》一文中，曼德尔施塔姆将诗歌用词比作建筑用的石头，并指出词语搭配与创作的关系："就仿佛石头渴望另一种存在，它显露了它自己隐藏于自身之中的强大潜力，仿佛它在乞求允许走进那'弧棱拱门'以加入其同样欢乐的写作行动。"[①]

（二）俄国形式主义影响到曼德尔施塔姆对艺术任务的把握。

1919 年雅各布森曾出版论著《最新俄国诗歌》，认为"如果文学史想成为一门科学，它就必须承认艺术手法是它唯一关心的东西"。[②] 什克洛夫斯基则在《散文理论》中称："文学作品的灵魂不是别的，而是它的形式。"[③] 这里首先涉及一个问题，即形式与内容的关系。

显然，在形式主义学者们看来，形式是第一位的，对于文学作品的研究而言，首先要考察的对象就是形式。"陌生化"（奇特化）是俄国形式主义之代表人物什克洛夫斯基提出的核心概念。什克洛夫斯基主张通过陌生化，来实现艺术的目的。显然，什克洛夫斯基所提出的陌生化概念具有重要意义，它帮助人们恢复对熟视无睹的现象的认识，还原人们对司空见惯而难以形成真实认识的事物的认知。他之所以主张陌生化并强调这一表现手法的重要性，是为了克服认知的机械化，而在机械化的过程中大量的信息由于"熟练"而被遗漏。如同我们真正要回想或描述一个天天相见的同事或好友，往往无从下手：这是因为不管是对这个人的面部特征，还是对他的衣着，都已经由于熟悉而不再去关注。

---

① 《曼德尔施塔姆随笔选》，黄灿然等译，花城出版社 2010 年版，第 15 页。
② 彭克巽主编：《苏联文艺学学派》，北京大学出版社 1999 年版，第 2 页。
③ 同上书，第 3 页。

而要做到真切地描画出某天某人的形态，就需要借助陌生化的
手法。

1912 年，曼德尔施塔姆写出《阿克梅派的早晨》，其中表达
了与什克洛夫斯基所说的"使石头更成其为石头"同样的思想：
"A＝A：一个多么出色的诗歌主题。象征主义因同一的法则而
苦恼，阿克梅主义则将它作为自己的口号，并用它取代那可疑
的 a realibus ad realiora（从真实到最真实）"。① 另外，在关于但丁
的一篇文章中，曼德尔施塔姆把作品形式比作海绵，而把内容比
喻成从海绵中挤压出来的东西，由此也反映出他对艺术形式与所
反映内容之间关系的看法：

> 奥·曼（即曼德尔施塔姆）厌恶二元论，也就是我们这
> 里有关形式与内容的非常时髦的议论，并非偶然，它对于订
> 货者来说十分方便：官方的内容永远需要美丽的形式……正
> 是这种把形式与内容分开的做法，一下子使奥·曼和一批亚
> 美尼亚作家疏远了。他初次和他们会晤时，就猛烈抨击"形
> 式是民族的，内容是社会主义的"文化、文学及其他等等，
> 他居然不知道这句话出自何人之口……这样一来，我们甚至
> 在亚美尼亚也成了孤家寡人。形式与内容绝对不能分割的观
> 点，大概来源于他创作诗的过程本身。诗孕育于单一的动
> 机，耳际萦绕的音调已经包含了我们称之为内容的东西。
> 奥·曼在《漫谈但丁》一文中，把"形式"比作海绵，从
> 中榨取"内容"。如果海绵是干的，又什么也不包含，那么

① 曼德尔施塔姆：《时代的喧嚣》，刘文飞译，云南人民出版社 1998 年版，第 147 页。

从它身上就挤不出任何东西来。相反的一条路是：事先为某一内容选择相应的形式。奥·曼在同一篇《漫谈但丁》中也对这种做法予以谴责，并把这种做法的人称为"现有思想的译员"。①

三　20世纪哲学新思潮的影响

在曼德尔施塔姆那里，对世界存在的理解和他的文学创作是融为一体的。曼德尔施塔姆深受20世纪哲学的影响，法国哲学家柏格森的哲学对他尤其重要。曼德尔施塔姆认为，文化或文学依赖人的直觉，通过有机联系的实现而得以发展，他对这一见解深信不疑，并将之贯彻在他的文学创作活动中。在曼德尔施塔姆阐述其文学创作观的系列文章中，经常会见到机械论、因果论、进化论、嫁接、三维空间、直觉、有机联系论、绵延等概念，而这些概念均与柏格森的哲学论述有着直接的借鉴和阐发关系。我们知道，法国生命哲学家柏格森曾出版著作《时间与自由意志》（1888年）和《创造进化论》，详细探讨了时间、"绵延"、运动以及生命意义等问题。曼德尔施塔姆1907年起曾在法国游学，曾深入地学习过柏格森等西方哲学家的理论。曼德尔施塔姆的同时代人，诗人格·伊万诺夫曾在回忆录中谈到1910年曼德尔施塔姆从国外回到俄国时的情形："1910年秋，从来自国外的列车的三等车厢里走出一个年轻人。没有人迎接他，他也没有行李——唯一的一只箱子他遗失路上。……这位旅行者叫奥西普·艾米里耶

---

① 乌兰汗：《俄罗斯文学肖像》（散文卷），广西师范大学出版社2007年版，第293页。

维奇·曼德尔施塔姆。在艾恩德昆宁遗失的箱子中，除了牙刷和柏格森诗集外，还有翻破了的诗歌小本子。不过，真正丢失的只是牙刷：自己的诗和柏格森的诗他能背诵出来。"① 由此可见，曼德尔施塔姆对柏格森思想的熟悉程度。

由于对柏格森哲学极为推崇，曼德尔施塔姆在形成并阐述自己的诗学观念时表现出深受柏格森哲学的影响，主要表现如下。

（一）曼德尔施塔姆考察现象选取的角度

在日常生活中，我们使用钟表来记录时间，实际上这种时间是采用物理方法对时间进行测量。但是，我们也注意到这样一种情形，那就是心理或意识对时间长短的感觉与把握往往与钟表记录的时间不相一致。简单说来，日常生活中人们使用的时间，仍是通过将流淌的时光转换到空间中进行测算来完成的。当我们说出"现在"这个词时，实际上这一瞬间已经成为过去了，但可以借助想象在空间留下一个标记，来表示这一瞬间。生命哲学家柏格森认为："我们若不引入三维空间这个观念，则不能用一根线来象征陆续出现。"② 从意识活动的角度去看，时间本应是无法捉摸的现象，我们唯有借助空间化，才能形成对时间的认识。

作为柏格森哲学的信奉者，可以说，曼德尔施塔姆在其文论中经常重复相关哲学论述，其中包括柏格森对三维空间进行哲学思考而得出的看法："为了顺利地建设，第一个条件就是对三维的虔诚，不把世界看成包袱和不幸的偶然事件，而是将之看成上

---

① 格·伊万诺夫：《彼得堡的冬天》，贝立文、章昌云译，学林出版社1999年版，第98页。

② 柏格森：《时间与自由意志》，吴士栋译，商务印书馆2002年版，第69页。

帝赐予的宫殿。"① 曼德尔施塔姆对柏格森哲学的理解十分到位："柏格森没有遵循时间连续性的规定来考察现象，而是选择了空间伸展性角度。他对现象中纯粹的内部联系感兴趣，并将这种联系从时间中解放出来加以单独研究。"②

（二）曼德尔施塔姆对运动变化的理解

作为唯心主义哲学家，为了强调意识的内在活动方式和直觉的作用，柏格森在分析人们对动态事物的认知时，指出："运动有两个因素：（1）运动物体所经过的空间，这是纯一的并可分的；（2）经过空间的动作，这是不可分的，并且只对于意识才存在。"③ 我们在看电影时，可以看到银幕上的人物栩栩如生，形态具备。如果按照柏格森对运动的分析方法，那么我们就应想到实际上不过是一帧帧胶片在呈现出来，而之所以能够产生人物在走动或张嘴说话的印象，则主要是因为意识活动将这些各自不同的画面连缀了起来。这就是直觉发挥作用的结果。

曼德尔施塔姆曾经用"石头"来命名自己的第一本诗集，这充分表明他对诗歌用词已经有了崭新而独到的认识，故而将个人的诗学理念暗含在诗集的名称之中。石头好比创作诗歌要用到的语词，只有在诗人直觉的帮助下，语词进入一种"运动"状态，才能呈现出独特的崭新意义："弗拉季米尔·索洛维约夫在灰色的芬兰巨石前体验了一种奇特的预言性恐怖。大块花岗岩无声的雄辩如巫术般令他震惊。但丘特切夫的石头'滚下了山，躺在山

---

① *Мандельштам О.* Сочинения в 4-х томах. М.：TEPPA, 1991. Т. 2. С. 322.

② *Мандельштам О. Э.* Слово и культура. М.：Советский писатель, 1987. С. 55—56.

③ 柏格森：《时间与自由意志》，吴士栋译，商务印书馆 2002 年版，第 74 页。

谷里，撕扯松开了自身，或是被一只有感觉的手所松开'，就是那词语。物质的声音在这出人意料地坠落中听来像一段清晰的讲话。只有建筑师能够回应这挑战。虔诚的阿克梅派抬起这神秘的丘特切夫式石头，将它作为他们建筑的奠基石"①。

这上面这段引文中，石头之所以会滚落，首先是与相邻的东西相关。滚落这一动作和石头受到碰撞是同时发生的，按照曼德尔施塔姆对诗歌用词工作原理的认识，这表明相互牵连的事物之间已经建立了某种联系，有了这种联系才会有石头"坠落"而给人带来的震撼。当诗人看到躺在山谷里的石头，他能联想到石头滚落的轨迹，产生这种想象和感受唯有借助于直觉和意识活动。

（三）曼德尔施塔姆对生命意义的诠释

身为阿克梅派诗人，曼德尔施塔姆为了克服象征派对诗歌用词的滥用，特别重视语词的物性。不管是物质空间，还是形而上的空间，都是曼德尔施塔姆审视大自然和历史文化的立足点。他认为，人类文明史上的所有努力都在空间中留下了痕迹，留下了记忆。人类活动的目的就是填充空白，譬如，在没有建筑物的空地上建成了教堂。在文化艺术领域，同样如此，音乐或绘画手法的每一次创新，都是填补空白的活动。曼德尔施塔姆对存在之意义和价值的认识正是如此，这和生命哲学家柏格森所提出的观点如出一辙。人类的存在总是伴随着对物质和文化需求的增加，这

---

① 《曼德尔施塔姆随笔选》，黄灿然等译，花城出版社2010年版，第14页。此处引文中提到的丘特切夫的诗句，创作于1833年，名为"Problème"，1879年在杂志 *Русский архив* 上首次发表，而诗人已于1873年去世。这首以"难题"为名的诗歌全文并不长，现译出并附上，以供参考："石头从山上滚下，躺在谷底，/怎会如此，无从得知，/它是自行跌落，/还是受了外力？/过了一个世纪又一个世纪，/仍无人能解这个难题……"（Тютчев Ф. И. Избранное，Ростов-на-Дону，1996. С. 64.）

种需求是没有止境的。为了满足人们的各种欲望，实现人类对未来各种各样的期冀与梦想，就需要持续不断地辛勤工作，以此来创造出体现人类社会发展的物质财富与文化奇迹："我们若将'空白'理解为一种实用性的不存在，而不是一个事物的不存在，那么，从这种颇为相对的意义上，我们便可以说：我们永远在不断地从空白走向充实：这就是我们的行动所采取的方向。"①

在对待各种形式的"空白"上，曼德尔施塔姆表现出极为乐观的情绪，这显然不同于他的前辈象征派的态度。对于象征派诗人而言，不管是回望过去，还是面对经常遇到的遗忘现象，都会给他们带来无限的忧伤，甚至是绝望。作为象征派的理论家 Вяч. 伊万诺夫曾经指出："回首过往，我们看到其尽头的昏暗，我们徒劳地在昏暗中分辨类似于回忆录的那些形式。"② 与此相反，曼德尔施塔姆于 1923 年创作了一首诗，名为《找到马蹄铁的人……》，表现出他对回忆或"史海钩沉"的浓厚兴趣：

> 声音犹在，却已不知其来处。
> 汗马打着响鼻，累趴在尘土，
> 但脖子上凸起的筋肉
> 还在回忆着四蹄飞奔的那一幕。
> ……
> 当一个人已把话讲完，
> 口型会保持最后那个词的样子；

---

① 柏格森：《创造进化论》，肖聿译，华夏出版社 2000 年版，第 257 页。
② *Иванов В. И.* Родное и вселенское. М., 1994. C. 85.

> 尽管到家时罐中水已洒剩一半，
> 手上仍会觉得沉甸甸的。

1911 年应该算作曼德尔施塔姆从事诗歌创作的早期，这一年他曾经创作了具有纲领意义的一首诗，名为《贝壳》。据刘文飞考证，"此诗实际上是曼德尔施塔姆第一部诗集《石头》的主题之作，因为曼德尔施塔姆本欲以《贝壳》为其处女诗集的书名，后来在古米廖夫的建议下，才改为《石头》，而那部诗集中并无以《石头》为题的诗作，也许，古米廖夫意在暗示曼德尔施塔姆（以及读者），比'贝壳'更坚硬、更沉默的'石头'，是更符合阿克梅诗派诗学观念的诗歌形象"①。之所以我们认为《贝壳》这首诗具有重要的纲领意义，不仅是因为诗人一度想拿它作为第一本诗集的冠名，而且还由于这首诗能帮助我们窥见曼德尔施塔姆对诗歌创作意义的理解，简言之，即柏格森哲学中所提倡的"填补空白"。

> 也许，你并不需要我，
> 夜晚；自世界的深渊，
> 像只没有珍珠的贝壳，
> 我被抛在了你的岸边。
>
> 你冷漠地泛起了波浪，

---

① 曼德尔施塔姆：《时代的喧嚣》，刘文飞译，云南人民出版社 1998 年版，第 8 页。另外，此处所引的《贝壳》一诗，采用的也是刘文飞的译文，参见该书第 8 页。

你在固执己见地歌唱；
但你将爱上、你将评判
无用的贝壳所撒的谎。

你与它将并排躺上沙滩，
你将穿上自己的衣裳，
你将把波浪的巨钟
牢牢地系在它的身上；

就像无人居住的心室，
这易碎贝壳的四壁，
你会填满它，用涛声，
用雾，用风，用雨……

　　在这首诗中，诗人自比质地坚硬的贝壳，要将位于"世界的深渊"中的历史文化带到人类现实生活的"岸边"，让现实的喧嚣之声去填充"无人居住的心室"。曼德尔施塔姆本人就是通过其诗歌，漫步在古希腊罗马以来的文化历史之上，在不同的历史时期、不同的文化之间，寻觅和搭建起交流、共鸣、和谐的呼应关系，这种努力在诗人看来就是某种意义上的一种"填补空白"。

　　曼德尔施塔姆提倡以实实在在的材料去建造，在诗歌创作上则注重语词的物性。他将教堂的尖顶视作刺向虚无天际的一种努力，并曾感叹："阿克梅派的锋刃，不是颓废派的匕首和针芒。对于那些失去建设精神的人来说，阿克梅主义并不胆怯地拒绝重负，而欢快地接受它，以便唤醒这一重负中沉睡的力并将它用于建筑。建筑师说：我建造，故我正确。"① 曼德尔施塔姆将人的存在意义归结为创造，人类之外的所有东西，唯有经过人的手，才能转变为文化的载体。在这方面，20 世纪尼采等人推出的哲学新观点显然提供了一种自由，即认为上帝已死，换言之那个曾经创造万物的造物主已死。曼德尔施塔姆认为，诗人的使命就是用语言来进行创造，人变成了一种类似于上帝的生命体："人成长为一种类于上帝的生命体，这种成熟与对自身存在行将终结的认识联系在一起。"② 当年，曼德尔施塔姆曾是"诗人行会"的主要参与者，而这一行会就是按照中世纪手工业者的惯例而成立的。不管是中世纪时制作银饰的巧匠，还是建造教堂的工匠，这些手艺人都在从事一种在人世间留下痕迹和标志的伟大事业，也即在填补人类生活史上的各种空白。

（四）曼德尔施塔姆对庸俗进化论的态度

任何哲学新观念的出现都需要自然科学等相关领域的突破作为支撑，柏格森在提出生命哲学的种种论说之际，曾认真辨析了"物竞天择，适者生存"和"用进废退"等进化理论。在研究拉马克的进化理论之后，他没有将适应环境作为解释物种变化的唯一因素："承认外界环境是进化必须慎重考虑的力量，与宣布外界环境是进化的直接原因，这完全是两回事。后一种是机械论的理论。……实际情况是，适应（环境）造成了进化运动的种种曲折性，却并不决定进化运动的各个总体方向，更不决定进化运动

---

① 曼德尔施塔姆：《时代的喧嚣》，刘文飞译，云南人民出版社 1998 年版，第 145 页。

② 《Парадоксы русской литературы》. Под редакцией Владимира Марковича и Вольфа Шмида. СПб: Инапресс, 2001. С. 53.

本身。"①

在曼德尔施塔姆生活的特定时代，社会环境发生了翻天覆地的变化，诗人对此不可能置若罔闻。在面对外界变化带来的种种困惑之际，曼德尔施塔姆一方面为生存而积极适应，另一方面也谋求论证自身存在的合理性。这时候，他就从柏格森哲学那里找到了哲学依据："无论什么人，哪怕是臭名昭著的机械论者，也不会把有机体的成长视作外部环境改变的结果。环境只能呼唤有机体的成长。"②

通过以上分析，我们看到，曼德尔施塔姆身处现代主义语境之中，在诗歌创作方面除受象征派这一现代主义诗歌流派的影响之外，还接受了俄国形式主义、西方 20 世纪哲学新思潮尤其是柏格森生命哲学对他的影响。这些影响与他个人对诗歌的痴迷、对历史文化的喜好糅合到一起，形成了他对诗歌创作的理解、对诗人使命的认识，从而也帮助他成为一名卓尔不群的伟大诗人，并由此为俄国诗歌发展做出了无可替代的重大贡献。

---

① 柏格森：《创造进化论》，肖聿译，华夏出版社 2000 年版，第 91—92 页。

② *Мандельштам О. Э.* Путешествие в Армению// *Собрание сочинений в 4 т.* М.: Арт-Бизнес-Центр, 1994. Т. 3. С. 202.

第二章 "词与文化"：曼德尔施塔姆的诗歌创作观

第一节 曼德尔施塔姆的文学统一观

曼德尔施塔姆认为，语言保证了文学的统一。因为在他看来，语言是对人类历史的记载，是通向历史之门。他坚信"本民族文学统一的标准，假定的统一的标准只能是语言，因为其他的标准本身就是假定的、暂时的和随意的。语言虽然也在变化，一刻也未处在宁静中，从一个点奔向另一个点，这些点在语文学家眼里非常明晰。但在其所有变化的范围里，它仍然是一个'常量'，仍然保持着内在的统一"。①

在曼德尔施塔姆看来，不同的历史阶段都会在语言中留下痕迹，而语言拥有相对自足的常态体系，在不断丰富自己内涵的过程中始终保持着自身的生命力。从这个意义上说，语言是稳定

---

① 曼德尔施塔姆：《时代的喧嚣》，刘文飞译，云南人民出版社1998年版，第166页。

的、可靠的维系统一的力量。"逐渐地，一个接一个地，词的所有成分聚成形式的概念，只是词的自觉意义，即逻各斯，至今还被错误地、肆意地尊为内容。因为这份多余的尊重，逻各斯只能失败；逻各斯只要求与词的其他成分保持平等。未来主义者不能驾驭自觉意义，对待创作材料同样如此，将之抛出舱外，实质上重复了其前辈的愚蠢错误……对于阿克梅主义者，词的自觉意义，即逻各斯，是如此美妙的形式，就像音乐之于象征派那样。"①

当然，曼德尔施塔姆能提出独具特色的文学统一观，这与特殊的历史背景、当时的学术研究成果等都有着深刻的关联。在明确对文学统一的认识论之前，必须解决什么是文学、文学如何变化发展的问题，这就牵扯时间、历史、进化论、实证哲学等范畴。对于一千多年的俄国历史而言，每当世纪转型的时期到来时，往往会出现重大的思想和文化转折。不管是在 18 世纪末 19 世纪初，还是在 19 世纪末 20 世纪初，这样的飞跃式转型都对俄罗斯的继续发展带来了重大而深刻的变化。在世纪转型时期，俄罗斯思想界和知识分子们欲求穷尽真理的努力往往面向全世界文化，竭尽全力汲取各种不同民族文化的精髓，如饥似渴地吸收世界上最先进的思想营养，充分借鉴外来文化，用来促进本国文化和思想的发展。简言之，世纪转型时期，往往是俄罗斯历史上的思想迸发和文化繁荣时期。在曼德尔施塔姆生逢的白银时代，同样体现着这样的传统特点。

---

① *Мандельштам О.* Сочинения в 4-х томах. М. : ТЕРРА, 1991. Т. 2. С. 217.

一 什么是文学？ 这是曼德尔施塔姆首先要面对和解决的一个问题

在今天看来，回答这个问题似乎并没有什么难度，但在当时，尤其是在世纪转型时期的俄罗斯特定时代，仍是俄国文化界普遍关注的一个艺术难题。

（一）西欧自然科学的发展导致对世界的认识发生变化，以理性为核心概念的实证哲学难以合理解释文学艺术问题

从 18 世纪末开始，包括整个 19 世纪，自然科学迅猛发展，对世界的认识随之发生了深刻变化。在现代主义思潮出现之前，以孔德等人为代表的实证主义者试图用自然科学的方法与规则解释社会现象。在文学艺术领域，自然主义之所以昙花一现，也是过于推崇理性的作用带来的结果。人文领域存在着更多的不确定性，对理性难以解释的很多问题导致人们反求于个体的内心世界，这实质上就是之所以发生现代主义思潮的原因。人类文明的最终目标是走向和谐与美好，当 19 世纪科学带来的成果极大地丰富了人类物质生活，提高了生产效率之际，人们发现由此带来的相互伤害规模和深度更为严重，于是便产生了疑问。将理性和技术的作用夸大到一定程度，人们发现渐渐迷失了自我，人开始沦为物质的俘虏，在主体性貌似得到强调的同时却失去了主体性。在今天看来，对理性和技术的迷信和滥用带来了很多影响深远的后果："如果我们把人类文明完全说成自觉的理性的产物或人类设计的产物，或者我们自以为完全有能力自觉地重建或维持我们在不知道自己做了什么的情况下建立起来的东西，我们就太不自量力了。"①

---

① 哈耶克：《科学的反革命》，冯克利译，译林出版社 2003 年版，第 87 页。

与此同时，以理性法则构建出来的理论体系，在当时的俄罗斯，存在着渗透到社会文化生活各层面的倾向，尤其是庸俗进化论的渗透和传播占据着主导地位。不少文化学者和社会思想家试图用机械进化论观点来阐释文学、艺术现象及其本质，这在寻求思想解放的世纪转型时期，成为人们争相讨论的热点问题。在十月革命胜利前后，就有一些论调认为，人类历史进入了一个超越阶段，不同于以往任何一种社会制度，无限夸大社会制度的优越性，甚至于产生虚无主义的倾向。譬如，未来派就坚决采取了轻视人类历史文化的错误立场。

与轻视人类历史文化的虚无主义态度略有不同的是，还有一部分人以简单化、机械化的思维方式去理解和建构新社会的文化发展方式，认为人类在经历了原始、奴隶、封建和资本主义社会之后，站到了更高等级的发展阶段上。假如需要借鉴历史成果，那么也只能从上一个阶段借鉴，新文化"是在直接碰到的、既定的、从过去继承下来的条件下创造"①。这实际上也是一种变相的历史虚无主义态度。在 20 世纪 20 年代和 30 年代的苏联，对俄国经典文学和世界文学的排斥绝非个别现象。

曼德尔施塔姆显然不满于同时代人所主张的直接继承性，热衷于联系论的他不可能抛弃人类历史上的辉煌成果。他希望从普希金、诺瓦利斯等国内外诗人那里得到滋养，能够借鉴他们的经验，而这样的期望与时代的观念存在冲突：

　　俄国社会不止一次内心里感受到阅读西欧文学的美妙时

---

① 《马克思恩格斯和文学问题》，郭值京等译，上海译文出版社 1984 年版，第 307 页。

刻。普希金和他那整个一代人读了谢尼耶；下一代，奥多耶夫斯基那一代人读了谢林、霍夫曼和诺瓦利斯。60年代的人读了同时代的伯克尔，尽管后一种情况，双方都没从天上摘下星星，但这一时期还是进行了理想的接触。如今风儿揭开了古典主义和浪漫主义那几页，他们正好在时代最需要的地方敞开了。拉辛敞开的是《菲德拉》，霍夫曼敞开的是《谢拉皮翁兄弟》。谢尼耶的抑扬格诗篇和荷马的《伊利亚特》也都敞开了。①

正是由于意识到了这种文化断裂的危险，曼德尔施塔姆才鼓足勇气，大胆直言，并自觉地开始拯救文化免于断裂劫难的努力。

曼德尔施塔姆站在维系俄罗斯文化的高度上，对当时虚无主义者的做法深恶痛绝。在1921年写成的《词与文化》一文中，曼德尔施塔姆掷地有声地指出，"发明自己的诗学毫无意义"②，进而指出"诗人在用各种时代、各种文化的语言讲话。没有什么是不可能的。就像一间有一个弥留之际的人的房间向所有人开放，那个古老的世界的门也是这样在人群面前砰然敞开。突然间一切都成了公共财产。进来随意享用吧。一切都准备好了：所有的曲径，所有的密处，所有禁止的道路。词已变成，不是七孔而是千孔的芦笛，不断地由各个时代的呼吸吹响"③。在这里，不仅能洞见曼德尔施塔姆的诗学追求，更应该引起重视的是他所提倡

---

① 曼德尔施塔姆：《语言的本源》，韩世滋译，载《俄罗斯文艺》1997年第1期。
② 《曼德尔施塔姆随笔选》，黄灿然等译，花城出版社2010年版，第38页。
③ 同上书，第40页。

的那种开放的姿态，大胆地接收人类文明的各种优秀成果，跨越人为划出的时代与时代、民族与民族之间的障碍和鸿沟。在俄国文化需要突破，需要实现繁荣的历史背景下，尤其不能画地为牢。1923 年撰写的诗歌笔记中，诗人曾讲过："现代俄国诗歌并不是从天上掉下来的；它由我们民族的整个诗歌往昔所预示。毕竟，雅则科夫的震撼与铿锵难道不是先行于帕斯捷尔纳克？而这一例证难道还不足以显示诗歌的炮组是如何以连发的礼炮互相交谈，而丝毫不因企图分隔它们的时间的冷漠而受妨碍？在诗歌中，战争总是正在进行。"① 不难看出，在确定个人对文化创新的看法时，曼德尔施塔姆自觉地选择并接受了柏格森之联系论的影响。

应该看到，曼德尔施塔姆的这种观念与当时流行的看法格格不入。之所以这样，一个重要的原因就是哲学家柏格森的影响，柏格森指出："机械的因果关系和目的论都无法对生命过程做出充分的解释。"② 然而，在进化论被庸俗化的特定历史时期，导致机械论大行其道，制造出一种模糊含混的观念，即文学艺术领域也存在着进化论规律。在曼德尔施塔姆生活的那个时代，人们迎来了新的社会制度，而且在先进的思想指导和鼓舞下，社会物质生产与建设如火如荼，取得了前所未有的巨大进步。在这种氛围下，很多人也希望在人文领域创造同样的奇迹，认为只要进行一定的规划和设计，就能够如物质生产领域一样，短时期内出现文化艺术领域的发展与繁荣。这种思想不仅鼓舞着文化艺术领域的从业者，也影响着很多文化政策的制定与实施。实践表明，物质

---

① 《曼德尔施塔姆随笔选》，黄灿然等译，花城出版社 2010 年版，第 97 页。
② 柏格森：《创造进化论》，肖聿译，华夏出版社 2000 年版，第 151 页。

与精神文明的建设存在着各自的规律。譬如，在文学或音乐等艺术创作领域，无法明确规定在多长时间内必须涌现出多少个托尔斯泰或贝多芬那样的天才。由于没有认识到艺术的独特规律，苏联早期创办了各种各样的文学艺术培训机构，甚至吸纳了很多根本没有创作天赋的人去学习创作，希望他们能创造出体现社会制度优越性的文学作品。这样的规划和设计实际上没有取得预期的效果，这也是 20 世纪 50 年代苏联进行文艺政策调整的原因之一。在物质生产或自然科学的研究方面，应该更容易实现人们的设计与规划，而人文艺术领域的繁荣则需要考虑到另外一些因素，远不是通过简单化的设计或构想就能实现的："像语言、市场、货币或道德准则这类现象，并不是真正的人工产物，不是自觉创造的结果。"①

从 20 世纪 20 年代开始，苏联上下都在努力规划和设计，试图创造出一批天才作家和诗人。在这样的氛围下，贬斥历史和文化传统的历史虚无主义者的论调也大行其道。目睹种种奇怪现象，曼德尔施塔姆意识到了俄罗斯民族文化面临的危险，这是他呼吁抨击庸俗化进化论的根本原因。在《亚美尼亚游记》中的《自然主义者周围》一文中，曼德尔施塔姆指出："任何人，哪怕是臭名远扬的机械论者都不会把有机体的生长视作外部环境改变的结果。环境只能呼唤有机体的生长。……洗刷掉我们身上进化论的耻辱吧！"② 在曼德尔施塔姆十分喜爱的法国哲学家柏格森的

---

① 哈耶克：《科学的反革命》，冯克利译，译林出版社 2003 年版，第 87 页。

② *Мандельштам О. Э. Путешествие в Армению// Собрание сочинений в 4 т. М.: Арт-Бизнес-Центр, 1994. Т. 3. С. 202.*

论述中，同样存在着对进化论部分观点的质疑，柏格森指出："有人认为，外部条件能够通过在有生命物质中引起的物理化学变动，使有机体以直接的方式朝一个明确的方向变化；例如，这就是埃莫尔提出的假说。另一些人则更忠实于达尔文主义的精神，他们相信：条件的影响只是间接地发挥作用，在生存竞争中，这些影响有利于某些物种的代表，这些物种的产生机会已经最佳地适应了环境。换句话说，一些物种认为外部条件的影响是积极的，因而说它们确实引发了变异，而与此同时，其他的物种却说这些条件仅仅具有消极的影响，因而只能消除变异。但在这两种情况下，外部条件都被假定为能使有机体对其环境做出精确的调整。因此，这两种人都试图用对相似条件的适应去机械地解释结构的相似性，而结构的相似性正是我们反对机械论的最有力论据。"[①]

在批判文学艺术领域片面化的进步论调时，形式主义学派的一些论点对曼德尔施塔姆有所帮助。包括什克洛夫斯基在内的形式主义学者一向认为，艺术形式的变化有其内部规律，不受其他因素的影响。这些影响使得曼德尔施塔姆在阐述文学发展变化的观点时，表现得无比坚定："对于文学而言进化论特别危险，而进步论简直要命。……文学形式经常变换，一些形式让位于另一些形式，但是每一次变换与创新，都伴随着损失与扬弃。文学上不可能有任何的'更优'，任何的'进步'……"[②]

不管是柏格森哲学对进化论的阐释，还是形式主义学派对文

———————————

① 柏格森：《创造进化论》，肖聿译，华夏出版社 2000 年版，第 51 页。
② 曼德尔施塔姆：《语言的本源》，韩世滋译，载《俄罗斯文艺》1997 年第 1 期。

学艺术的研究，这二者都对曼德尔施塔姆产生了深刻的影响。社会制度的更替，只能说给创造新的文化奇迹带来了机遇，但并不能得出结论，新时代创作的所有小说或诗歌都优于历史上的经典。譬如，稍有文学知识的人都会同意，无法将今人创作的小说与《红楼梦》或《三国演义》进行简单比较，或认为当代作家的作品必然胜过历史上的经典。就同一个作家的作品来说，我们也无法判定普希金的《假如生活欺骗了你》比《致大海》更具审美价值或者相反，更不可能将普希金不同体裁的作品混合起来而分出个优劣或好坏。一个作家创作出众多经典之作，每部作品自有其特色。一个小说家创作的小说在语言、手法或主题上没有变化，千篇一律，那么就不会唤起读者阅读的兴趣，也不可能成为伟大的作家。换一种方式，我们可以提出这样一个问题，估计无从回答：莫言早期创作的《红高粱》和后来的《丰乳肥臀》，孰优孰劣？《荷马史诗》与《战争与和平》哪个写得更好？在分析普希金、托尔斯泰等人不同时期、不同体裁或题材的作品之后，曼德尔施塔姆得出了自己的结论，将文学经典的问世归因于变化而非进化："虽说我们认为已经把握了杰尔查文和罗蒙诺索夫的颂歌，但那类颂歌显然已没人能写出来……"①

尽管俄国形式主义学派的理论存在着明显的缺陷，主要表现在没有关注社会文化等文学艺术的外部因素，但是它开展研究的出发点还是有一定道理的。我们不可否认的是，人类创造性的活动，包括艺术创作，都有着独特的规律，灵感的出现并不是可以

① *Мандельштам О. Э. О современной поэзии*// *Собрание сочинений в 4 т.* М.: Арт-Бизнес-Центр, 1999. Т. 1. С. 206.

全然由理性或技术手段来代替。从上文曼德尔施塔姆列举的例子来看，一个作家不同时期的作品所表现出来的创新，即便是作家本人也难以重复。

（二）形式主义对曼德尔施塔姆思考文学属性的影响

在对什么是文学这一问题的思考上，曼德尔施塔姆深受当时风靡一时的形式主义研究理论和方法的影响。就曼德尔施塔姆的经历来看，在他遭受人生磨难的时期，在经济上给予他大力帮助的人恰恰就是形式主义代表人物什克洛夫斯基。另外，曼德尔施塔姆和帕斯捷尔纳克一度加入过形式主义研究小组，对当时语言与文学形式的研究甚为关注。

曼德尔施塔姆经常参加莫斯科语言学小组的活动，而这一小组是雅各布森为首的形式主义团体。雅各布森 1921 年发表《俄国近代诗歌研究》，1923 年发表《捷克斯洛伐克诗歌与俄国诗歌的比较》，1928 年雅各布森与蒂尼亚诺夫合作完成《文学和语言学研究问题》。"1915 年初莫斯科大学历史语文系成立了一个学术研究组织——莫斯科语言学小组，其核心人物就是雅各布森。小组宣布的宗旨是研究语言学、诗学、格律、民间文学等。由于涉猎广泛，除青年学者外还有一批优秀诗人参加，如马雅可夫斯基、帕斯捷尔纳克和曼德尔施塔姆等。小组经常聚会从事学术研讨。"①

作为俄国形式主义的发源地之一，1916 年在彼得堡成立的"诗语研究会"对曼德尔施塔姆非常器重："奥西普（即曼德尔施

---

① 王加兴、王生滋、陈代文：《俄罗斯文学修辞理论研究》，黑龙江人民出版社 2009 年版，第 68 页。

塔姆）总以为莫斯科有人了解他、器重他，其实恰恰相反。这段历史中有个细节，听来让人吃惊：列宁格勒（1933 年）曾把奥西普·埃米利耶维奇（即曼德尔施塔姆）当作伟大诗人、persona grata（拉丁语，指受欢迎的人）来欢迎，列宁格勒的文学界全班人马（蒂尼亚诺夫、艾亨鲍姆、古科夫斯基），到欧罗巴旅馆去向他表示敬意。他的光临，为他举行的晚会——都被看作是大事。"① 这些事实足以证明，曼德尔施塔姆不仅与俄国形式主义学派的代表人物相熟，而且难免会受到形式主义学说的影响。

众所周知，以什克洛夫斯基、雅各布森等为代表的形式主义研究，本来首先应该解决的问题是文学艺术与社会的关系，然而形式主义学者选择避开社会问题，将研究的重心放在文学内部。这样的学术研究氛围无形中对当时热衷于诗歌和文学创新的一代诗人带来了影响：

> 形式主义学派感到他们最关心的是文学的结构：对文学特有的本质的辨认、分离和客观描述以及在文学作品中使用某些"音位的"技法，而不是关注作品的"语音"内容、作品的"信息""来源""历史"，或者作品的社会学、传记学、心理学的方面。他们认为，艺术是自主的：一项永恒的、自我决定的、持续不断的人类活动，它确保的只是在自身范围内、根据自身标准检验自身。用什克洛夫斯基的话来说："艺术永远不受生活束缚，它的色彩不反映在城堡上空飘扬的旗帜的色彩。"如果艺术，特别是文学，具有这种本质，

---

① 乌兰汗：《俄罗斯文学肖像》（散文卷），广西师范大学出版社 2007 年版，第 268 页。

那么就应该把文学研究和文学批评看作是一项独特的统一的理智活动，它的活动范围是明确无误的。根据什克洛夫斯基提出的一般的但明显具有"结构"的原则："艺术的形式可以由艺术的规律解释清楚"，文学的活动范围主要涉及文学是"怎样"的，而不是文学是"什么"的问题，亦即整个文学艺术的独特本质。如果我们接受什克洛夫斯基的名言"从狭义上说，文学作品指用特殊的旨在使作品尽可能艺术化的技巧创造出来的作品"，那么我们就得接受雅各布森的结论，"文学研究的主题不是作为总体的文学，而是文学性，亦即使特定的作品成为文学作品的东西"。①

形式主义者们倾向于认为，语言有着自己独特的结构，文学同样拥有独立自主的内部结构。在他们看来，文学是一种永恒存在的东西，具有独立性，与它之外的东西毫不相干。文学虽然可以发生变化，进行自我调节，但是这一切都是自然而然发生的，不能把文学嬗变看作对社会变革的反应，即不能将文学变化看作外部环境变化带来的产物。

布拉格学派的主要代表人物之一，穆卡洛夫斯基分析过艺术与社会之间的关系，强调"艺术结构的发展是连续的和以内在合法性为特征的；它具有一种自我运动。于是我们不应当把艺术只看作社会发展的直接结果。艺术结构中的变化确实受到外部的刺激，但是这些冲击被感受和发展的性质与方向，却只取决于内在

①　特伦斯·霍克斯：《结构主义和符号学》，瞿铁鹏译，上海译文出版社 1987 年版，第 60 页。

的美学前提。这些美学前提并不一定在艺术和社会之间导致机械论的因果关系，正如某一社会组织形式并不一定附有一种相应的艺术创造形式一样"。①

就曼德尔施塔姆而言，他曾明确指出俄罗斯文学的统一由语言来保证，从中不难看出其受形式主义学派的影响之深。

（三）对历史和时间的崭新认识

曼德尔施塔姆在形成个人的文学观之际，深受西欧哲学思潮和俄国形式主义的影响，他将最新的哲学观念与自己喜爱的文学艺术研究融合起来，从而提出他独特的文学观。这些影响首先表现为他对历史、时间，尤其是对人类历史上的中世纪采取了完全不同的理解和诠释。

哲学家柏格森认为："我们越是研究时间，就越是会领悟到：绵延意味着创新，意味着新形式的创造，意味着不断精心构成崭新的东西。科学区分出来的那些系统之所以延续，只是因为它们被与宇宙的其余部分紧紧地连在了一起，不可分离。"②

曼德尔施塔姆认为，19 世纪的人们习惯于从时间的延续性上考虑问题，这样的习惯是支持因果论的一种表现。在谈论词语的本质属性时，他曾指出："因果论唯命是从地屈服于时间思维，长期统治欧洲逻辑学家的头脑；而联系论不带任何形而上学的意味，正因为这个缘故，对于科学发现与假设而言是更为有效的理论。"③

---

① 布洛克曼：《结构主义：莫斯科——布拉格——巴黎》，李幼蒸译，商务印书馆1980 年版，第 77 页。

② 柏格森：《创造进化论》，肖聿译，华夏出版社 2000 年版，第 16 页。

③ 曼德尔施塔姆：《语言的本源》，韩世滋译，载《俄罗斯文艺》1997 年第 1 期。

曼德尔施塔姆在对待时间这一范畴时，有别于传统的看法。在世界文学范围内，曼德尔施塔姆对时间的认识和处理更接近于他所喜爱的但丁，即把时间理解为历史的内容，因此才会有"时间"是曼德尔施塔姆创作主人公的印象。在《关于但丁的谈话》一文中，曼德尔施塔姆写道："对但丁来说，时间是历史的内容，它被理解为一种简单的共时行为；相反亦然：历史的内容是由时间及其伙伴、竞争者和共同发现者组成的联合体。"① 我们从曼德尔施塔姆的创作中，能看到他对待历史时间的态度正是采取了共时性的角度②。

曼德尔施塔姆对因果论、庸俗的进化论表现出厌烦的态度，这也是他力图挣脱时间之约束的一种表现。撇开时间对人类活动产生影响这一因素，他和柏格森一样，更倾向于从空间结构角度去审视文化以及历史现象。曼德尔施塔姆在这一方向上的探索，主要表现为两个关键词：中世纪、建筑学。他要重新审视似已盖棺定论的中世纪，并使用建筑学原理阐释文学创作。由于受到结构主义学说的影响，曼德尔施塔姆的文论中透射出对结构的重视。为了营造诗歌内部的"空间结构"，曼德尔施塔姆甚至在人类社会历史上寻觅最佳的结构。只要谈到结构，就不能忽视各个部分相对于整体、各个部分之间的关系，而这些关系本身便发挥着分隔与分界的功能。

————————

① 《曼德尔施塔姆随笔选》，黄灿然等译，花城出版社2010年版，第314页。
② 曼德尔施塔姆所秉持的文化时间观，显然主要接受了法国哲学家柏格森的影响。在世界范围的诗人中，阿根廷诗人豪尔赫·路易斯·博尔赫斯（1899—1986）在对待时间的态度上与曼德尔施塔姆十分相像。博尔赫斯被誉为作家中的考古学家，深受古希腊哲学家柏拉图以及现代哲学家尼采、叔本华等人的影响，其作品表现出幻想与真实、历史与现在的共时存在特征。

曼德尔施塔姆在人类历史文化的长廊中,终于找到了他所欣赏的社会结构,那就是中世纪。一般认为,历史上的中世纪是黑暗的时代,但由于它能提供社会结构的层次感这一必要条件,而在曼德尔施塔姆眼中成了亟待发掘的珍贵时代:

> 人们认为社会结构建于森严分明的等级之上,这种意识在中世纪的政治思想中根深蒂固。"阶层"这个概念自身是不固定的。"等级"与"阶层"这两个近乎同义的词表明了复杂多样的社会现实。"等级"的概念并非仅限于阶级;它扩大到每一种社会典仪,每一种职业和每一种团体中。据波拉特教授称,法国的那种王国三等级制,在英国只是依照法国模式从理论上接受下来,并置于附属地位。而我们则发现与此同时还存在着十二等级制。在中世纪,"等级"或"阶层"所标示的职能或分类具有迥异的性质。首先,有王国的等级,但也有商业的等级,婚姻与贞洁的等级,以及罪孽的等级。宫廷中有"身与口的四等级",即面包总管、司酒者、司肉者和厨子。最后,还有骑士制度的不同等级。在中世纪,使这个词的不同意义统一起来的是人们确信这些分类中的每一种都代表着神的创造,都是上帝意志所创的有机世界的一分子,它们构成了一个实在的统一体,而且从根本上说,与神圣的等级制度一样令人崇敬不已。①

---

① 约翰·赫伊津哈:《中世纪的衰落》,刘军等译,中国美术学院出版社 1997 年版,第 50—51 页。

毋庸置疑，曼德尔施塔姆在审视中世纪的社会结构之际，显然存在将之完美化的倾向，他将最为严苛的社会等级观念视作社会结构层次分明的表现，并指认出在这样的条件下，每一个公民仍能体验到自己的尊严和重要性："中世纪之所以值得我们重视，是由于它有较高程度的层次与分界感。它从来不把不同的观念搅在一起，……理性、神秘主义和把世界看作是一种变动着的平衡的世界观恰到好处地融汇在一起，并促使我们从约在 1200 年时古罗马大地上涌现的作品中汲取力量。"①

强调社会结构和等级的清晰性，这成为后人重新理解和领会中世纪的一个着眼点。"对生活在五百年前的人们来说，他们对一切事物的看法比我们要泾渭分明得多。痛苦与欢乐、患难与幸福的差别是十分明显的。一切经历过的事情在他们心目中只意味着直接、绝对的快乐与痛苦。每一件事情、每一个活动都通过庄严堂皇的形式来表达，并形成严肃的仪式。这些仪式并不局限在生死婚嫁这些已经神化的人生大事，其他诸如旅行、任务、访问等小事亦同样有着一整套完整的礼仪：祝福仪式、庆祝仪式及其他必需程序。"② 这样的一些观点显然有悖于人们惯有的看法，即人们一般认为中世纪是一个跨越千年的黑暗时代。但是，现当代史学界对中世纪的研究表明，相对于中世纪对人类文明所做出的杰出贡献，将之称为黑暗时代显然有失公允。长期研究中世纪并在史学界有着重大影响的美国学者查尔斯·霍默·哈斯金斯认

---

① *Мандельштам О. Э. Утро акмеизма// Собрание сочинений в 4 т.* М.: Арт-Бизнес-Центр, 1999. Т. 1. С. 180.

② 约翰·赫伊津哈：《中世纪的衰落》，刘军等译，中国美术学院出版社 1997 年版，第 1 页。

为，不能将中世纪作为"一成不变的、停滞的、保守的事物的同义词"，"欧洲中世纪是人类历史上一个不可忽视的时期，同时也是复杂而充满变化的时期。在这一千年的时间中，包含着形形色色的民族、制度以及各种类型的文化，展示着历史发展的许多过程，蕴涵着现代文明的许多因素的起源。……像历史上的所有伟大时期一样，中世纪既具连续性又具变化性的特征"①。在我们谈到中世纪时，更多情况下会想到思想的禁锢和自由遭到的压制，但实际上，有更多的研究成果在支持一种观点，即生活在中世纪的人们未必会认同自由遭到压制这一说法，因为在当时"每一行业、爵衔与社会阶层，都有一个理想而又界限分明的划分。每一个体要做的就是各尽其能以寄身于此"②。在哈斯金斯看来，当时的教会学说固然影响着人们的思想，划出了一定的范围，但当时的学术自由也远非今人想象的那样受到钳制："然而，按照历史主义的或实事求是的原则，问题不是这些研究局限今天的人们如何认识，而是中世纪的人们有怎样的切身感受。自由是相对的，如果人们不认为受到束缚，他们实际上就是自由的。"③

意大利学者卢多维科·加托撰写了《帝国时代：中世纪》一书，对中世纪各个阶段、各种历史文化现象进行了梳理。加托得出结论认为，中世纪不仅拥有自己的活力，而且即便被人们公认为阴暗面的东西也具有积极的意义：

---

① 查尔斯·霍默·哈斯金斯：《12世纪文艺复兴》，夏继果译，上海人民出版社2005年版，第1页。

② 约翰·赫伊津哈：《中世纪的衰落》，刘军等译，中国美术学院出版社1997年版，第224页。

③ 查尔斯·霍默·哈斯金斯：《12世纪文艺复兴》，夏继果译，上海人民出版社2005年版，中译本序言第7页。

第一，那是一个充满巨大活力的时代，远不像许多人所说的那样是一个漆黑一团的、魔鬼横行的野蛮时代。中世纪产生了许多光芒四射的东西，造就了一个完整而复杂的文明，而这一文明给人类留下了不可磨灭的文化遗产。实际上，今天我们西方人使用的各种语言就是在中世纪形成的，今天在西方各地区和各个国家，甚至在超越国家的范围内起着领导作用的立法、司法和行政机构（如议会、市政府等）也是在当时产生的。与千百万教徒相联系的基督教及其经文也是在近千年的中世纪逐步确立的。公元11世纪初又产生了文学体系，而这种体系在今天依然生机勃勃。今天我们引以自豪的大多数城市及其市中心的杰作、壮观的建筑物和弯曲的街道都是在中世纪建成的，并各自具有我们今天所看到的特点。第二，无数与那个时期相关联的精神的、政治的、经济的和文化的问题一直被视为落后的阴暗面，而今天以乐观的目光来看则可能是一些进步面。[1]

最后，我们引用当代学者对中世纪研究所得出的结论，可以发现这与曼德尔施塔姆心目中的中世纪如出一辙。曼德尔施塔姆之所以关注中世纪，是借历史来支持他对文学发展的论断，即在保留界限的前提下，通过联系来实现统一。无疑，中世纪的生活图景让他对文化的当代生活充满了憧憬，并为个人的人生价值体现找到了努力的方向。我们可以发现，曼德尔施塔姆会将目光瞥向久远的中世纪，是因为他要为自己的文学观寻找历史依据：

---

[1] 卢多维科·加托：《帝国时代：中世纪》，夏方林译，四川人民出版社2000年版，第134页。

"必须看到当时产生的许多事件的联系、变化和延续性，应该知道这些事物所产生的影响和价值是不会完全消灭的，因为许多事物尽管是相互对立的，但它们既不可能跳跃式发展，也不可能向后倒退，而是在缓慢地演变，彼此间有着程度不同的关联。古代和远古之间的关系是这样，中世纪和现代的关系也是这样。"①

由于认同柏格森哲学对时间的分析，曼德尔施塔姆在时间和空间的组合关系中，更加看重空间，进而更加重视空间结构的垒建。在他创作的大量诗歌之中，自古至今的各种文化要素俯拾皆是，这本身也可视作诗人要从时间之网中解脱出来的一种表现。就创作主题和素材来看，曼德尔施塔姆获得了空间上的自由，可以在不同的时代中往返穿越。在他的诗歌用词层面，则致力于发掘语词的多义性，让一个语词发散出尽可能多的联想可能性，以便与毗邻的语词建立联系。

二 文学的统一由语言保证

在白银时代这个特殊的历史时期，尤其是在各种文学思潮纷纷涌现的时期，伴随着各种理论的出现，对文学艺术及其本质的观点和看法也千奇百怪，五花八门。但是，不管是曼德尔施塔姆，还是其他流派的代表人物，都无法回避文学的统一问题。在阿克梅派登上文坛之时，要想开辟属于自己的天地，必然要对文学的统一问题发表自己的看法。曼德尔施塔姆的观点，在一定意义上阐述了阿克梅派对文学统一这一问题的认识。

① 卢多维科·加托：《帝国时代：中世纪》，夏方林译，四川人民出版社 2000 年版，第 135 页。

曼德尔施塔姆充分利用他丰富的语言学知识,在综合俄国形式主义学派推出的新成果的基础上,他运用柏格森哲学观点,就文学的统一问题提出了与众不同的看法。除却对语词之物性的强调之外,他还重申了词与所指对象之间的关系,将言语与语言作了区分。用他的比喻来阐述的话,就是将建筑物中的石头与旷野里的石头作了区分。石头本是具体可感的实在之物,但只有将之置于建筑之中,它才成为建筑材料,才成为神圣建筑物中的一部分,才会拥有它在整体之美中的价值意义。大自然中的石头有着风吹雨打留下的纹理,有着浪涛冲蚀带来的印记,这些遭遇都铭刻在石头之上。同样,一个词在存在的过程中也会遭遇很多变化,其中包括语义上会变得更加丰富。分析一块石头,我们可以获取很多信息,而剖析一个语词或一句话,也会启示我们回忆起历史上的风云或展望遥远的未来:"如此高度有组织,如此高度有机的语言不仅是通向历史之门,而且本身就是历史。"[1]

无独有偶,奉曼德尔施塔姆为导师的布罗茨基也表达过同样的思想,后者在评价 1992 年诺贝尔奖获得者德里克·沃尔科特时指出:"文明是有限的,在每个文明的生命中都会有那么一刻出现中心无法维系的情况。使它们不致分崩离析的,并非军团,而是语言。罗马即是如此,在这以前的古希腊也是如此。这种时刻,维系的工作便落到来自外省、外围的人士身上。"[2]

曼德尔施塔姆在为阿克梅派成立而撰写宣言之前,就已表现出对现实世界之实在性的偏爱。在他早期写成的一首诗《给了我躯体,

---

① 顾蕴璞:《时代的"弃儿",历史的骄子》,载《外国文学评论》1990 年第 4 期。
② 黄灿然:《英语文体的变迁》,载《读书》1996 年第 7 期。

我该怎么处置》（1909）中，在阐述个人对生命价值的认识时，他撇
开了抽象的辞藻，而是以留在玻璃上的气息痕迹来象征生命的意义。
将深刻而复杂的思想或价值形诸直观的东西，这一原则性立场表明，
曼德尔施塔姆一开始就不自觉地避开了象征派诗人所存在的弊病：

> 给了我躯体，我该怎么处置，
>
> 如此唯一并属于我的躯体？
>
> 享受呼吸与生活的平静乐趣，
>
> 告诉我，我该对谁表示感激？
>
> 我既是花匠，我也是花朵，
>
> 在世界的牢笼里我并不孤独。
>
> 在永恒的玻璃上早已
>
> 留下了我的体温，我的气息
>
> 在那上面留下的纹理，
>
> 刚过不久已经无从辨识。
>
> 任由瞬间的浊流淌下来吧，
>
> 但不要将这可爱的纹理抹失！①

　　玻璃是生活中常见之物。诗人将人生的价值和存在的意义比
喻成哈气留在玻璃上的"纹理"，将抽象的哲学思辨化成了可见
之物，避免了无病呻吟般的抽象思辨。同时，我们能注意到，诗
人没有强调生命和时光这样的概念，而只是提到了可触可感的肉
体、体温、呼吸的气体等。在尝试评价一个人的价值时，曼德尔

---

① *Мандельштам О. Э. Избранное.* Смоленск：Русич，2000. С. 19.

施塔姆更在意他在"空间"中留下的痕迹。

综上所述,围绕着文学的统一问题,曼德尔施塔姆将语言学、生命哲学、形式主义学说三者糅合起来,提出了对文学的独特认识。文学语言不仅是历史与文化的记忆,而且还是人类进一步丰富和创造文化奇迹的材料。语词与建筑用的石头一样,为了建造填补空白的建筑物,各种石头相互挤压,共同创造出建筑物的匀称和平衡之美。具体到诗歌创作,曼德尔施塔姆提倡的则是促成语词之间的有机而偶然的联系,以此来创造新奇之美。

第二节 曼德尔施塔姆对诗歌用词的理解

曼德尔施塔姆曾多次阐述其对诗歌用词的看法,具体说来,可以概括为两个方面:其一,语言与言语的区分;其二,词义的构成与诗歌用词的功能体现。

一 活的词并不是物的符号, 实际上这里要讲的是言语与语言符号的区分

在阐释能指与所指的关系时,曼德尔施塔姆曾写道:"难道物象是词的主人?词应是灵魂。活的词并不是物的符号,而是自由地选择这个或那个物的含义、物性、可爱的肉体作为自己的寓所。词绕着物自由地游荡,就像灵魂围着被抛弃但未被忘却的尸体一样。"[1] 从这段文字中,我们不难发现,曼德尔施塔姆用平易

---

① *Мандельштам О.* Проза поэта. М. : Вагриус, 2000. С. 187.

的语言阐述了言语与语言之间的复杂关系。当然，在这些表述中，也能看到曼德尔施塔姆对艺术形象的理解："语言艺术作品更多地是在记录在刻画对物质世界的主观反映，而非直接可见的物象本身。"① 另外，他的看法与当时形式主义学者的观点相一致，从中可知他熟悉雅各布森等人所做的研究。雅各布森1933年发表《论诗歌》一文，其中指出："诗歌的显著特征在于，语词是作为语词被感知的，而不只是作为所指对象的代表或感情的发泄，词和词的排列、词的意义、词的外部和内部形式具有自身的分量和价值。"②

在这一点上，曼德尔施塔姆主要的贡献表现为两个方面。其一，他明确反对当时未来派对诗歌用词的主张；其二，他通过强调词的物性，来纠正象征派在诗歌创作中对语言的滥用。

首先，应该看到，曼德尔施塔姆提出的诗歌用词观念之所以长期受到人们的重视，这是有时代原因的。

当时，伴随着新的社会思潮的深入普及，焕然一新的社会生活图景日渐展开，人们对未来生活普遍存在着不同以往的崭新认识。其中，未来派就是这方面鲜明的例子。面对日新月异的生活，有人提出，诗人应该有权力创造新词，来反映社会生活中出现的新事物、新现象。在未来派等诗人的鼓噪下，创造新词来表现和反映新事物，似乎理应成为文学创作的主要任务之一。与此相伴而来的一些问题接踵而至，在对诗歌创

---

① 哈利泽夫：《文学学导论》，周启超、王加兴等译，北京大学出版社2006年版，第126页。

② 特伦斯·霍克斯：《结构主义和符号学》，瞿铁鹏译，上海译文出版社1987年版，第63页。

作传统的看法上,甚至在对待历史的态度上,都产生了弃绝过去的倾向。

1912 年发起的未来派宣言《给社会趣味一记耳光》,签名者就有马雅可夫斯基。在这篇檄文中写道:"我们命令尊重诗人的权力:……憎恶延存至今的语言……"①正是在这篇宣言中,未来派诗人号召将普希金、陀思妥耶夫斯基、托尔斯泰等人从现代轮船上扔下去,同时还表明了未来派对俄国文学经典及语言形式的憎恶。作为未来派的理论家之一,克鲁奇内赫曾阐述了他本人关于诗歌用词的观点:"词在死亡,而世界永远年轻。艺术家看到的世界是崭新的,要像亚当那样,为这一切命名。百合花(лилия)本身美妙,但百合花一词则丑陋不堪,属于陈词滥调并充满强制性。因此我用 еуы 一词来取代它,这样原有的纯洁便能得到恢复。"②从未来派发表的宣言,从克鲁奇内赫等诗人对诗歌包括对用词独出心裁的大胆尝试,都可以看出他们对诗歌传统以及历史文化传统的态度。马雅可夫斯基曾坦诚地说过,他甚至连怎样运用抑扬格或扬抑格这些最基本的规范都不甚了解,认为这些诗歌写作技巧往往会束缚或限制诗歌创作:"说句实话,我不懂得什么抑扬格、扬抑格,从来没有去辨别,今后也不会这样做。这并不是因为这是件难事,而是因为在我的诗歌创作上根本用不着和这些东西打交道。"③

对于俄国未来派而言,就像意大利未来派的奠基者马里内蒂所

---

① 《Пощечина общественному вкусу》. М., 1912. С. 50—51.

② *Ханзен-Лёве Оге А.* Русский формализм: Методологическая реконструкция развития на основе принципа остранения. М.: Языки русской культуры, 2001. С. 62.

③ *Маяковский В. В.* Как делать стихи? См.: *Маяковский В. В.* Полное собрание сочинений: В 13 т. М., 1955—1961. Т. 12. С. 86.

宣扬的，他们的使命在于"经常性地别出心裁，让观众晕眩"①。这样的表述和说法，很容易产生有失偏颇的创作倾向，即诗人的任务在于单纯引起读者的惊奇。一旦诗人被赋予权力独创新词，创立新的词义和音韵结构，这样一来，诗歌创作便很可能面临一种危险：诗人按一己的愿望和喜好，可以随意改变传统的形式与原则。在未来派的作品中，"位移""剪辑""工艺设计""艺术生产"方法的运用已经扩展到词义、句意和词汇方面。例如，克鲁奇内赫曾杜撰了大量新词，还曾写成如天书一般的诗歌《香膏》②：

> дыр бул щыл
>
> убещур
>
> скум
>
> вы со бу
>
> р л эз

在孤芳自赏的克鲁奇内赫看来，他的这首诗无与伦比，甚至远远超过了普希金所有的创作。而在读者眼里，却不过是令人匪夷所思的文字游戏而已。但按照未来派的观点去看，此处所造的词是有具体内容的，尽管读者并不清楚这内容为何物，这显然属于滥用"必须用新词表达新的内容"这一主张。仅凭马雅可夫斯基的著名言论"不是思想产生词，而是词产生思想"，③ 我们也可

① *Ханзен-Лёве Оге А.* Русский формализм： Методологическая реконструкция развития на основе принципа остранения. М. ： Языки русской культуры，2001. С. 67.

② 《Литературные манифесты：От символизма до〈Октября〉》. М. ，2001. С. 138.

③ *Ханзен-Лёве Оге А.* Русский формализм： Методологическая реконструкция развития на основе принципа остранения. М. ： Языки русской культуры，2001. С. 468.

以得出结论,马雅可夫斯基在对语词的认识上与克鲁奇内赫有相仿之处。

十月革命胜利后,要表现焕然一新的社会制度,临摹热火朝天的建设新生活的热情,艺术家们踊跃施展各自的才华,为建设美好家园添砖加瓦。在这样精神高亢的氛围中,使用新的语言来表现新生活的论调不绝于耳。所幸的是,作为领军人物之一,马雅可夫斯基在创作实践中始终非常审慎地对待这样的论调和做法。综览马雅可夫斯基的诗歌创作,可以发现,尽管诗人创作了在形式上别出心裁的大量诗歌,但从未出现像克鲁奇内赫那样的新词和诗句。对创造和使用新词的严谨态度,帮助马雅可夫斯基的诗歌远离陷于可笑和荒唐的境地。马雅可夫斯基审慎运用新词并使其作品独具一格,他的成功也赢得了对诗人造词权力颇有微词的曼德尔施塔姆的认可。尽管曼德尔施塔姆一向对未来派的造词主张不以为然,但他竟会在自己的《阿里奥斯托①》中援引马雅可夫斯基《穿裤子的云》中出现的新词"лазорье"("蔚蓝")②。应该说,处于未来派影响下,马雅可夫斯基只是在不得已时才会选用新词,来表达新出现的现象。

这样说来,曼德尔施塔姆之提出诗歌用词的看法,在很大程度上带有与未来派语言观相抗衡的意味。从历史的角度来看,曼德尔施塔姆的主张相对于气势汹汹的未来派宣言,发挥着一种纠偏的作用,有利于更合理地衡量语词与文学创作之间的关系。当然,在预防和克服未来派的偏激做法之前,作为阿克梅派成员

① 阿里奥斯托(1474—1533),文艺复兴时期意大利诗人。长篇叙事诗《疯狂的罗兰》是他的代表作,这部作品被誉为意大利文艺复兴时期社会生活的画卷。

② *Лекманов О. А.* Книга об акмеизме и другие работы. Томск, 2000. С. 573.

的曼德尔施塔姆还要避免重犯象征派的错误："一切暂时的事物都不过是一种类似。我们以玫瑰和太阳、鸽子和姑娘为例。对于象征主义者来说，这些形象无一本身是有意义的，玫瑰是太阳的类似物，太阳是玫瑰的类似物，鸽子是姑娘的类似物，而姑娘则又成了鸽子的类似物。形象似标本一样被开膛掏空，并用其他内容来填充。替代象征主义'对应关系森林'的是制作标本的作坊。"①

　　有别于马雅可夫斯基等未来派诗人的说法，为了揭示词与要表达的思想意义之间的关系，曼德尔施塔姆更强调语词的"物性"，为此他特意将诗歌用词比作构建建筑物的石头："鹅卵石在建筑师手里转变为实体，假如凿石头的凿子发出的叮当声在他并不是形而上学的证据，那么他就不是天生的建筑师。"② 这里的鹅卵石是真实存在的，但变成建筑材料，就需要建筑师的独具匠心和巧妙运用，这是因为："意象不是日常物象的直接对应物和等同物，意象和物象之间的距离，为意义的凝聚创造了可能，也为艺术家和欣赏者对意义的发现和感悟留下了充分的空间。"③

　　二　词义的构成来自于历史积累，　诗歌用词的价值在于，借助奇妙的相互联系和挤压，　阐发和表现新内容

　　曼德尔施塔姆在对待诗歌用词方面，强调意义的创造过程。像造物主那样，他用词来完成创造："在诗歌中，对上帝的模仿

---

　　①　*Мандельштам О. Э.* Проза поэта. М. : Вагриус, 2000. C. 205.

　　②　*Мандельштам О. Э.* Слово и культура. М. : Советский писатель, 1987. C. 168—172.

　　③　周宪：《文化表征与文化研究》，北京大学出版社 2007 年版，第 117 页。

首先得让词化成肉身。没有肉身，救赎就无从谈起。"① 在阿克梅派宣言《阿克梅派的早晨》中，曼德尔施塔姆分析了词义随历史时代变化而不断积累、丰富的过程，并追求在用词时将词内部汇集的多重词义激活。其一，曼德尔施塔姆指出了词的内部多层含义蕴藏的历史成因，对词意义的单一性进行否定，使他提出的词与词之间进行的"偶然搭配"成为可能；其二，更加强调和重视词的含义本身，批评了未来派及其前辈——象征派对待词义的态度。

曼德尔施塔姆认为："为了道出语言中尚没有命名的东西（诗人要表达的正是这个），需要从已经存在的词中挤出所需要的意义，为此而将词推向它不期而至的邻居。"② 诗歌要表达的含义不可能局限于表面上的每一个语词，要真正弄懂一句诗的意思，要深入了解一件创造物的审美价值，需要读者运用自己的脑力和才识，方能看到美的所在。后来的学者格尔茨在《文化的阐释》一书中，也给我们展示出同样的看法："我们的思想、我们的价值、我们的行动，甚至我们的情感，像我们的神经系统自身一样，都是文化的产物——它们确实是由我们生来俱有的欲望、能力、气质制造出来的。沙特（Chartres）教堂是由石头和玻璃建成的，但是沙特教堂不仅仅是石头和玻璃；它是一个大教堂，而且不仅仅是一个大教堂，还是一个由特殊的社会团体的某些成员在特殊的时期建筑的一个特殊的大教堂。为了理解它的含义，你需

---

① *Лотман Ю.* Осип Мандельштам: поэтика воплощенного слова. См.: Классицизм и модернизм: Сборник статей/Редколлегия: И. Аврамец, П. -А. Енсен, Л. Киселева и др. Тарту, 1994. С. 200.

② *Мандельштам О. Э.* Проза поэта. М.: Вагриус, 2000. С. 9.

要知道比石头和玻璃的一般属性和所有的教堂的共性更多的东西。你还需要理解——按我的观点更为关键——上帝、人和建筑之间关系的特殊概念,因为它们决定了教堂的产生,并最终形成了它。"① 曼德尔施塔姆对诗歌用词的这种理解,在其个人的诗歌创作中,表现出一种后被称为其特色的东西,这就是诗歌用词的社会和历史文化含义得到了强调,同时这也导致了对其诗歌文本解读的难度。在曼德尔施塔姆的诗歌世界中,这种难度的存在是为了延缓诗歌这一"创造物"的死亡,读者领悟诗歌内涵的时间越长,诗歌的生命就越持久。一首诗被创作出来,并不急于让当代的读者读懂,而是等待未来的偶然机会,在能读懂诗歌的读者出现之前,诗歌的意义是不完备的,它期待着读者的到来,等待着读者开启诗歌中蕴含的宝藏。曼德尔施塔姆将词奉为上帝,而诗人就是那个在尘世间模仿上帝造物的人:"人成长为一种类似于上帝的生命体,其成熟与自己行将结束存在这一意识关联在一起。"②

符号学家洛特曼曾经分析过日常生活与文化的关系,指出"日常生活像空气一样环绕着我们"③。任何一件寻常物件,都有它的历史,历史变迁附着在其上的印痕,有主人对它的情感寄托,能勾起主人对往事的回忆等。曼德尔施塔姆的诗歌中不仅能

① 克利福德·格尔茨:《文化的解释》,韩莉译,译林出版社1999年版,第63页。

② *Маттиас Фрайзе,Ульрике Зайлер*. Парадокс как оружие поэзии для освобождения из тюрьмы двойной связи. Вклад в теорию психодиахронологии. См.:《Парадоксы русской литературы》. Под редакцией Владимира Марковича и Вольфа Шмида. СПб:Инапресс,2001. C. 53.

③ 转引自李英男《论洛特曼的日常生活观》,参见王立业主编《洛特曼学术思想研究》,黑龙江人民出版社2006年版,第16页。

常见到他生平接触的人、物、事，而且更为显著的是，在其诗歌中存在太多的历史典故，可追溯到古希腊罗马的众多物件或典故，使历史记忆或回忆的空间扩展到了无边无际的程度！

　　假如我们不受限于诗歌话题的讨论，去看一下托尔斯泰对小说创作与文学形象构建、小说思想之间联系的论述，那么就会发现，曼德尔施塔姆对诗歌用词功能和价值的论述与托尔斯泰的思想可以说异曲同工。伟大作家托尔斯泰曾在一则日记中指出，一部作品是一个完整的体系，他要表达的并非作品中的某个人物或某句话所呈现给读者的东西，而是要借助各种组合起来的东西才能表达自己的真实用意。简言之，托尔斯泰在这里谈论的也是一种组合或搭配的关系："在我写的全部，几乎是全部作品里，支配我心灵的是把种种相互纠结的思想汇集起来以表现自己的要求。但每个单独用词表达的思想，如果把它从所在的组合体中孤立地抽出来，则丧失其意义并大大降低了。这个组合体本身不是由思想（我以为），而是由别的东西构成的。无论如何不能用词直接把这个组合体的根本表现出来，只能用词间接来表现，通过描写形象、动作和情境……"①

　　在诗歌创作时，追求词与词之间巧妙的偶然联系，这是曼德尔施塔姆诗歌的鲜明特点之一。他乐于将自己比作一名匠人，像建造一座教堂那样，凭借自己精湛的技艺，让建筑物展现出宏伟壮观与精美绝伦之美。在《语言的本源》一文中，曼德尔施塔姆明确指出："与浪漫主义者、理想主义者或贵族对纯粹象征、对词语之抽象美学的梦想不同，与象征主义、未来主义和意象主义

----

①　什克洛夫斯基：《散文理论》，刘宗次译，百花洲文艺出版社1994年版，第63页。

不同，一种属于客观词语的活生生的诗歌已经崛起；它的创造者不是理想主义梦想家莫扎特，而是萨列里这位严厉苛求的匠人，他把一只手伸给那位万物和物质价值的万能巧匠，伸给物质世界的建设者和创造者。"①

曼德尔施塔姆将这种诗歌语言观付诸实践，并且他的诗歌因此获得了独特的魅力。他在写下每一行文字之前，都会字斟句酌，可谓费尽心思。就他的创作习惯来说，通常是一个人喃喃自语，以轻微的唇齿活动去感受和实现声响带来的音乐之和谐，同时还要掂量相互毗邻的两个语词之间语义上的交叉互感效果："曼德尔施塔姆的诗以一种可能是蕴藏于词的连缀本原之中且难以理喻的神秘使人激动，而且不易阐释。我们认为，曼德尔施塔姆本人对其中的许多连缀也未必能够解释清楚。'玄妙'诗歌的理论家应该深入研究曼德尔施塔姆：他是第一个，也是迄今为止唯一一个诗人，能用自己的创作证明玄妙诗歌有存在的权利。"②

我国学者黄灿然在翻译曼德尔施塔姆的诗论之后，曾列出六位他认为堪称 20 世纪最重要的诗人批评家，包括瓦莱里、艾略特、曼德尔施塔姆、奥登、布罗茨基和希尼。黄灿然进而指出："这些诗人批评家的批评的影响力，都与他们的诗歌并重。他们之中，曼德尔施塔姆的诗论最奇特，其影响力也最隐形——你几乎不会想到他这些诗学随笔足以跟另五位相提并论。" 此外，还专门谈到了上述六位诗人中的最后两人，谈到了曼德尔施塔姆对

① 《曼德尔施塔姆随笔选》，黄灿然等译，花城出版社 2010 年版，第 64 页。
② *Мандельштам О. Э. Стекла вечности: Стихотворения.* М.：Эксмо-Пресс，1999. С. 138.

布罗茨基和希尼所产生的影响。"布罗茨基诗论爱用典故和各种科学词汇，以及文章中闪烁的机智风趣，都直接源自曼德尔施塔姆；希尼诗论的跳跃性和密集隐喻，同样源自他对曼德尔施塔姆诗论的天才式吸取。两人先后于 1986 年和 1987 年出版的经典性诗论集《小于一》和《舌头的管辖》，都可以说是以继承者的身份，充分地把曼德尔施塔姆诗论之价值发扬光大。"① 我们知道，诗人约瑟夫·布罗茨基本是俄国人，在苏联遭到逮捕和流放，1972 年被驱逐出境，诗人公开称阿赫玛托娃和曼德尔施塔姆是他的老师。这里提到的谢默斯·希尼则是一名爱尔兰诗人，已于 2013 年 8 月去世。令人高兴的是，推崇曼德尔施塔姆诗歌创作理念的这两位诗人分别获得了诺贝尔文学奖，布罗茨基于 1987 年荣获诺贝尔文学奖，而希尼则于 1995 年获得诺贝尔文学奖。可以说，曼德尔施塔姆的诗论不仅影响到了俄罗斯诗歌的发展，也对世界诗坛产生了很大的影响。

第三节　曼德尔施塔姆对文化创新的理解

俄国现实主义文学在 19 世纪末已走过了巅峰时期，迎接新的千年到来之际，无论是象征派还是阿克梅派与未来派，都是俄国文学寻求创新和发展的表现形式。从阿克梅派内部成员的成就来看，当数曼德尔施塔姆、阿赫玛托娃和尼古拉·古米廖夫三人。然而，如果从诗歌理论创新角度看，或者说从对文化创新的贡献来看，曼德尔施塔姆的影响则是另外二人难以望其项背的。相对

---

① 《曼德尔施塔姆随笔选》，黄灿然等译，花城出版社 2010 年版，第 386 页。

于尼古拉·古米廖夫诗歌的"异国情调"和阿赫玛托娃的"闺阁"故事与感受，曼德尔施塔姆的诗歌与现代哲学新思潮、语言学新成果的关联更为紧密，其理论高度和思想深度对俄国诗歌的后续发展更富影响力。在曼德尔施塔姆看来，促成各种现象或事物之间的联系，这是文化从业者首要的任务，也是人类文明走向未来的途径之一。

一　从语言角度看，俄语的优势来自于早期的杂交与嫁接

前面我们已经谈到，曼德尔施塔姆认为，记载着历史变迁的语言能够维系文学的统一。在对俄语的发展脉络进行梳理之后，他对这一语言的魅力和优越感充满了信心。他的这份信心来源于一点，即俄语有着古希腊文化的源头："俄罗斯语言正像俄罗斯民族一样，它的形成经历了无数次杂交、嫁接，掺杂了无数外来的因素和影响。……俄语是古希腊文化语。……古希腊文化的活力把西欧让位给了拉丁影响，一段时期客居于后继乏人的拜占庭，而后便投入了俄语的怀抱，传给它古希腊文化观的独特秘诀。因此，俄罗斯语言才成了真正发声的、说话的血肉之躯。"[①]曼德尔施塔姆对俄语优越性的成因所作的分析，让我们可以更好地理解他曾说过的一句话："诗的语言是个杂交的过程……"[②]

二　从文化角度看，不同文化之间的嫁接促成了俄国文化的繁荣

在答复一份面向当代作家的问卷中，曼德尔施塔姆曾宣扬：

---

① 曼德尔施塔姆：《语言的本源》，韩世滋译，载《俄罗斯文艺》1997 年第 1 期。

② *Мандельштам О. Э. Разговор о Данте// Собрание сочинений в 4 т.* М.：Арт-Бизнес-Центр，1993．Т. 3．С. 216.

"在优生学处于萌芽状态时，任何种类的文化嫁接和杂交，都可以产生最出乎预料的结果。"① 我们发现，曼德尔施塔姆在思考俄国文化发展这一问题时，不仅恰到好处地运用了柏格森哲学的联系论，而且巧妙地把生物学科的最新成果作了推广。促成不同文化之间的有机联系，成为他始终不渝要完成的使命之一。

应该看到，在阐述文学艺术创作的价值时，曼德尔施塔姆没有脱离现实，意味着他没有重蹈象征派的覆辙。象征派的理论家和创作家将揭示人类生活、宇宙奥秘、永恒等宏大问题作为自己的使命，事实表明，这样的梦想是脱离现实的。我们还记得，人们曾寄予象征诗歌以多么大的期望。杰出的小说家、诗人安德烈·别雷曾明确指出："象征主义的问题属于美学、宗教和神秘主义的问题，就像认知理论与其他哲学科目的关系那样。……象征主义预先确定了艺术和宗教唯一正确的道路。""从现在开始，诗歌与哲学已不可分离。诗人从此不仅仅是歌者，同时还是生活的领导者。Вл. 索洛维约夫就是这样的人。"② 针对象征派理论家和诗人的一些表现，在《第四散文》中，曼德尔施塔姆曾准确地指出了俄国象征派本身存在的缺陷："早期的俄国象征主义方法是从西方吹来的最强劲的穿堂风。……早期的俄国象征派是重大题材和'大写的'概念的王国，这些内容都是从波德莱尔、爱伦·坡、马拉梅、斯温伯恩、雪莱等作家那里直接借用过来的。"③ 曼德尔施塔姆将诗人的使命归结为促成不同文化、不同领域之间的联系，这显然不同于象征派要求主导生活的傲人姿

---

① *Мандельштам О.* Сочинения в 4-х томах. М.：ТЕРРА, 1991. Т. 2. С. 217.

② *Белый А.* Луг зеленый. М.，1910. С. 239.

③ 《第四散文：曼德尔施塔姆随笔集》，安东译，学林出版社 1998 年版，第 174 页。

态。与此同时，曼德尔施塔姆对诗人的定位也不同于未来派，主要区别在于他没有摒弃历史与传统，而是苦心经营，力图还原与保持俄国文化史的统一。

曼德尔施塔姆对各种民族文化的特色有着一种特别强烈的感觉能力。当年，他到过亚美尼亚，其中也到过格鲁吉亚，并且就这两个共和国的民族文化都写过文章。在《关于格鲁吉亚艺术》一文中，他专门分析过这一地域文化对 19 世纪俄国诗人产生的影响。他认为，在普希金等人的创作中，存在一种现象：诗人们谈到格鲁吉亚时，声音就变得无比轻盈，而诗行本身也似乎沉入了温柔润湿的氛围：夜色漫上格鲁吉亚的山冈……（《关于格鲁吉亚艺术》)[1]

《关于格鲁吉亚艺术》这篇短文最早发表在《苏维埃南方报》(1922 年 1 月 19 日)，曼德尔施塔姆对格鲁吉亚诗歌的评价尤为中肯："格鲁吉亚诱惑着俄罗斯诗人，因为它的民族性格中存在着固有的情色和爱，还有着朴素而纯洁的陶醉之精神，还有那种忧郁而欢庆的醉意，而这种醉意渗透进了这个民族的历史与灵魂。格鲁吉亚的厄洛斯，这正是吸引俄罗斯诗人的东西。异乡的爱总是比自己的更珍贵更亲切，而格鲁吉亚擅长去爱。"[2]

三　除了要促成不同文化之间的嫁接外，曼德尔施塔姆同样重视同一文化范畴内不同历史时期文化现象间的嫁接

致力于促成同一文化内部各流派之间的联系，这固然是曼德

---

① *Мандельштам О. Э.* Кое-что о грузинском искусстве//Собрание сочинений в 4 т. М. : Арт-Бизнес-Центр, 1993. Т. 2. С. 233.

② *Мандельштам О. Э.* Кое-что о грузинском искусстве//Собрание сочинений в 4 т. М. : Арт-Бизнес-Центр, 1993. Т. 2. С. 233.

尔施塔姆的追求和目标。但是，他的这一做法也许还有另一种功效，那就是与秉持历史虚无主义态度的未来派相抗衡。在未来派那里，假如普希金能活在当世，最多只能给他们当个誊写工，根本不配当个诗人。如此对待俄国文学史上的天才诗人和作家，这在曼德尔施塔姆看来，是无法忍受的侮辱。他在评论同时代诗人的成就时，经常会刻意关注他们和俄国或其他国家文学传统之间的关系，对象征派首屈一指的诗人勃洛克的评价同样如此："我们通过勃洛克估量过去，正像土地测量员用精细的线格把一望无际的原野划分成一块块田地。越过勃洛克，我们看到了普希金、歌德、巴拉丁斯基和诺瓦利斯，只不过是采用了新的顺序，因为他们对我们而言，都是统一的、不曾衰落的并永远向前奔流的俄罗斯诗歌的支流。"（《关于俄罗斯诗歌的信》）[1]

就曼德尔施塔姆本人的创作而言，他始终是一个关注历史和文化的创作者。用他自己的话，其艺术追求可以概括表现为："在神圣的狂乱中，诗人们在用所有时代、所有文化的语言说话。……词成了一个不是七柱，而是千柱的排箫，它充满着所有世纪的灵气。"[2] 曼德尔施塔姆在对俄国的过去和现在进行着独具匠心的思考，寻觅其中绵延不断的内在联系。俄国当代学者阿格诺索夫指出："曼德尔施塔姆的创作首先是认识时间、存在、词语和文化本质的思想之诗。《石头》集以及 *Tristia* 集中几乎所有诗中之'我'，并非作者个人，而是从具体历史事件中抽象出来的普遍的

---

[1] *Мандельштам О. Э.* Письмо о русской поэзии//Собрание сочинений в 4 т. М.: Арт-Бизнес-Центр, 1993. Т. 2. С. 238.

[2] 曼德尔施塔姆：《词与文化》，参见曼德尔施塔姆《时代的喧嚣——曼德尔施塔姆文集》，刘文飞译，云南人民出版社 1998 年版，第 153 页。

人的自觉：'难道我是真实的人/死亡的确将临？'曼德尔施塔姆
按照 H. 维谢洛夫斯基的'历史诗学'传统来区分'弹唱诗人'
和'诗人'这两个概念（此处也说明曼德尔施塔姆对当时的语
言、诗学研究非常熟悉！——作者）。诗人是创新者，天赋予他
'神圣的狂热'，而弹唱诗人是某种文化记忆的保存者，是对已经
存在的情节和形象进行创造性的改造。正因为如此，曼德尔施塔
姆才有那么多怀旧和文化历史的联想。"①

　　曼德尔施塔姆写过一首诗，名为《失眠。荷马。涨满的风
帆》，借助荷马史诗中提到的古希腊对特洛伊的那场战争，呼吁
人们对人类历史上的所有战争进行反思：

　　　　失眠。荷马。涨满的风帆。

　　　　我看的只是战舰清单的一半：

　　　　这长长的舰队，如一群仙鹤，

　　　　曾经飞上埃拉多斯的天空。

　　　　楔形的鹤群突入异国的疆域，

　　　　国王们头顶着神圣的浪花，

　　　　你们要去哪里，阿哈伊亚勇士，

　　　　不是为了海伦，特洛亚有何意义？

　　　　大海，荷马，一切都受爱的驱使。

---

　　① 阿格诺索夫：《二十世纪俄罗斯文学》，凌建侯等译，中国人民大学出版社 2001
年版，第 237 页。

我该听谁的？荷马沉默不语，

黑色的海水激情澎湃，喧嚷不止，

伴着沉重的轰鸣，向着床头奔去。

这是曼德尔施塔姆 1915 年夏天创作的一首诗。当时，曼德尔施塔姆十分痴迷古希腊文化，埋头钻研古希腊神话和荷马史诗，并以此为基础展开对人生和世界的思考。他曾经到克里米亚黑海岸边的疗养胜地——位于费奥多西亚西边的小城考克捷贝利（**Коктебель**），去探望正逗留在那儿的另一位诗人沃罗申，后者让他看了一块古船的残片，据说这碎片源自中世纪的战舰。这一经历成了曼德尔施塔姆创作这首诗的动机。诗中提到的"战舰清单"（**список кораблей**）与荷马史诗《伊利亚特》中的诗句相呼应，因为荷马使用了相仿的词组搭配（**перечень кораблей**）："维奥蒂亚的梦，或是战舰清单。""我看的只是战舰清单的一半"，意思是说，他正在看的只是作为战争双方中的一方——希腊舰队的情况，紧跟着出现的地名"埃拉多斯""阿哈伊亚"也都表示古希腊，这表明诗人此刻深思的是希腊为何要发起这场声势浩大的征战。"国王们"使用了复数形式，说明希腊方面有众多国王参加了讨伐特洛亚的战争：作为联军统帅的迈锡尼国王阿伽门农，妻子海伦被特洛伊王子帕里斯拐走的斯巴达国王墨涅拉俄斯，还有萨拉米斯国王大埃阿斯、阿尔戈斯国王狄俄墨得斯、皮洛斯国王内斯特等。一千多艘战舰，这么长的清单让曼德尔施塔姆阅读起来不仅吃力，而且引起了他深入的思考，让他在情感与理智之间作出选择：古希腊人为什么会发起声势如此浩大的战争？仅仅为了夺回美女海伦，这场战争值得吗？——"我该听谁的?"对于这场战争的意义何在，作者想听听荷马的看法，但荷马"沉默不语"。在诗歌的结尾，曼德尔施塔姆对特洛伊战争的缘起作了注解，战舰掀起的波涛轰鸣着，暗示着战争的发起仅仅是听从于夺回海伦这一声音的召唤。从诗歌的最后一句中，人们不难看出，古希腊人在对待战争的态度上，表现为"伴着沉重的轰鸣，向着床头奔去"，换言之，希腊人抉择的天平向着情感的那一边倾斜。但是，在"大海，荷马，一切都受爱的驱使"这一句诗中，显然诗人提出了更宏大的命题，供人们去思考，不仅思考古希腊历史上发生的这场战争，也启示人们去思考所有可能发生的或正在发生的战争！我们知道，1914 年 7 月爆发了第一次世界大战，俄国为支持塞尔维亚，穿越黑海作战，与英、法等国共同组成协约国。该诗中提到的"黑色的海水激情澎湃，喧嚷不止，/伴着沉重的轰鸣，向着床头奔去"，既可理解为是在讨论特洛伊战争，描绘希腊联军为讨回美女海伦而进逼特洛亚时豪气冲天的气概，也可作出另一种理解，即曼德尔施塔姆对现实生活中正在进行的世界大战而担忧，这种忧患意识幻化成惊涛骇浪，使诗人无法入眠。诗人在这里留下的线索就是"黑色的海水"，俄文中如果这个词组采取首字母大写形式，就表示黑海，这可以让人联想到黑海，因为第一次世界大战爆发恰恰起因于巴尔干半岛这个火药库，而俄军不得不穿越黑海到对岸上参战。由此可见，这首诗的主题表层是关注希腊历史上的特洛伊之战，另一层则表现出对现实中发生的第一次世界大战的关切，古与今相互交融。爱可以带来新生，让人展现出青春活力，也可以让人变得邪恶，人类相互残杀。孰是孰非，在"一切都受爱的驱使"这一主题下，无人能够给出令人满意的答案。这种态度和做法很容易让我们想到丘特切夫的一首诗《难题》（Problème）。在俄国历史上的诗人之中，曼德尔施塔姆对丘特切夫尤为推崇，并在自己的评论性散文作品中多次引用后者的诗句，其中就包括这首名为《难题》的诗。曼德尔施塔姆以这样的方式，促成了他与丘特切夫哲理诗之间的呼应和共鸣。譬如，丘特切夫在下列诗句中——"石头从山上滚下，躺在谷底，／怎会如此，无从得知，／它是自行跌落，／还是受了外力？"——提出了所关心的问题，但并未给出答案，同样曼德尔施塔姆在此处也提出了相似的问题："我该听谁的？"而且也无从得知问题的解决方案——"荷马沉默不语"。在这首诗里，曼德尔施塔姆对战争这一永恒而重大的命题进行思考，并在最后给人们预留出进一步思考的空间。启发人们深思，业已成为诗歌的最终目的。

阿格诺索夫在上文所说的"那么多怀旧和文化历史的联想"，可以理解成曼德尔施塔姆对包括俄国在内的人类历史事件的记忆与追思，他试图在这一过程中促成历史与现代之间的联系。

四 曼德尔施塔姆还倡导在不同的文化领域间进行沟通，促成嫁接

1919 年，曼德尔施塔姆曾在沃罗涅日的《塞壬》杂志上撰文主张："我们在对待词语方面要引进哥特式建筑，正如巴赫在音乐中把它确立过的那样。"① 曼德尔施塔姆不仅能发现他人对跨领域艺术形式的借鉴，而且他本人也身体力行，在自己的创作实践

---

① 转引自顾蕴璞《时代的"弃儿"，历史的骄子》，载《外国文学评论》1990 年第 4 期。

中力求实现各种艺术门类、自然科学之间的有机联系。譬如，在他阐述对语言和诗歌用词的看法时，就曾借用建筑学的概念来表述，让人耳目一新。

重视诗歌与其他艺术之间的借鉴和阐发关系，在当今的文艺学研究中，已成为一个不能忽视的方面："语言艺术在获得自主性与独立性之后，决没有把自己同其他艺术活动样式割裂开来。Ф. 施莱格尔指出，'伟大诗人的作品中，时常弥漫着与诗相邻的那些艺术的气息'。"①

实际上，在曼德尔施塔姆生逢的时代，打通一门艺术与其他艺术门类的关系，也是当时艺术创作的一种取向，在俄国是这样，在西欧国家也是如此。"随着艺术创作本身的确立巩固，单一成分的艺术愈加发挥更为重要的作用。综合性的作品之独家统治已经不能满足人类的需要，因为这种创作不能为艺术家充分和自由展示创作个性提供前提：综合性作品中的每一个单独的艺术门类，在其自身的潜能的发挥上都受到束缚。……然而，在 19 世纪和 20 世纪初，另一种完全相反的趋势也不甘示弱而有执著的表现，这就是德国的浪漫主义者（诺瓦利斯、瓦肯罗德尔），以及晚些时候的 Р. 瓦格纳、Вяч. 伊万诺夫、А. Н. 斯克里亚宾，他们都尝试过将艺术返回其原初的综合。"②

五　文化的杂交与嫁接，　借以实现的应该是有机的联系

为了维护本族文化的独立自主地位，不管是一个国家还是一

---

① 哈利泽夫：《文学学导论》，周启超、王加兴等译，北京大学出版社 2006 年版，第 130 页。

② 同上书，第 129 页。

个民族,都主张对待外来文化不能照搬照抄,也不能盲目排斥。可见,文化的交流与联系是符合发展需要的。曼德尔施塔姆接受了联系论,他要求促成文化间的杂交和嫁接,同样坚持平衡的原则,为此他强调了有机联系这一概念。

在哲学家柏格森的论述中,曾专门谈到过联系的发生,谈到过语言表达和思想之间的关系:"智力并不意味着对任何对象的先天知识。不过,倘若智力除了对一切都一无所知,那它就没有任何先天可言了。那么,倘若智力对一切都一无所知,它又能够知道什么呢?除了各种事物之外,还存在着种种关系(relations)。具备智力的新生儿,既不知道确定的对象,也不知道任何对象的确定属性;不过,新生儿稍稍长大以后,就会听到人们用一个名称去称谓一个实物,于是马上就知道了那名称的意义。因此,幼儿便自然而然地领会了名称与实物之间的关系;可以说,同样的情况也发生在由动词表示的普遍关系上,大脑能够迅速地设想出这种关系,以致不必用语言就能够理解它,例如,原始语言中根本不存在动词。"① 在曼德尔施塔姆所推崇的这位哲学家看来,智力因素除了不断扩充一个人的知识之外,还在发现和解释各种各样的联系,这种联系甚至不需要语言的帮助也是存在的。由此可见,发现或促成不同现象、不同事物之间的联系,对于人类的智慧而言,是极为重要而无法回避的使命。曼德尔施塔姆希望通过嫁接与杂交来实现文化创新,这一借助联系的建立而完成创造的构想似乎找到了哲学上的根据。

如果不同文化之间的联系不是有机的,那么就会对本体文化

---

① 柏格森:《创造进化论》,肖聿译,华夏出版社 2000 年版,第 126 页。

带来冲击或伤害，这样的联系就不值得提倡。在曼德尔施塔姆看来，象征派在借鉴西方文化时，最大的过错在于没有坚守民族文化的主体地位。1922 年，曼德尔施塔姆撰写《关于俄罗斯诗歌的信》一文，指责象征主义没有立足本国文化传统："俄罗斯象征主义则无非是天真的西方化的一种迟到形式被转换到美学观念和诗学技巧的领域。他们并不是安详地坐拥西方思想的宝库，而是：

> 我们记住一切——巴黎街头的地狱
>
> 和威尼斯的凉快，
>
> 远处飘来的柠檬园的芬芳
>
> 和科隆大教堂烟雾缭绕的弥撒……"①

曼德尔施塔姆对文化创新的认识，对文化嫁接要保持平衡的论述，实际上都源于一种建筑美学。C. M. 戈洛杰茨基早在 1913 年就在杂志《北方》第 6 期上撰文，对曼德尔施塔姆的第一本诗集《石头》进行评价："沉甸甸的词为自身的重量而自豪，为了实现彼此之间的融合，需要遵循严格的法则，就像是建筑物中的石头那样。"② 在促成文化之间的联系时，他提倡结构上的匀称之美、平衡之美与和谐之美。一旦进行嫁接的双方，有一方失去自我，这样就无法保持平衡，也就谈不上双方之间的嫁接得以实现的可能。

---

① 《曼德尔施塔姆随笔选》，黄灿然等译，花城出版社 2010 年版，第 93 页。

② 《Русские писатели, XX век》. Биобиблиогр. слов.: В 2 ч. Ч. 2. Редкол.: Н. А. Грознова и др. М.: Просвещение, 1998. С. 20.

第三章 "词与文化"：曼德尔施塔姆的诗歌创作实践

第一节 诗歌理论与创作实践的一致性

就曼德尔施塔姆的全部创作而言，可以分为两个部分，既有文学评论性质的作品，也有践行其理论主张的诗歌创作实践。在审视曼德尔施塔姆的创作论的同时，考察其具体的诗歌创作，会发现在二者之间存在着高度的一致性和一贯性。这是曼德尔施塔姆全部文学活动的一个突出特点。

尽管在白银时代，诚如大家所了解的，很多从事文学创作的作家都热衷于抛出个人对文学艺术的看法，希望其他人能接受自己提倡或追求的文学宗旨，但在理论提出者本人的创作实践中，则未必能真正践行自己所提出的诗学主张。不管是小说家梅列日科夫斯基，还是诗人维亚切斯拉夫·伊万诺夫，他们都曾身兼象征主义的理论旗手，不断撰文，为象征主义文学的勃兴、繁荣与推进进行大力宣传，但就他们的创作实践的水平而言，则无法与各自提出的文学宗旨相媲美。

与大多数人不同的是，曼德尔施塔姆的文学观念极为集中和统一，而其诗歌或散文创作的领域也非常明确，就其创作的主题而言，甚至可以说走了一条专门化的创作道路。有人指出，在曼德尔施塔姆与古米廖夫等人共同创立"诗人行会"之后，"在他们当中，曼德尔施塔姆的领袖和代表地位是最早获得公认的。他的诗歌，尽管刻意限制了写作范围，却拥有一种俄国文学再也没有达到过的纯粹与完美的形式"。① 就曼德尔施塔姆而言，自己能够提出创作观，并且创作内容十分明确，这使他的诗歌创作理论与创作实践能够保持一致，这种一致性为后人理解和把握他的文学遗产及其独特性，显然带来了很多便利。

我们说，曼德尔施塔姆的诗歌创作，甚至也包括他的诗论写作、翻译活动，都始终体现着一种追求，即要充分实现以"词与文化"为核心的文学价值体系。

为此，曼德尔施塔姆不仅特别看重词义的历史积累过程，而且强调词的"物性"。他不喜欢诗歌用词虚无缥缈，不着边际。曼德尔施塔姆更喜欢具体可感的对象，但语义并不同于可感的对象物，而是要靠读者参与解读，吁请读者领悟词与词碰撞或挤压而生成的新义。

曼德尔施塔姆高调宣扬词的"物性"，旨在以此来纠正象征主义者滥用比喻和象征的做法，而且也明显有别于同时代的未来派诗人的主张。曼德尔施塔姆仍然坚持诗歌创作用词的高雅与修

---

① 伯林：《苏联的心灵》，潘永强、刘北成译，译林出版社 2010 年版，第 41 页。

104

辞标准，让形式与内容之间的交融保持着传统诗歌要求的高度，不赞同将日常用语引入诗歌创作，更不喜欢自作主张地创造新词来哗众取宠。对自造新词，曼德尔施塔姆表现出科学而谨慎的态度，他不愿踏上虚无主义的道路，而是坚持尊重传统，不忘历史，在诗歌用词方面提倡用已有的材料构建未有的殿堂（在今天看来，这种立场显然更符合逻辑，当然也反映出曼德尔施塔姆倾向于故纸堆研究的个人嗜好）。重视历史，重视尘世存在的一切实在之物，这是曼德尔施塔姆所代表的阿克梅派的主张之一。曼德尔施塔姆认为："阿克梅派在俄罗斯历史上既是一个社会现象，也是一个文学现象。随着阿克梅派的诞生，一种道德力量也在俄罗斯诗歌中复活。勃留索夫说：'我要让我自由的船朝各个方向行驶，/我要把上帝和魔鬼一起赞颂。'"①

作为象征派的最大代表之一，诗人勃留索夫要赞颂上帝与魔鬼，而曼德尔施塔姆则更喜欢喜闻乐见的尘世生活，并不太关注虚无缥缈的宗教现象。在诗歌用词的层面上，曼德尔施塔姆更愿意将诗歌用词比作建造宏伟文化殿堂的石头或砖瓦，在意每一个词的选用，再三权衡每一个用词的分量以及表现出的审美引力，这一切都以诗歌的音乐性（在这一点上，曼德尔施塔姆直接继承了象征派诗人的影响）和审美意义上的表现力为指导。

熟悉曼德尔施塔姆作品的人们知道，在其笔下的每一行文字，都体现着诗人咬文嚼字的功夫，都能表现出诗人对诗歌创作严谨而恭敬的态度。鉴于曼德尔施塔姆提倡文化之间建立有机联系的观点，在诗歌用词层面上，显然他也在有意识地提倡借鉴外

---

① 《曼德尔施塔姆随笔选》，黄灿然等译，花城出版社2010年版，第63页。

来词汇。此外，在语词结构、语法、修辞等方面，曼德尔施塔姆也在不断探索，进行着努力而大胆的尝试，同时在选用词语时更注重文化或思想语义的附加值，营造互文效果，以求在多个方面实现其诗歌创作主张，提升所创作诗歌的审美内涵。

同样，在诗歌的意象构建方面，曼德尔施塔姆的文学理论也实现得较为到位。在曼德尔施塔姆的诗作中，对每一个意象的构建、选用，都是他沉思默想的智慧结晶，都可见诗人的良苦用心。经由异乎寻常的一个个意象，自古希腊时期以来的各种历史人物、掌故，自然或人文学科的创新与经典作品，都在其诗歌殿堂中留下了身影，供读者们思考与阐发。

就诗歌意象的创建而言，曼德尔施塔姆的诗之所以给众多研究者和读者留下了文化含义深厚的印象，让人读之回味无穷，有一个重要的原因就在于他的诗歌中，给人们呈现出太多以往不曾留意的事物或现象。什克洛夫斯基曾分析过托尔斯泰 1897 年写成的一段日记，借此强调了艺术的价值在于唤醒人们的记忆，在于将习以为常的东西以崭新的面貌再现出来的必要性。曼德尔施塔姆的这种努力也可说是体现了形式主义之"陌生化"，并以此来克服自动化倾向，"生活就是这样化为乌有。自动化吞没事物、衣服、家具、妻子和对战争的恐怖。'如果许多人的全部复杂生活都不自觉地度过，这种生活如同没有过一样'"①。应该说，这也是曼德尔施塔姆诗歌创作的追求之一，他不仅要将历史上或现实中人们不太关注的东西展示在读者面前，而且要在读者的内心构建出彼此之间的各种联系。正是得益于曼德尔施塔姆的独具匠

---

① 什克洛夫斯基：《散文理论》，刘宗次译，百花洲文艺出版社 1994 年版，第 10 页。

心,诗中每呈现一个诗歌意象,都会令人们联想起很多早已尘封的往事。作为一名卓尔不群的诗人,他擅长借助偶然或冷僻的意象,促成事物之间新的联系,从而引发人们对历史、对事件的新思考。他像一只雄鹰,翱翔在人类历史的旷野之上,偶尔捡起一块石头从空中投下来,让石头击中的地方一片哗然,刹那间涌现出一个前所未见的场景。

审视曼德尔施塔姆诗歌结构的革新,不管是分析其文论还是诗歌作品,都需要重视他对时空关系的重新定位问题。曼德尔施塔姆注意到时间对人类生活的影响,但他对时间的理解十分独特,在更大程度上他是将"时间"看作物理世界的第四维,恰似有的科学家对时间的描述:"所有的实际物体都是四维的:三维属于空间,一维属于时间。你所住的房屋就是在长度上、宽度上、高度上和时间上伸展的。时间的伸展从盖房时算起,到它最后被烧毁,或被某个拆迁公司拆掉,或因年久而坍塌为止。"[1] 在曼德尔施塔姆的诗学观念中,时间更多地让位于空间,或者说时间附着于空间之中,所以人们可以在其诗歌或散文中,经常性地遇到可上溯到古希腊罗马的圣人和故事,可以随时见到世界各地的名胜。这些不同民族、不同时空的事物,能在其诗歌图景中和谐共处,共同奏出妙不可言而深邃厚重的文化交融的乐章。

为了揭示曼德尔施塔姆诗中对时间的处理技巧和变化,Л. Г.帕诺娃曾分析过人类历史上的时间模式,指出先后出现了四种时间模式。最古老的时间概念是循环式(周期性),类似于大自然

---

① 伽莫夫:《从一到无穷大:科学中的事实和臆测》,暴永宁译,科学出版社2002年版,第59页。

中的四季变迁，循环往复。之后是螺旋时间，这种类型的时间同时具有循环和线性时间的特点。第三种是历史时间，首先出现于犹太教，后来也扩展到基督教，这种时间从创世纪开始，自行发展并推动人类走向获得救赎和净化的最终目标，譬如说奥古斯丁、但丁、Вл. 索洛维约夫等人的作品中见到的就是这种时间。最后出现的是线性时间，这种时间具有延续的特点，不可逆，可以测量。

Л. Г. 帕诺娃通过分析曼德尔施塔姆在不同诗歌作品中通过词汇、语法手段以及语法中的时态等表现出来的时间关系，来揭示曼德尔施塔姆对时间的看法和认识。譬如说，在曼德尔施塔姆早期体现象征派风格的诗作（《石头》中 1908—1911 年创作的诗歌）中，考虑的仅仅是瞬间和永恒，几乎不存在对具体时间的关注和表现。

曼德尔施塔姆创作于 1908 年的诗歌《谨慎而低沉的声音……》就是一个鲜明的例子：

> 在一片沉寂的树林里，
> 有种不绝于耳的音韵。
> 果实从树上掉落下来，
> 发出谨慎而低沉的声音。

在接下来的阿克梅阶段，他的作品中对时间的理解出现变化，首先表现为深受柏格森的影响，同时还能见到象征派关于永恒时间之论的印记，1912 年创作的两首诗就是这一阶段的开端——《圣—索菲亚教堂》和 "Notre Dame"（巴黎圣母院），特点表现为曼德尔施塔姆主要借助教堂来展示时间的绵延性质。继绵延之后，出现了循环时间模式，这种情况见于《石头》中1912—1913 年起至 20 年代的诗作。循环时间的说法早在远古时期就已存在，一切均循环往复，包括天体运行、自然四季等现象，一切都似乎在按预定的顺序在进行。但曼德尔施塔姆这里的循环时间模式主要来自俄国象征派的影响，而后者则主要受尼采哲学的影响（在象征派诗人那里，经常使用"圆""秋千""旋转木马"等来象征循环往复的特征）①。

曼德尔施塔姆在进行诗歌结构的改革和创新时，由于在时空关系中他更看重空间，所以其改革的用力方向主要集中在诗歌的内部结构，而不是像未来派诗人马雅可夫斯基那样发明"阶梯诗"（首先表现在外观上）。我们知道，曼德尔施塔姆向来重视对象或事物之间的层次和界限，这一点在其诗歌结构创新上表现得很明显，也是其诗歌创作的一个鲜明特点。令每一行诗保持着传统诗歌上的严谨节律和韵律的同时，他在不同诗行之间留下了跨度相当大的联想空间，同时借助音乐的力量，将整首诗统一起来。这样一来，从外形上看，诗歌与普希金等人留下的传统并不存在明显的区别，但通过内部结构的改造，诗歌内涵的规模却变得显著起来，这使一首诗成为无限蕴含的载体，为审美过程留下了更为开阔的空间。

需要说明的是，曼德尔施塔姆在其诗歌创作的每一个环节，

---

① *Панова Л. Г.* 《 Мир 》，《 пространство 》，《 время 》 в поэзии Осипа Мандельштама. М. : Языки славянской культуры, 2003. C. 357—371.

每一个细微之处,都力求体现其文学主张,也即要最大限度地给读者展示词与词、意象与意象之间非同寻常的偶然联系。这种追求,使意象之间的联想空间变得开阔,有时甚至令人不知如何着手去理解或诠释。意象之间存在着一定的跨度,在领悟和解读时减少了思维惯性,这在某种程度上要求读者克服思维的惰性,而要抱着积极的心态,置身诗人精心构建的迷宫,随着审美过程的延续,内心会不时感受到发现新大陆那样的惊喜。

第二节　曼德尔施塔姆诗歌的用词变化

作为阿克梅派的发起人之一,曼德尔施塔姆对当时诗坛面临的困境相当清楚。而他本人,作为阿克梅派诗人,需要选择性地接受象征派遗产或象征派诗歌对他产生的影响,同时还要与几乎同时登上诗坛的未来派相抗衡。在象征派与未来派两种诗学主张之间,曼德尔施塔姆要形成属于自己的诗歌理念,这既要总结个人以往的经验和思考,又要提出俄罗斯诗歌突破创新的路径。曼德尔施塔姆在继承俄国诗歌史以及象征派诗歌影响的前提下,对当下俄国诗歌的创新,作出了清醒而深刻的认识。尤为重要的是,在他提出的主张散见于当时撰写的文论之际,他将个人的创作观付诸创作实践,理论与实践相互扶持,获得了巨大的成功。

在具体的诗歌创作中,曼德尔施塔姆把强调词的"物性"作为基础,进而以促成词与词之间偶然而奇妙的联系为己任,在人类历史文化的背景上,独具匠心地开拓出一片诗歌天地。由于曼德尔施塔姆所秉承的诗歌创作观,他的每一首诗既可以独立存在,也是其整体创作的一部分,这样的关系同样见之于其每一行诗中的词与词关系。我们可以说,曼德尔施塔姆的一首首诗歌,如同天空中闪烁耀眼的星辰,在各自独立发光的同时,也是天空整体之美的缔造者。诗人在践行其与众不同的诗学观方面,做出了很多成功尝试和探索。

1922 年曼德尔施塔姆的诗集 *Tristia* (《哀歌集》) 在柏林出版。是年,霍达谢维奇撰写了《曼德尔施塔姆及〈Tristia〉》,很客观地分析了曼德尔施塔姆诗歌创作的变化和特点。"曼德尔施塔姆的诗歌就是物品最稀奇古怪的搭配的舞蹈。诗人将意义联想的游戏同声音联想的游戏结合在一起,展示了如今罕见的语言知识和嗅觉,经常使自己的诗歌超出一般理解的范围:曼德尔施塔姆的诗歌开始令人躁动不安,他的诗歌具有某些隐含于他的词汇搭配本性中的,而且难以破解的阴暗的秘密。我们认为,曼德尔施塔姆本人对自己写出的东西也无法做出解释。研究'莫名其妙'诗歌的理论家们应该好好地读一读曼德尔施塔姆的作品:他是第一个、也是目前唯一一个用自己的例子证明莫名其妙诗歌具有存在的权利的人。有助于他做到这一点的是:诗歌创作的天赋、智慧和受教育程度,也即那些可怜的俄罗斯未来主义的'教师爷'们完全不具备的东西。"①

下文中将结合诗人身处的文学环境,逐一分析他在诗歌用词方面的创新表现。

---

① 霍达谢维奇:《摇晃的三脚架》,隋然、赵华译,东方出版社 2000 年版,第 325—326 页。

一 强调词的已有之义和物性的同时，充分体现词的含义之"束"

我们知道，曼德尔施塔姆本人深受象征派诗歌的影响，在其诗歌理念中存留着象征派诗歌的诸多主张。但对象征派的主要诗学观，尤其在诗歌用词的看法上，曼德尔施塔姆明显采取了扬弃的态度。在象征派的重要理论家和作家中，梅列日科夫斯基、Вл.索洛维约夫、维亚切斯拉夫·伊万诺夫等人，都对象征派的创作语言有过论述。大多认为，象征派的创作要揭示的是神秘的本质，要面对的是神的启示和万物规律，对神造物的认知具有神秘性，所以通常的语言不可能完成如此崇高的使命。作为象征派最大的理论家，维亚切斯拉夫·伊万诺夫曾于 1916 年出版《犁沟与田界》一书，专门讨论了象征派所追求的"词的魔力"和"声响的魔力"。他首先借用被象征派奉为鼻祖的 19 世纪诗人丘特切夫的一首诗，证明诗人需要用另一种语言去创作。丘特切夫的诗是这样写的：怎样对心讲述自己？/别人怎么能懂你？/只有自己才明白自己。/说出来的思想都不再真实。伊万诺夫进而指出，不存在能准确表达思想的语言，"存在的只有暗示，还有和谐之魅力，能够让听者有所感受，感受到那种无法用语言表达的东西。……作为象征的词成为富有魔力的暗示，能让听者感受到诗歌的神秘。……在新的诗歌中，象征派首次隐约记起了祭司和术士所用的祭神语言，曾几何时，祭司和术士们令全民通用的语言获得了神秘的特有含义……"[①]

那么，对于曼德尔施塔姆而言，对于这样一个熟悉象征派创

---

① *Иванов Вяч.* Борозды и межи. М., 1916. C. 126—127.

作活动的诗人而言，象征派所标榜的诗歌词义的神秘性该怎样理解呢？我们再次来回顾一下 1913 年曼德尔施塔姆撰写的阿克梅派宣言（《阿克梅派的早晨》）中的表述："A = A：交给诗歌的一个多么了不起的主题啊！象征主义衰弱无力，渴望同一律。阿克梅派将它作为口号并倡议采用它而不是采用那晦涩的'从现实到更高的现实'。习惯于震惊是诗人最大的美德。然而我们怎能不震惊于同一律，一切诗歌法则中最富成果者？谁曾在这一法则面前体验过敬畏与震惊谁便是一个真诗人。"① 曼德尔施塔姆这样理解诗歌作品，这里涵盖了他对世界所有事物的看法，还原和表现现实本身就是诗人的任务。在曼德尔施塔姆看来，词的"物性"必须得到保证，就像我们不能用虚无缥缈的砖瓦去盖高楼大厦一样。

曼德尔施塔姆认为，俄语作为一种语言，本身就拥有记忆和创造的能力。"希腊文化活的力量将西方让位给了拉丁影响，又在无嗣的拜占廷作了时间不长的客串，然后便投入了俄国口头语言的怀抱，并将希腊世界观独特的秘密、将自由表现的秘密带给了这种语言，因此，俄国的语言便成了发声的、说话的肉体。"② 基于他对希腊文化之于俄语意义的独特理解，曼德尔施塔姆坚信，语言本身是自足的、有机发展变化的肉体。"俄国语言的希腊化天性会与其生活性相混淆。希腊式理解上的词，就是一个能动的、解决事件的肉体。因此，俄国的语言自身就是历史的，因为它就其总和而言就是一个汹涌的事件的海洋，是理智的、呼吸

---

① 《曼德尔施塔姆随笔选》，黄灿然等译，花城出版社 2010 年版，第 16—17 页。

② 曼德尔施塔姆：《时代的喧嚣》，刘文飞译，云南人民出版社 1998 年版，第 167 页。

着的肉体不间断的体现和行动。没有任何一种语言能比俄国的语言更有力地抵抗指称的、使用的使命。"①

我们说过，曼德尔施塔姆的用词与众不同，这里的意思指的是至少既不同于象征派，也不同于未来派。象征派诗人怀抱着穷尽宇宙和永恒真理的野心，在使用语词时，不能保证词本身的含义，往往会出现张冠李戴的情形；未来派虽有别于象征派，但在语词使用上，更强调语词的直接对等意义，所以才会主张自造新词来反映新事物。曼德尔施塔姆重视词的"物性"，同时也重视词语自身内部层积起来的语义。在他看来，"任何一个词都是一捆，意义从它的各个方向伸出，而不是指向任何划一的正式的点。在念出'太阳'这个词时，我们在某种程度上是在进行一次广大的旅行，我们对这次旅行是如此熟悉，以致边走边睡。诗歌与不自觉的讲话之间的区别在于，诗歌在一个词的途中把我们叫醒摇醒。结果是，那个词比我们想象中的更长，于是我们意识到讲话意味着永远在路上"。②

主张用已有的词或东西，去构建未有过的，去反映未出现过的事物，这明显有别于马雅可夫斯基等人的做法。弗·哈达谢维奇对曼德尔施塔姆用词的特征和奥秘也有独到的见解："曼德尔施塔姆的诗歌，是物象的舞蹈，物象彼此处于最奇妙的搭配组合之中。曼德尔施塔姆拥有罕见知识和语感，作为诗人，他将音响游戏与词义的联想游戏结合在一起，常常使其诗行超越通常的理解：曼德尔施塔姆的诗开始因它的某种隐藏的秘密而激动人心，

---

① 曼德尔施塔姆：《时代的喧嚣》，刘文飞译，云南人民出版社 1998 年版，第 167 页。
② 《曼德尔施塔姆随笔选》，黄灿然等译，花城出版社 2010 年版，第 298 页。

该秘密似乎藏于那些搭配词组的本源之中……"① 下面通过对曼德尔施塔姆一首诗的分析，可以对哈达谢维奇观察到的这一特征加以印证。

> 捎一小袋炒好的咖啡，
>
> 径直从寒冷中，回家：
>
> 用金质电磨机
>
> 将木哈咖啡碾碎。
>
> 巧克力、砖质的
>
> 低矮的楼房，——
>
> 你好，你好，彼得堡
>
> 并不严寒的冬天！②

　　无怪乎人们常对曼德尔施塔姆奇妙的词语搭配惊叹不已。在上面的这首诗中，他竟可以用"巧克力"来修饰说明"楼房"。人们都知道，巧克力是什么，更不用说它的形状、甜蜜味道及其转义——温暖和美好等意义。整首诗以彼得堡的冬天为题，诗人选用"巧克力"一词来形容"楼房"：试想，在寒冷的冬季，想到家时，一个人的情绪与一个手里握着一块巧克力的孩子的心情是何其相似！巧克力可以给人以热量，帮助人们免受饥饿的煎熬，楼房同样可以给人以家的温暖，在心理上给人以慰藉。乍开始接触这样的诗句时，你也许会觉得可笑、玄妙，但进行分析和

---

① *Мандельштам О.* Стелка вечности. М. : ЭКСМО, 1999. С. 368.

② *Мандельштам О.* Избранные стихотворения. М. : ОЛМА-ПРЕСС, 2000. С. 239.

解读时，便能体会到这种奇妙组合的魅力：一个词组搭配就可以勾起人们无限的联想，丰富的含义浓缩并隐藏在句子中。不管曼德尔施塔姆诗歌中的用词如何玄妙，语词的本意是实在而可感的，是具体的，这里分析的"巧克力"是人人皆知的食用品，但诗人将这一词所能包含的各种意义都浓聚在一起，构成一个语义"束"，以此来传达诗歌要表现的丰富内涵。

曼德尔施塔姆将诗歌用词比作建造教堂的石头，以石头的质感来强调语词的"物性"。这种追求和立场显然不同于象征派诗人的做法："象征主义诗歌的基本风格特征是隐喻。隐喻的含义通常呈现在可以膨胀为新的复杂的隐喻链，且自身具有独立价值的第二成分中。这样的隐喻可加强非理性气氛，转化为象征。"[①] 在象征派诗歌中，对待语词的这种态度和做法俯拾皆是。我们来看象征派诗人索洛古勃的一首诗："我的头顶是湛蓝的忧伤，/她怀着高处的恐慌，/用夜半神秘的眼睛/望着尘世朦胧的远方。"[②] 在这首诗里，不管是眼睛，还是远方，都不能给人明确的指向。

又如，勃留索夫创作过这样一首诗，通过这首诗，诗人想表达自己对城市文明的热情，对城市化进程的向往，但是这里使用的语词并没有多少与现代城市直接相关：

> 我贪婪地把你欣赏，
>
> 街道神圣的昏黄。

---

① 郑体武：《俄国现代主义诗歌》，上海外语教育出版社 1999 年版，第 133 页。

② 郑体武：《俄罗斯文学简史》，上海外语教育出版社 2006 年版，第 156 页。

我悄悄地向你致敬，

未来的宇宙之王！

你把手臂伸向远方，

伸向沙漠、冰川和山岗；

你把视线投向阴暗，

你遮挡起灼热的阳光。

我悄悄地向你致敬，

你博大精深，无可限量！

在你面前我愿化为尘土，

化为道路，助你走向辉煌。①

　　曼德尔施塔姆既不赞成象征派将词义掏空的倾向，也不赞成未来派将词等同于对象和内容的做法。就诗歌语言的看法上，未来派的赫列勃尼科夫等人主张诗人可以不遵守语法规范，可以创造新词，目的就是制造惊奇效果。在马雅可夫斯基的用词观念上，为表现新生活，为服务于现实生活（"社会订货"），语言一律没有高雅与低俗之分，都可以直接用于诗歌创作。显而易见，曼德尔施塔姆并不主张艺术对社会生产活动的干预功能。

　　我们已多次提到，柏格森是曼德尔施塔姆十分推崇的哲学家。柏格森在对比分析了蚂蚁的本能活动和人的智力行动存在差异之后，认为人类"需要一种语言，以便不断地从已知的东西过渡到未知的东西。必须有一种语言，其符号（符号的数量是无限的）能够扩展到无穷的事物上。符号能够从一个对象转移到另一

---

① 郑体武：《俄国现代主义诗歌》，上海外语教育出版社 1999 年版，第 58 页。

个对象，这种趋向正是人类语言的特点"。① 对柏格森的这种论说，曼德尔施塔姆无疑是认同的，这与马雅可夫斯基对诗歌语言的论述和实践迥然不同。曼德尔施塔姆将语言和言语进行了严格的区分，语言是纯粹的符号系统，而言语则表现出灵活性和能动性。在语词层面，话语中的语词获得了自由和解放，可以在词与词的毗邻关系中呈现出崭新的面貌，通过彼此交融而释放出潜在的活力，譬如，具体可表现为多个语义中的某一种含义赢得优先地位："活的词并不是物的符号，而是自由地选择这个或那个物的含义、物性、可爱的肉体作为自己的寓所。"② 我们所知的大多数语言都存在多义词现象，这是语言的历史存在不断积累和丰富的结果。我们以曼德尔施塔姆经常使用的俄文单词"земля"为例，这个词既可以表示"地球""大地""地壳"，也可以表示"土壤""陆地""领土"等意思，与不同的单词组合使用，就会形成具体的话语语境，从而可以确定这个词在具体文本中的语义选项。汉语中的"水"也是多义词，在我们经常使用的一些词组搭配中，我们很容易发现不同组合带来的语义变化，如"水土""河水""水产品""水货"等。多义词在不同组合中会呈现具体的语义，服务于语言表达的需要，但作为词本身的含义并没有因此变得模糊，换言之，"物性"仍然得到了保持。在曼德尔施塔姆的诗中，词与词的偶然性搭配有一个前提，就是每个词仍然保持着自我，这与象征派诗人滥用语词的做派迥然有别。同时，这种语词使用技巧也有别于马雅可夫斯基等未来派诗人对语

---

① 柏格森:《创造进化论》，肖聿译，华夏出版社 2000 年版，第 135 页。

② *Мандельштам О.* Проза поэта. М. : Вагриус, 2000. С. 187.

言的运用。在马雅可夫斯基等人那里，语词与思想是直接对应的关系，有了语词便有了思想，故而他们主张诗人应该拥有权力自造新词。

1914 年马雅可夫斯基在《两个契诃夫》中曾阐明他对诗歌语言的看法，认为"不是思想产生词，而是词产生思想"①。马雅可夫斯基早期的这种思想，在十月革命胜利后得到了更强势的发扬。当然，这与时代生活的特征是密切契合的。在新的时代到来之际，满腔热情的马雅可夫斯基张开双臂，对社会主义制度表示热烈欢迎。尤其在无产阶级文化建设的理论领域，个性张扬的马雅可夫斯基可谓生逢其时。随着苏维埃政权的建立，崭新的社会制度和生活方式呈现出摧枯拉朽的空前活力。一个最重要的语言现象就是新词的大量涌现。以十月革命、列宁、苏维埃、社会主义等词为词根，人们创造出很多姓氏、人名、机构名称等。社会图景一派欣欣向荣，波澜壮阔的时代新生活感染着每一位俄罗斯民众。在这样的背景下，要积极贴近和参与新时代的建设，成为大多数人为之自豪的选择。文化精英们走上街头，进入车间，以自己的作品鼓舞着新生活的建设者们。马雅可夫斯基表现得更为踊跃，他将日常生活语言作为诗歌创作的语言材料，不再受制于诗歌传统要求语言典雅等规范。在《不准干涉中国！》中，出现了一些这样的诗句和词组，是古典诗歌中难以见到的，如"不许胡说八道""滚回去""是时候啦""赶走这批混蛋"……在被誉为经典的《好！》中，出现了"破帽子""解个手""我出汗了"

---

① *Оге А. Ханзен-Лёве* Русский формализм. М.：Языки русской культуры，2001. C. 468.

"老婆子，你去卖掉这件上衣"等。我国学者郑体武对马雅可夫斯基的一些诗篇作了分析，针对诗人对待语言的这种态度和做法，指出："街心花园和广场，妓女和光秃秃的路灯，小贩摊和疲惫的有轨电车，下水管和招牌，火车和汽笛的嚎叫相互交织，此起彼伏。从传统诗歌美学的角度来看，将这些东西纳入诗歌简直是不可思议的。"①

十月革命胜利带给人们的生产建设的热情是超乎想象的，艺术家们为这种澎湃的激情所感染，在表现和参与建设新生活的进程中也不遗余力。在这种努力中，包括马雅可夫斯基等人，不仅通过创作诗歌，而且还利用个人的所有特长来宣传新时代的新面貌。马雅可夫斯基曾花费大量精力，创作了有名的宣传橱窗。此外，出现了一种新的风尚：每当写出新的诗篇，诗人们便出现在公众场所，包括电台、广场、剧院等场所，直接面向公众诵读自己的作品。这种传播方式深受欢迎，为适应这种需求，诗歌创作也需要不断调整语言风格，譬如多用呼语和感叹词、停顿、变调等表现手法。这也是为何我们在马雅可夫斯基作品中能见到如此之多的断词、断句和呼唤、感叹等情感词汇。戈宝权曾将马雅可夫斯基1924年创作的《不准干涉中国！》译成中文，我们在此摘引一个片段，便能发现这一时期诗歌创作的一种新倾向："四万万人——/不是一群牛马，/中国人，大声喊吧：/不准干涉中国！/是时候啦，/赶走这批混蛋，/把他们/摔下/中国的城墙。"② 此外，有些人习惯于称马雅可夫斯基的诗为"口号

---

① 郑体武：《俄国现代主义诗歌》，上海外语教育出版社1999年版，第446页。
② 余振：《马雅可夫斯基诗歌精选》，北岳文艺出版社2000年版，第74页。

诗"，之所以会有这种说法，可能考虑到其后期诗歌反映的内容大多与国家的号召相呼应，这种倾向恰好能证明这一类诗人或小说家对革命坚决拥护的立场。此外，除了内容以外，也反映出马雅可夫斯基等诗人作品在格律、韵律上的创新。一些出身未来派的诗人，在诗歌的节律、押韵方法上表现更为大胆，创新意识表现得更加充分一些。但是，将马雅可夫斯基等人创作的诗歌一概称为"口号诗"，则犯了以偏概全的错误。马雅可夫斯基等人在诗歌节律等方面所做的尝试，不单是表达相应时政的内容，也用来表达其他方面的内容。譬如，表达对列宁去世后人们的悲痛心情，这类题材和情感绝不是用口号方式表达更为合适，但我们看到马雅可夫斯基仍采用他们开创的押韵法。概括起来说，马雅可夫斯基等人的诗歌格律、押韵法，能更好地适应时代生活的变化与节奏，更能满足时代赋予诗人的使命，包括宣传革命与建设、干预生活等。马雅可夫斯基曾对自己在押韵法上的创新做过总结："我所押的韵几乎总是异乎寻常的，起码是在我之前无人用过，并且在韵书上也没有的。"① 为了表达难以遏制的愤怒，或者为了展示豪迈奔放的激情，马雅可夫斯基在处理押韵问题时，基本上不受已有诗歌规范的局限。他可以在任何一个地方断句，也可以随时拆分一个单词，也可以选取一个词后面的多个元音或辅音作为韵脚。对刚接触马雅可夫斯基诗歌的读者来说，会产生一种很新颖的印象，但同时也能感到这种做法显得过于生硬和机械。

曼德尔施塔姆十分擅长运用词语的多义性，将一个拥有多种

---

① 戈宝权：《马雅可夫斯基研究》，武汉大学出版社 1980 年版，第 37 页。

含义的语词作为一个完整而有机的系统用在句子之中。这有别于未来派重视语词的直接语义的态度和做法。

二　借助语词的 "偶然搭配"， 激活语词碰撞而发散的联想意义

出于对俄语表现力的深信不疑，曼德尔施塔姆推出自己的"词的交际"理论。"为表达语言中尚未命名的事物（这正是诗人要传达的），需要从已经存在的词汇中诱发出所需要的含义，这就要将词推向它的邻居。"① 简而言之，这是曼德尔施塔姆对诗歌创新主要途径的概括表述。正是得益于诗人对语言的独特认识及其"词的交际"理论，像迈科夫指出的那样，在曼德尔施塔姆那里，"不知怎地，最俄罗斯化的俄语发声焕然一新"②。的确，曼德尔施塔姆特别擅长将不同的词以出人预料的方式加以组合、搭配，借此他得以完成自己的使命，并为俄罗斯诗歌创新作出了不可磨灭的贡献。

曼德尔施塔姆眼中的历史和传统如同人们赖以生存的大地，诗歌作品则类似于植物的根，时刻不能与土地分开，否则就会枯萎。所以，在创作诗歌时，他总是关注并自始至终强调与传统之间的联系，重视语词可能携带的历史文化含义。由于所使用的语词具有丰富的历史文化语义要素，在解读诗歌作品时便能留给读者几近无限的阐释空间。1933 年在举办的个人诗歌朗诵会上，曼德尔施塔姆指出阿克梅派就是 "对世界文化的眷

---

①　*Мандельштам О.* Проза поэта. М. : Вагриус，2000. C. 187.

②　*Маковский С.* Портреты современников. М. : Аграф，2000. C. 237.

念",在揭示其世界观本质的同时,实际上也阐明了他对艺术世界之特点的看法。阅读曼德尔施塔姆的诗歌作品,要迈过的第一道门槛,就是需要具备丰富的古代历史文化知识,并且至少要对俄罗斯和世界各国文学艺术领域的丰碑之作有所了解。我们会不期然地碰到这样一些名字或文化现象,如狄奥尼索斯、路德派教徒、费德拉、荷马、贝多芬、巴赫、卡桑德拉、拉斐尔……如果没有阅读过普希金、莱蒙托夫等人的作品,或者不了解萨福、但丁、谢尼耶等诗人的诗篇,便无法真正参透曼德尔施塔姆的诗句,就更谈不上进行深入的研究了。

譬如,在分析其诗歌中的"xaoc"(混乱,混沌)一词的用法时,有学者研究指出,曼德尔施塔姆在使用这一词汇时,夹杂着源自不同出处的语义理解,甚至包括圣经中该词曾使用过的含义。其中,丘特切夫有过一首诗《夜风啊,你在为何呼号?》(О чем ты воешь, ветр ночной, 1836),内中有这样的诗句:"О, страшных песен сих не пой/Про древний хаос, про родимый!"曼德尔施塔姆 1922 年创作的诗《Я по лесенке приставной》中,有一句"Сеновала древний хаос"。两人诗中的词组"древний хаос"有借鉴或呼应的关系①。所以,有人感慨地指出:"由于从曼德尔施塔姆头脑中喷涌而出的时而闪耀时而平静的意象之流彼此互相激荡,因此各种历史上的、心理上的、句子的和词汇的隐喻,对比与冲突,以闪电般的速度不断出现,冲击着人们的想象力和智力(不是像印象主义或超现实主义作品中一个接一个的杂

---

① *Фролов Д. В.* О ранних стихах Осипа Мандельштама. М.: Языки славянских культур, 2009. С. 15.

乱无章、反差强烈的元素，一团炫目的混乱，而是作为一个完整的构思，一个和谐而华美的整体）。"①

　　曼德尔施塔姆把词比作建筑师手中的石头，强调语词的"物性"，视创作为一种建设的过程，词发挥形式的作用。于是，他在发掘并激活多层词义方向上，开始大胆地尝试和创新，这就是后人和当时的人们皆叹服的语词之偶然搭配。有不少学者曾试着对这一现象进行分析和研究，如巴·巴辛斯基有篇文章《诗歌的艺术》，曾举曼德尔施塔姆的诗作进行分析，并对其中出人意料的词之搭配进行过分析：

　　　　　但还是暴露了建筑结构的秘密：

　　　　　弓架自觉内化了自身的重力，

　　　　　这样，负重便不会压垮墙体，

　　　　　狂野拱顶上的攻城槌无所事事。

　　经过一番分析后，巴辛斯基得出结论，认为："只有曼德尔施塔姆才能够将攻城槌和哥特教堂的拱门相比对。这在诗歌中属于别出心裁。"②

　　1931 年 6 月 12 日，曼德尔施塔姆创作出《马车夫》（Фаэтонщик）一诗，其中有这样的诗句：

　　　　　他拨弄着没有扣眼的丝线

---

① 伯林：《苏联的心灵》，潘永强、刘北成译，译林出版社 2010 年版，第 48 页。
② *Мандельштам О.* Стелка вечности. М. ：ЭКСМО，1999. С. 368.

变得开心起来，

想让酸甜的土地

像木马那样旋转起来……

　　在曼德尔施塔姆的诗歌中，经常会遇到"земля"这个多义词，在这里他将"Кисло-сладкая"这一表示酸甜意义的词与之搭配，以此来表达生活的五味杂陈和人生的酸甜苦辣。因为这一新奇搭配，"земля"一词同时拥有多种含义，既可以理解为土壤，也可以理解为"尘世"。

　　在《当灵魂向影子俯下身来》（1920）一诗中，我们能读到这样的诗句：

有人拿着香水瓶，有人拿着镜子，

灵魂犹如女人，喜欢小玩意儿，

澄澈的声音如已落叶的树林，

干枯的抱怨，如小雨纷纷。

　　诗中，诗人将抱怨的声音比作落光了树叶的树林，将诉苦之声的空洞、干巴、无聊表现得淋漓尽致。

　　在《我们受不了紧张的沉默》① 中，

我们受不了紧张的沉默

---

① *Мандельштам О. Э. Утро акмеизма//Собрание сочинений в* 4 т. М. : Арт-Бизнес-Центр, 1999. Т. 1. С. 80.

还有，心灵的缺陷令人难过！
朗诵者在混乱中登场，
众人向他欢呼：来一个！

我可知道，这里有个看不见的人：
那个可恶的人在读《尤娜路姆》。
当语音成了六翼天使的女仆，
意义成为虚幻，语词只是噪音。

竖琴在吟唱埃德加①的厄舍之家。
疯子喝口水，清醒过来，不再吱声。
我来到街上。秋日的丝线发出啸声……
轻柔围巾的丝绸让喉咙不再发冷……

该诗的第一句就有些出人意料的语词搭配，将表示"紧张"的形容词 напряженное 与表示"沉默"的名字 молчанье 组合在一起，表示沉默无语的情形持续得超出能接受的长度和频率。在该诗中，还有这样的表述："我在街上。秋日的丝线发出啸声……/轻柔围巾的丝绸让喉咙不再寒冷。"（Я был на улице. Свистел осенний шелк.../И горло греет шелк щекочущего шарфа...）将"Свистел"（发出呼啸声）、"осенний"（秋天的）、"шелк"（丝线）这三个词连缀在一起，充分体现着曼德尔施塔姆所追求的语

---

① 埃德加·爱伦·坡（1809—1849），美国诗人、小说家。诗中提到的《尤娜路姆》是他 1847 年创作的诗作，厄舍之家指的是爱伦·坡于 1839 年创作的恐怖小说《厄舍府的倒塌》。

词之偶然联系的观点:秋天的雨一般下得不大,常常被形容成牛毛细雨,细细的雨丝宛如编织丝绸的丝线,而与动词"Свистел"连在一起,又能表现出秋日瑟缩的寒意!

在1935年4—5月写成的《卡马河》一诗中,有这样的句子:

我远远地望着,望着那针叶林的东方,
水波浩瀚的卡马河将浮标冲荡。
渴望将燃起篝火的山坡层层剥落,
赶在丛林被腌制之前。

诗人将远方的针叶林与腌制这个动词用到一起,这种搭配也很偶然,但能想象出来,火焰一层层蔓延在山坡上,就像腌制咸菜时一遍遍撒盐的那种过程。同时,腌制过程在本质上也是将鲜活的蔬菜或鱼肉之类封存起来,不再有自由生长或存活的可能,这与森林火灾给树木带来的后果是一样的。

对于曼德尔施塔姆诗歌用词的这一特点,曾翻译出版诗人诗歌全集的翻译家汪剑钊曾指出:"诗人看重词的辐射性,希冀让一些平常很难相遇的单词在诗歌中相互遭遇,把事物表面上不相容的特征通过语言的亲和力粘合到一起。这种'远距离的相遇'可以形成新的审美效果,例如:'残酷和黏腻的泥潭'、'松脆的墙壁合拢的贝壳'、'星星的砝码遭到遗弃,被抛向一只只酒盅'、'血液这混凝土哗哗直流'、'毒蛇在草丛中隐藏,它也能领略世纪金色的韵律'、'那两颗嵌在角质胶囊里的眼球正闪烁着羽毛状的火焰'这样的句子俯拾皆是,它们能够消除人们在阅读熟悉的词语组合、熟悉的意象之后的麻木,刺激起新的感受能力,重建新的审美趣味与标准。"①

由于曼德尔施塔姆在追求语词的偶然搭配时，并非作为一种文字游戏去操作，所以读者在研读这种非同寻常的词组搭配时，不仅不会无所适从而莫名其妙，而且经过"咂摸"，更能体味到诗句内含的丰富意义。

三　喜欢使用专有名词，将要表达的感情和思想附着其上

由于曼德尔施塔姆的诗学主张迥异于未来派，包括他对待历史与传统的态度。任何一个国家或民族都有着自己的历史与传统，尽管历史有悠久与短暂之分，传统也有优良与粗陋之别。总览人类各民族的历史，对待历史传统的态度经常能在历史转型时期引发激烈的论争。保守派、激进派一般同时存在，孰强孰弱，在很大程度上会影响到一个国家的发展走向和轨迹。在俄国，自19世纪的西欧派与斯拉夫派之争到20世纪初的历史虚无主义潮流，以及21世纪初俄罗斯的爱国派与民主派在思想上的交锋，其中的对立或分歧都可溯源到对待历史文化的态度上。在十月革命前的俄国，继象征派衰落之后，几乎同时出现了阿克梅派和未来派。以赫列勃尼科夫、马雅可夫斯基等人为领军人物的未来派在理论上深受意大利未来派的影响，换言之，与西方文学思潮的联系更直接。阿克梅派则主要受象征派的影响，象征派当年得益于西方文学新思潮而表现出的冲击力已经荡然无存，式微之际，各种弱点和弊端早已显露出来，而阿克梅派的最初任务就是对象征派弊病的克服。象征派身上的缺陷之一，表现为对外来文化过于

---

① 汪剑钊：《曼杰什坦姆诗全集》译序，东方出版社2008年版，第15页。

依赖和顺从，在曼德尔施塔姆看来，俄国象征派没有扎根于自己的本土文化。曼德尔施塔姆要维系俄国文化的历史与传统，这也意味着他不会像未来派那样对历史采取轻蔑的虚无主义态度，也不会如俄国象征派那样忘了自身的文化传统。曼德尔施塔姆明确表达过这样的思想："没有一个诗人是无亲无故的：所有的人都来自过去并走向未来。"① 在曼德尔施塔姆的诗歌创作中，也体现出对传统的珍视，布罗茨基曾指出："他采用了相当规则的韵脚和标准的诗节，其诗的长度也相当适中——16 至 24 行。但比起那些自称为俄国象征派的沉湎于含混的玄学诗人来说，他利用不起眼的运输工具，却把他的读者载到了更远的地方。"②

马雅可夫斯基等人很少将普希金等前辈的传统放在心上，他们更乐意将全部注意力用于对当下生活的观察与颂扬。为了更好地服务于时代生活的发展，他毫不忌讳地高声呼吁，要求诗人为"社会订货"而努力创作。③ 作为马雅可夫斯基的同时代人，曼德尔施塔姆对自己的定位则完全相反，他似乎没有心思投身朝气蓬勃的时代之中，而是转身走向了人类文化历史的沉积层之中。在曼德尔施塔姆的经历中，这种立场经常带来一些尴尬的遭遇："从红军那里跑到克里木。在克里木我又被白军抓住，把我当成了布尔什维克。从克里木到了格鲁吉亚，而在这里又把我当成了白军。我是哪门子白军啊？我该怎么办呢？现在我自己弄不清楚，我是什么人呢——是白军，红军，还是其他颜色

---

① *Мандельштам О.* Шум времени. Санкт-Петербург：Издательство 《 Азбука 》，1999. C. 222.

② 布罗茨基：《文明的孩子》，刘文飞译，参见刘文飞《诗歌漂流瓶——布罗茨基与俄语诗歌传统》，浙江文艺出版社 1997 年版，第 172 页。

③ 戈宝权：《马雅可夫斯基研究》，武汉大学出版社 1980 年版，第 157 页。

的人呢。我根本没有任何颜色。我是个诗人，写诗，现在吸引我的是提布鲁斯①、卡图卢斯②和罗马的颓废派文艺……后来我就到了克里木。"③

事实表明，曼德尔施塔姆早期一度热衷于马克思主义学说，并志愿参加革命行动。在十月革命之后，纯粹是由于个人兴趣的转移，他对新时代和革命带来的新变化没有给予过多的关注。但是，从他本人的言论中，仍可见出他对革命的到来是欢迎的，对新的时代并不排斥。不仅如此，他于 1928 年的一次调查中，曾明确认定自己暂时顾不上为革命和建设做贡献，但坚信当下的努力也在为国家和民族的革命事业尽一份力，只不过暂时还不为时代所需要而已："我感到自己是一个革命的债务人，但我也在带给它一些它此刻还不需要的礼物。"④

十月革命的胜利具有划时代的重大意义，不管是赞同还是否定社会主义思想，任何人都不可能无视这一剧变带来的影响，对俄国人的冲击和震撼更为直接和强烈。甚至可以说，对这一人类文明史上的重大事件，一个人采取怎样的立场，便决定了他的命运走向。这种影响的深度和广度在当时是无法估量的，但无疑已波及社会文化生活的所有领域和层面，甚至在作家创作素材和语言风格方面都产生了影响。或许出于一种矫枉过正的态度，曼德尔施塔姆更喜欢源自久远历史的词汇和典故，而马雅可夫斯基等人的诗歌中则更容易见到当下生活常见的辞藻和语言表达方式。

---

① 提布鲁斯，古罗马诗人，擅长创作歌咏田园生活和浪漫爱情之诗。

② 卡图卢斯，古罗马诗人，继承了萨福的诗歌传统，对莎士比亚、彼特拉克等产生过深远影响。

③ *Мицишвили. Пережитое.* Тбилиси, 1963. С. 164—165.

④ 曼德尔施塔姆：《时代的喧嚣》，刘文飞译，云南人民出版社 1998 年版，第 140 页。

阅读曼德尔施塔姆的诗歌作品，不仅经常可以见到神话故事中的人名、地名，而且还有大量哲学、自然科学领域的专有名词。需要指出的是，这种现象同样体现了曼德尔施塔姆诗学的独特追求，他这样做的目的是以浓缩的方式将要表达的感情或思想表达出来。

曼德尔施塔姆是一个十分好学的人，求知视野无比开阔。他对知识的渴求是一般人无法比拟的，一旦意识到自己欠缺哪方面的知识，他就会疯狂地去学习。在彼得堡大学时期，他对希腊语产生了浓厚的兴趣，不分白天黑夜，从早到晚，总是在朗读希腊文文献，向老师提出各种各样的问题，这种痴迷的学习态度给很多老师留下了深刻的印象。后来，当他急于想弄明白但丁的创作时，便着手学习意大利文，坚持阅读意大利语的但丁作品，目的就是更准确地把握但丁的创作特征。正是由于曼德尔施塔姆的勤奋和执着，不管是人文知识还是科学知识，他都广泛涉猎和钻研。日积月累，他的知识之渊博变得非一般人能够想象。这种宏大的知识结构蔓延并渗入他的诗歌和散文，有时候阅读这种作品会让人产生一种不堪重负的感受。有了对古今文明的深厚知识储备，曼德尔施塔姆经常穿梭于这些琳琅满目的文化标志之间，在作品中时常运用历史或文化典故，有的为人熟知，有的则较为冷僻，作品无形之中成为了一种供读者探险的迷宫："这样，诗句的内涵顿时便丰富了许多，层次也增加了不少。这种诗歌语言现象，西方新批评派文论家阿伦·泰特称之为'张力'，它借助读者的知识使一个意象的外延与内涵迅速膨胀。"①

---

① 葛兆光:《汉字的魔方》，辽宁教育出版社1999年版，第142页。

　　在语言本身以及经典文献中，一个民族的历史文化往往会凝聚、提炼而成一些成语、专有名词等，这是人类生活追求简约的一种语言形式。如果说马雅可夫斯基以热诚的笔调，急于表现建设新生活的激昂情绪，专注于反映时代之"新"，那么，曼德尔施塔姆则选择了独处一隅，与古代贤达进行秘而不宣的神秘交流。由此，曼德尔施塔姆的诗中便能经常见到历史长河中的圣人、箴言、典故，专有名词等出现的频率明显高于同时代的其他诗人。19 世纪末的著名语言学家波捷波尼亚曾指出，"真正的诗人不是那些想充当真正诗人的人，这种人把作诗当成一门赚钱的手艺。对于真正的诗人来说，作诗是关乎他们心灵的事业，这类诗人经常采用现成的形式，用于自己的作品。但显然，鉴于他们的思想内容有很多自己的特点，他们不可避免要往现成的形式中加入新内容，这样也就改变了那些形式"①。曼德尔施塔姆恰恰就是这样的诗人，他喜欢运用已经成为固定形式或表述的一些典故，来传达自己要表达的情感或思想。巧妙地借用他人的语言表达或所塑造的形象，实际上往往也同时传递出他人的思想情感，令他人的思想与自己的思想在作品中交汇或交锋，进而产生新意。

　　1912 年曼德尔施塔姆创作了这样一首诗：

　　　　不是，不是月光，而是晶亮的表盘
　　　　映照着我，我看到暗淡星光的乳晕，
　　　　难道这也成了我的过错？

---

　　① *Потебня А. А.* Из записок по теории словесности. Харьков，1905．С. 550.

巴丘什科夫的傲慢让我恼火:

现在有人问他,几点了?

他的回答很有趣:永恒!

据尼古拉·古米廖夫回忆,有一次他与曼德尔施塔姆一起送阿赫玛托娃去皇村车站,看到钟表店的招牌——发亮的表盘时,曼德尔施塔姆吟诵了这首诗。诗中提到的巴丘什科夫的问答,据史料确有其事。巴丘什科夫是普希金时代的诗人,生于1787年,卒于1855年。1822年巴丘什科夫患了一种家族遗传的精神性疾病,他的母亲和外甥都曾患过这种病,表现为经常会出现意识混乱。命运悲惨的巴丘什科夫曾在这种意识不清的状态下生活了三十三年,据说他不时会大声问"几点啦?"然后拿起表看看,自言自语道:"永恒。"[1] 曼德尔施塔姆的这首诗,之所以提到巴丘什科夫,一方面是因为这是他所推崇的诗人,另一方面也在复述历史上的这个传说。这首诗可视作曼德尔施塔姆摆脱象征派影响、坚定走向阿克梅派立场的一种宣示。诗人以质疑的口吻在诗中提出,永恒的奥秘需要借助朴素的日常生活来揭示,他通过人们习以为常的表盘联想到遥远的星际,将思维的触角从当下生活指向对人生的思考,而重视诗歌用词或表达的"物性",正是阿克梅派秉持的原则之一。

曼德尔施塔姆曾经有一位女友,后来死于斯德哥尔摩。为了追念故去的女友,他专门创作了一首诗。在这首诗中,他借助安

---

[1] *Баевский В. С.* История русской поэзии:1730—1980 гг. Смоленск:Русич, 1994. С. 76.

徒生的童话故事，创建出穿越时空的主题，将对女友的思念表达得淋漓尽致：

> 僵硬的燕子们生着圆圆的眉毛，
> 从坟墓朝着我飞翔，
> 告诉我已在斯德哥尔摩睡足了觉，
> 躺着它们冰冷的床。①

　　根据我国学者刘文飞的独到分析，曼德尔施塔姆在诗中实现了对古今两种时间的重构。一方面，这里有童话时间，从燕子这一线索可联想到安徒生的一部作品。另一方面，燕子是人尽皆知的一种鸟类，具有候鸟的生活习性，喻示着诗人渴望女友能冲破时间的牢笼，女友能在时间的循环之中获得重生，这样他们就能再次在世间相遇，倾诉彼此的离别之苦："燕子的形象本身就具有循环往复的特征，而在这里，这个形象被赋予了更多的内涵。北欧，她逝去的地方，很容易让人联想到安徒生的一则童话：一只冻伤的燕子在鼹鼠的洞穴里得到了拇指姑娘的照看，伤好后，又在春天里返回了家园。诗人以燕子暗示女友的再生，诗人战胜了时间和空间，在他用诗重构的时间里完成了与女友的相拥。"②

　　阅读曼德尔施塔姆的诗歌，很容易产生一种感觉，即他对物理时间几乎没有概念，进而获得了在人类历史的长河中自由往返

---

① 刘文飞：《诗歌漂流瓶》，浙江文艺出版社1997年版，第27页。
② 同上。

的能力。在同一首诗中，我们能遇到音乐家贝多芬，也可能会碰到诗人普希金；在描写俄国生活的诗句中，我们也能欣赏到威尼斯的风格，甚至能见识到拉斐尔的绘画风格；在描写十月革命后的生活画卷时，我们可能会想起中世纪和文艺复兴，甚至能联想到古希腊……在曼德尔施塔姆的思想维度上，根本不存在时间的牵制问题，时代与时代并肩而立，相伴而行。所以，有人指出："曼德尔施塔姆的诗歌完全不为历史的负载所累：它超越了时间。"①

形式主义学派的奠基人什克洛夫斯基是曼德尔施塔姆的好友，他在诗人最困难的日子里曾冒着受牵连的风险倾囊相助。在评价曼德尔施塔姆的诗歌特色时，什克洛夫斯基用凝练的语言，简明扼要地道出了这种独具品格的诗歌之特质："诗行沉甸甸的。每一行都是独立的。"② 诗行之所以让人觉得沉甸甸的，一个表层原因是有着太多的文化元素，包括历史古迹、历史文化名人、名言名句以及不计其数的典故。

对于一般的读者而言，要读懂曼德尔施塔姆的诗篇是很吃力的。好在曼德尔施塔姆对读者并没有任何要求，读懂与否，能读懂多少，在他看来都是可以接受的，真正能读懂他的读者或许要等到若干年之后。在普及语言文字和文化的环境中，当年的曼德尔施塔姆对拥有会心的读者并不抱幻想，但是在今天看来，他所期许的读者群到来的时间提前了不少。越来越多的当代读者已经

---

① *Струве Н. А.* Судьба Мандельштама//Мандельштам О. Э. Собр. соч. В 3 томах. Washington: Inter-Language Literary Associates, 1967. Т. 3. С. XXII.

② *Мандельштам О. Э.* Стекла вечности: Стихотворения. М.: Эксмо-Пресс, 1999. С. 158.

能够认识到曼德尔施塔姆诗歌的奥秘，并开始欣赏诗句中映射出的思想之光，包括破解作品中引用的众多典故："从中更多地体会到典故在诗中的象征意义与感情色彩，并由典故为联想的契机，在脑荧屏上浮现出典故的原型故事及用过这一典故的诗句。"① 著名诗人布罗茨基于 1979 年撰文《文明的孩子》，重点介绍和探讨曼德尔施塔姆的诗歌成就。在这篇文章中，布罗茨基指出后者诗歌创作的特点之一，即"诗歌，首先是引证、典故、语言和形象平行线的艺术"②。

四　将普通词语概念化，追求多层次互文效果

曼德尔施塔姆擅长使用普通语词，但赋之以丰富的联想或互文意义，从而使普通词语概念化，诗文由此可获得多种多样的互文效果。

"阶梯"只是常用的一个普通词，但在曼德尔施塔姆的诗中却获得了极为丰富的语义，试以《拉马克》一诗中的"阶梯"为例进行分析，可见该词所拥有的多重"互文"语义。《拉马克》一诗可以说是曼德尔施塔姆玄妙诗歌的顶尖之作之一，创作于 1931 年 5 月 7—9 日。

> 曾有个像小男孩般腼腆的老者，
>
> 一位笨拙、胆怯的族长……
>
> 谁是捍卫大自然荣誉的剑客？

---

① 葛兆光：《汉字的魔方》，辽宁教育出版社 1999 年版，第 142 页。
② 刘文飞：《诗歌漂流瓶》，浙江文艺出版社 1997 年版，第 163 页。

当然是热情似火的拉马克。

假如一切生物不过是一次
在没有承继的短暂之日的涂改，
踏上拉马克可变幻的阶梯，
我将占据那最低的一级。

降身进入环节动物和蔓足亚纲，
在蜥蜴和蛇类中间我簌簌作响，
沿着富有弹性的台阶，我将缩小，
我将消失，像海神普罗透斯一样。

我将穿上角质的套膜，
并要弃绝那一腔热血，
生出吸盘，在大海的浪花里，
紧紧抓住海洋的旋涡。

我们走过各种昆虫的编队，
那些眼睛浑如斟满的酒杯。
他说：整个大自然已成残垣颓壁，
不再有视觉，这是你最后一次注视。

他说：声音还听得见，
你爱莫扎特却是徒然：
蜘蛛般的冷漠正在到来，

面对这坍塌我们无力回天。

于是大自然与我们不再来往，
似乎我们对于她已无关紧要，
她将纵向的大脑，如同一把剑那样，
装进了黑漆漆的剑鞘。

连那座吊桥她都已遗忘，
延误了为一些人将桥下放，
这些人有着绿色的墓地、
随机应变的笑声和红色的呼吸……①

这首诗曾经引起热烈的争论。维·伊万诺夫曾写过一篇以《曼德尔施塔姆和生物学》为题的文章，专门研究曼德尔施塔姆在生物学领域的探索，并指出了生物学知识对诗人所产生的影响。这一做法引起布罗茨基的强烈反驳。身为诗人的布罗茨基自认是曼德尔施塔姆的学生，同时自认为对后者的诗歌有着很好的理解。布罗茨基首先否认了维·伊万诺夫所作研究的意义，指出曼德尔施塔姆之于生物学的知识根本算不上严肃的学术研究。布罗茨基认为，曼德尔施塔姆的诗歌作品中不乏生物学知识，这是曼德尔施塔姆有意为之，旨在把自己装扮成一位仿古主义者，别无他意。不过，布罗茨基在解释为何《拉马克》诗中有"阶梯"这个意象时，他有些主观性地认为，这里的"阶梯"与当年拉马

---

① *Мандельштам О. Э.* Избранное. Смоленск：Русич，2000. C. 290.

克在巴黎大学求学时所住的五层楼有关联。不知是这位诺贝尔奖获得者参考了怎样的资料，还是他纯粹凭空想象，但确实布罗茨基在学术研讨会上公开提到了自己对拉马克关于"阶梯"的说法。尽管有些匪夷所思，但布罗茨基还是认为，拉马克一度处境窘迫，没有足够的钱从事科研工作，只好待在价格便宜的顶楼里打发时日。在这种百无聊赖的日子里，拉马克整日躺在房间里，望着窗外的天空，端详云朵，最后竟然获得了重大科研成果，借助所撰写的一篇相关文章而成为了院士："我揣测，第六或第七层楼使他对楼梯产生了多少有些病态的印象。"①

但进一步的研究可以证明，不管是伊万诺夫的论断，还是布罗茨基的解释，都算不上是对诗中"阶梯"一词的正确解读。我们知道，拉马克是第一个提出进化论的学者，他的理论与达尔文进化论的不同之处在于，他将环境视作生物进化的条件之一，环境并不是唯一决定性的条件，此外他还重视遗传中发生变异这一生物界现象。与其说曼德尔施塔姆有志于在生物学尤其是遗传学领域进行科学研究，还不如说旨在借用生物学知识来阐释他个人的文学理念。具体说来，曼德尔施塔姆的这些生物学概念的直接来源，应该是他所敬仰的哲学家柏格森的哲学论述。

我们来看一下其中尤为关键的四行诗：

> 假如一切生物不过是一次
> 在没有承继的短暂一日的涂改，
> 踏上拉马克可变幻的阶梯

---

① *Дзюбенко М. А.* Сохрани мою речь. Вып. 3. Часть 2. М., 2000. С. 54.

我将占据那最低的一级。①

由于当时的文学界存在着庸俗进化论的论调，为了与之论战，曼德尔施塔姆将注意力放在了拉马克的学说上，以此来消解外部环境决定进化这一有失偏颇的论断。之所以甘于占据最低的那一级，无非表达自己对变异学说的坚信而已。

我们知道，1910 年曼德尔施塔姆曾在法国游学，对哲学家柏格森的学说可称得上已经烂熟于心，而在柏格森的著述中有这样的句子："在有机体阶梯的最低一层上，我们已经发现了真正的联合体，发现了真正的微生物群体。"② 阅读柏格森的哲学著作，包括《时间与自由意志》和《创造进化论》，我们不得不承认一个事实，那就是这位哲学家深入研究了自然科学尤其是生物学的最新成果，并试图从中找到解释生命本身的科学依据。不管是达尔文的进化论，还是拉马克的进化论，在柏格森创建自己的哲学观点时，他侧重的是生物进化过程中的"变异"现象。由于各种各样难以解释的偶然性，物种在进化道路上发生变异现象，这在他看来是各种因素之间建立偶然联系而造成的结果。不仅如此，柏格森还进一步得出结论说，"在同一条进化路线上，并不存在任何能使我们确定一个物种比另一个更高级的简单标志"。③

曼德尔施塔姆对"阶梯"的认识，也存在另外一种可能，那就是当时他积极参与的俄国形式主义研究。彼得堡"诗语研究会"的主要成员什克洛夫斯基是其好友，什克洛夫斯基早年撰写

① *Мандельштам О. Э. Избранное. Смоленск: Русич, 2000. С. 290.*
② 柏格森：《创造进化论》，肖聿译，华夏出版社 2000 年版，第 221 页。
③ 同上书，第 115 页。

了《作为手法的艺术》一文，创立了"陌生化"这一广为人知的概念。而在当年引起轰动的《作为手法的艺术》中，什克洛夫斯基在分析托尔斯泰的小说《霍尔斯托密尔》时，曾专门分析托尔斯泰所采取的"陌生化"手法，即从一匹马的角度和立场观察周遭事物。托尔斯泰站在一匹马的角度，而且什克洛夫斯基所引用的文字中，也有"阶梯"这个词语："我现在确信，这就是人们与我们之间的根本区别。因此，仅根据这一点，我们就可以大胆地说，在有生物的阶梯上我们比人站得更高，更不必说我们胜过人的其他优点了。"①

除此之外，曼德尔施塔姆还经常改变经典作品的情节或意象结构，与普希金、萨福等人的诗篇形成互文关系。对比下面两首诗，很容易看出曼德尔施塔姆对普希金诗作主题和表达上的借用。

为了解闷，我们在篝火旁取暖，

或许，再过数百年

有福的女人会用可爱的双手

将我们轻飘飘的骨灰收走②。

（曼德尔施塔姆）

他们死去的那一刻将很耀眼。

这些顽皮家伙的女友们

① 什克洛夫斯基：《散文理论》，刘宗次译，百花洲文艺出版社1994年版，第13页。
② *Гордин Я.* Перекличка во мраке. Санкт-Петербург, 2000. С. 98.

会将他们轻飘飘的骨灰收敛，

装进酒宴炮制的空闲骨灰盒。①

（普希金）

综上所述，在对待诗歌用词方面，曼德尔施塔姆不仅力求简练，而且时刻以"斤斤计较"的严谨态度去对待每一个词。在强调语词的物性的基础上，他还要求尽可能激活词与词之间可能存在的诸多联系，以此来扩大诗歌的内涵，将读者的审美体验过程延长。诗人的这些努力和创新，无疑都对俄罗斯诗歌的发展与繁荣作出了突出贡献。

第三节　曼德尔施塔姆诗歌的意象变化

曼德尔施塔姆诗中的意象，其方式不同于传统的意象之构建。在他笔下的意象，更多的是一个综合体，内里包含着丰富的内容，宛如点燃的蜡烛放置在灯笼之中，泛出丰富的色调和可供无限联想的线索。

曼德尔施塔姆在构建意象时，为了寻求最奇妙的物象作为原材料，通常绞尽脑汁。明显的一个特点就是，在他那里，物象与意象之间存在着很显著的区别，这一点与未来派倾向于将物象与意象等同的做法全然不同。在俄国象征派之后，作为新出现的诗歌流派之一，未来派诗人虽然避免了象征派在诗歌用词上所犯的错误，但是在纠正象征派过失的方法上选择的是另一条途径，那

---

① *Гордин Я.* Перекличка во мраке. Санкт-Петербург, 2000. С. 98.

就是将语词和物象同等对待。未来派的这种语言主张同样带有弊端,恰如我国学者周启超所认为的那样:"将词语的地位降格为物象,最终则是将艺术创作降格为物品制作。"① 简言之,曼德尔施塔姆擅长创建的是另一种类型,即内在意象。在曼德尔施塔姆于 1921 年写成的文章《词与文化》中,他这样写道:"写点无意象的诗吧,如果你能,以及如果你知道怎样写的话。一个盲人用他那看得见的手指仅仅触摸一下便可认出恋人的脸;欣喜的泪在长久分离后会一下子涌出他的双眼,那是认出恋人后的真正的喜悦。是内在的意象赋予诗以生命。那内在的意象是鸣响的形式的模型,预示着最终写出的诗行。没有一个字出现,但诗已经发出鸣响。鸣响的是内在的意象,触摸到它的是诗人的听觉。'认出的瞬间足以使我们感到甜蜜'。"②

另外,就曼德尔施塔姆的诗歌素材而言,他最痴迷的是各个民族、人类历史不同时代的文化。徜徉于人类文明长廊之中,曼德尔施塔姆在寻觅和掂量着让他中意的每一块"石头",全然不顾他人对这"石头"之大小贵贱的评鉴。曼德尔施塔姆 1921 年写成《词与文化》一文,其中专门谈到了他所珍惜与看重的世界映像(意象之选择)。曼德尔施塔姆最喜欢的语词或文化现象具有与众不同的特质,他不想流于俗套,更注重寻找历史遗忘的片段或痕迹,更在意生活角落里涌动或延存着的生命力:"彼得堡的街道上有草,那是处女林的根须初冒的枝芽,终将覆盖所有当代城市的空间。这片明亮、温柔的绿色具有一股惊人的充满生机

---

① 周启超:《白银时代俄罗斯文学研究》,北京大学出版社 2003 年版,第 50 页。
② 《曼德尔施塔姆随笔选》,黄灿然等译,花城出版社 2010 年版,第 40 页。

的活力，是一个崭新的富于灵性的自然的组成部分。彼得堡不愧为世上最最先进的城市。现代化的进程不是由地铁或摩天大楼来衡量，而是由城市中窜出石头缝的生机勃勃的绿草的生长速度来测定。"① 在这方面，阿赫玛托娃的表述与曼德尔施塔姆的说法可谓异曲同工，保持着惊人的相似："要是您知道，诗歌是从垃圾中生长而成的，不要羞愧……"②

曼德尔施塔姆在《第四散文》中说过，"在语言手艺中，我看重的只是野肉，只是疯瘤：整个峡谷伤到了骨头，／由于一只鹰的叫声，——我就应当这样"③。在此他强调的仍然是偶然的联系。一只鹰飞到峡谷的上空，发出的鸣叫搅乱了峡谷的沉寂。飞禽走兽受到惊吓，四处奔逃。鸟儿飞离枝头，在树林枝杈间乱飞乱撞，走兽在岩石间慌乱逃窜，碰落的石头跌落山涧。一只鹰的叫声，竟然会给幽静的山谷带来了地动山摇的变化！鹰成为一个偶然出现的意象，它的出现让人看到了山谷的新面貌！曼德尔施塔姆之所以说他更看重"野肉"和"疯瘤"，就如同他更喜欢诗中的那只偶然飞来的鹰一样，换言之，他更看重偶然性的东西。正是通过这样的一些做法，他的诗歌才能催发人们重新记起几近遗忘的历史，重新审视司空见惯的生活。他的诗歌太沉重，内涵太丰富，甚至有人读起来会觉得太过艰涩。但这就是曼德尔施塔姆诗歌的魅力所在，他的诗歌让人久久品味，会让人的思绪穿梭在历史的文化长廊之中流连忘返，随着

---

① 《曼德尔施塔姆随笔选》，黄灿然等译，花城出版社 2010 年版，第 34 页。

② *Амелин Г. Г.*, *Мордерер В. Я.* Миры и столкновенья Осипа Мандельштама. М. : Языки русской культуры，2000. С. 9.

③ 《曼德尔施塔姆随笔选》，黄灿然等译，花城出版社 2010 年版，第 235 页。

诗歌抑扬顿挫地展开，我们看到和领悟到的是一个完全不同的世界！

一　突出空间性意象，压制时间性意象

日尔蒙斯基 1916 年在《克服了象征主义的诗人》一文中，就当时俄国诗歌界继象征派之后出现的杰出诗人进行了分析，主要列出了阿克梅派的三位，包括阿赫玛托娃、曼德尔施塔姆和尼古拉·古米廖夫。在分析曼德尔施塔姆的诗歌特点时，日尔蒙斯基指出，"当空间与时间之间的所有界限都不分明，不属事物所固有，而是变化无常，凭主观而定，事物在空间中的相对位置就会发生变化，出现移动和歪曲的情形，这是唯心主义把握生活的突出特征。在曼德尔施塔姆成熟时期的诗作中，同样保持着这一特点"[1]。

曼德尔施塔姆的妻子纳杰日达·雅科夫列夫娜不仅是诗人生前的良伴，而且在诗人去世后冒着生命危险保存着诗人手稿。与此同时，纳杰日达·雅科夫列夫娜也是曼德尔施塔姆诗歌创作的最好诠释者之一，她认为："曼德尔施塔姆对空间的感觉要强于时间，在他看来，时间是人类生活的控制器：'像切割硬币一样，时间在将我切割'，同时时间还是诗行的计量工具。时间——世纪，这是历史，但在与时间的关系中，人是被动的。人的积极性在空间中能得到发展，他可以用物品填充之，令之成为自己的家。建筑是人在世界上留下的最明显的印记，因而被视作人之获

---

[1] *Жирмунский В.* Поэтика русской поэзии. Санкт-Петербург：Азбука-классика, 2001. С. 387.

得永生的保证。"① 从曼德尔施塔姆本人的论述中，我们也不难发现，在他的脑海中，时间是物化的。为了获得人之于时间的控制权和制高点，曼德尔施塔姆采用的办法是将时间拟作空间，以此来解决时间的不可逆问题："在空间里你能向前、向后、向上走，然后再返回来；而在时间上却只能从过去到将来，是退不回来的。"② 曼德尔施塔姆曾这样讲过，"诗歌是耕犁，它能将时间翻起来，让时间的深层、黑土层翻到上面来"。（Поэзия-плуг）在 1920 年的一首诗里，曼德尔施塔姆写下这样的诗句："时间被犁具耕耘……"（Время вспахано плугом）另有诗句，如"世纪将他们咬断，留下了齿痕。"（Век, пробуя их перегрызть, оттиснул на них свои зубы, 1920）"时间像切割硬币那样对我"（Время срезает меня, как монету, 1923）；"时间，世纪，谁吻过时间疲惫的头顶，谁想着病态世纪睁开了眼皮"（а время-"век"-Кто время целовал в измученное темя, -/ ⟨ . . . ⟩ /Кто веку поднимал болезненные веки, 1924）。

　　曼德尔施塔姆诗歌中的时间，很多情况下都被以空间化的方式得到表现。"首先，他的诗多以欧洲的神话、远古诗人的母题和智慧哲人的思想为对象，其实是在对诗的文化储备进行又一次提炼，又一次'精加工'。所以，有人称他的诗为'诗的诗'，为'潜在的文化金字塔'；所以，别雷称他是'所有诗人中最诗人化的一位'。其次，他的诗以探索生存的本质、以战胜生命本身为其使命。曼德尔施塔姆认为，死亡就是时间的终结，时间的终结

---

① *Мандельштам Н. Я.* Третья книга. М.：Аграф, 2006. C. 203.

② 伽莫夫：《从一到无穷大：科学中的事实和臆测》，暴永宁译，科学出版社 2002 年版，第 59 页。

就是遗忘,诗作为词的最佳的、最严密的组合,可以强化人的记忆,并最终战胜死亡。时间,于是成了曼德尔施塔姆最崇拜的概念,他将时间视为空间的三维之外的'第四维'。深受曼德尔施塔姆影响的诗人布罗茨基曾评论道,在曼德尔施塔姆的诗歌中,'时间的存在,是既作为实体又作为主题的存在'。布罗茨基还注意到,时间在曼德尔施塔姆诗中的'处所',就是诗中的停顿,曼德尔施塔姆总是采用一种颇多停顿的诗体,他使诗中的每一个字母、尤其是元音字母,几乎都成了可以触摸的时间的'容器'。"①

显然,曼德尔施塔姆对时间的看法和态度,不可能不影响到其诗节结构的变化。曼德尔施塔姆对时间所持的特殊态度,首先表现为喜欢将时间"物化",也就是擅长对时间作感性具体的描绘,如这样一些词组搭配或修饰语:病态的世纪,世纪的双眼,(时间)躲在窗外的麦堆里,"去睡觉的"时间,痛苦颅顶的时间等。在理解和把握这种表达习惯或技巧时,还需要考虑这样一种情况,即认为这是诗人在践行其所坚持的一个原则,具体表现为重视语词的"物性",对待时间这一特殊"物象"也不例外。为了将时间"物化",将时间置于可触可见的空间之中,曼德尔施塔姆在表达时间概念时,更多情况下喜欢将表时间的语词与指物的修饰词搭配。在他的诗歌中,经常可以遇到这样的词组,如:

> 将我带到夜里去吧,那里叶尼塞河在流淌,
> 那里的松树高耸入云,挨近星光,

---

① 刘文飞:《二十世纪俄语诗史》,社会科学文献出版社1996年版,第56页。

因为按物种我并不是狼辈，

灭掉我的只会是我的同类。

　　这里出现的"夜"本来表示时间，但诗人显然将之等同于空间，将之描述为一处有松林、河流的地方。在曼德尔施塔姆的诗歌中，将表示时间的概念"物化"，也即借助空间化，让时间呈现出新的属性和特征，这样的用法不胜枚举，如"院子里的夜"（Ночь на дворе），"我真能看到明天……"（Неужели я увижу завтра...），"谁吻过时间疲惫的头顶，/便会怀着儿子般的温情/依稀记起，时间曾经/在窗外的麦堆里入梦"（Кто время целовал в измученное темя, —/С сыновьей нежностью потом/Он будет вспоминать, как спать ложилось время/В сугроб пшеничный за окном）。又如 1922 年创作的《世纪》一诗中，"为了让世纪挣脱枷锁，/为了开启新世界的生活，/岁月骨节构成的膝关节/需要用长笛来接合"（Чтобы вырвать век из плена, /Чтобы новый мир начать, /Узловатых дней колена/Нужно флейтою связать）。

　　我们也注意到，在曼德尔施塔姆的心目中，时间有时候是恐怖的，有时候则是可以驾驭的。对于曼德尔施塔姆而言，克服时间带来的恐惧，就如同克服空间的空白，同样具有重大意义。曼德尔施塔姆认为，诗人应该成为时间的主宰，具体表现为：穿越或超越时间编织的历史，无视时间构成的壁垒和障碍，让历史文化在当代继续发声。"诗是掀翻时间的犁，时间的深层，黑色的土壤都被翻在表层之上。然而，历史上有过这样的时代——当人类对眼前的世界不满，向往深埋底层的时光时，他们便像耕犁者一样，渴望得到时间的处女地。艺术中的革命不可避免地要趋向于古典主义。不是因为大卫摘取了罗伯斯庇尔的成果，而是因为大地就是要如此行事。／人们常常听到这样的言论：那也许不错，可它属于昨天。但我说，昨天还没有出生。它还没有真正成为过去。我要奥维德、普希金、卡图卢斯焕然一新，而不会满足于历史上的奥维德、普希金、卡图卢斯。"①

М. Ю. 洛特曼曾分析过曼德尔施塔姆对时间所采取的立场，并认为这对诗人的创作具有重要意义："将作为基本结构定律的时间排斥出去，这样有利于空间，这一点对曼德尔施塔姆来说极为重要。他的这种做法依据的是柏格森的思想。"②

我们以《列宁格勒》为例，看一下曼德尔施塔姆是如何突出空间而"怠慢"时间的。

1930 年，曼德尔施塔姆写成《列宁格勒》一诗。这首诗堪称杰作，我国诗人北岛认为这首诗"是现代主义诗歌的经典之作，正是这首诗，使曼德尔施塔姆立于 20 世纪最伟大诗人的行列"③。

我回到我的城市，熟悉如眼泪④，

如静脉，如童年的腮腺炎。

---

① 《曼德尔施塔姆随笔选》，黄灿然等译，花城出版社 2010 年版，第 37 页。
② *Лотман М. Ю.* Мандельштам и Пастернак. Таллинн, 1996. С. 87.
③ 北岛：《北岛说曼德尔施塔姆的诗〈列宁格勒〉》，载《名作欣赏》2006 年第 9 期。
④ 象征派诗人勃洛克曾写过组诗《库利科沃原野》，内有一诗为："啊，我的罗斯！我的娇妻！／那漫长之路我们熟知如病痛！"诗中，勃洛克用"病痛"（до боли）来表示熟知的程度，而在《列宁格勒》一诗中，曼德尔施塔姆则用"熟悉如眼泪"（до слезы）来表示对故乡城市的熟悉之程度。二者都采用了生理上的感受来表示情感的强度。

你回到这里，快点儿吞下
列宁格勒河边路灯的鱼肝油。

你认出十二月短暂的白昼：
蛋黄搅入那不祥的沥青。

彼得堡，我还不愿意死：
你有我的电话号码。

彼得堡，我还有那些地址
我可以召回死者的声音。

我住在后楼梯，被拽出的门铃
敲打着我的太阳穴。

我整夜等待可爱的"客人"，
门链像镣铐哐当作响。①

　　我们看到，整首诗共有十四行诗句，既没有提到十月革命这
一标志性时间，也没有提到 20 世纪 30 年代这一严酷时期。但是，
读者能感觉到这些时间的存在，而且与这些历史时间相关联的大
事件历历在目，触目惊心！那么，读者在解读时，缘何能准确地

---

① 此处采用北岛的译文，略有改动。参见北岛《时间的玫瑰》，中国文史出版社
2005 年版，第 46 页。

将这些带来巨大变化的时间领会出来的呢？这就是曼德尔施塔姆将时间“空间化”的效果之一。

作为解读这首诗的关键，就是诗中对诗人心爱城市的称谓，起初叫做彼得堡，而后变成了列宁格勒。诗人满怀深情回忆儿时的城市时，能让人感受到诗人与之存在着血肉般的亲近关系。接下来，话锋一转，“快点儿吞下”，意味着时代发生了急剧变化，呼吁人们抓紧吞下那象征着文化滋养的“鱼肝油”，稍有耽搁就来不及了。接下来，诗人又从心底喊出“彼得堡，我还有那些地址/我可以召回死者的声音”，从中读者能感受到诗人之所以忍辱负重活下去，是为了将逝去的文化精英的传统与思想延续下去，这让人联想到曼德尔施塔姆自觉承担起来的使命：“并用自己的一腔鲜血，把两个世纪的脊柱粘连……”（诗人 1922 年创作的《世纪》一诗）故乡城市的名称变化，在这里成了一种象征。空间的名称变化成为时间上的分水岭，说明决然不同的时代已经到来。诗中的彼得堡代表着已成为历史的过去，代表着往日的经典文化与人文传统，而列宁格勒则代表着十月革命之后这座城市的新面貌和新风格。在崭新的时代，主要指的是令人惊悚的 30 年代，诗人的境遇已变得十分窘迫与可怕。诗人此刻仍旧没有点出时间来，而是通过描述空间来提示读者。不管是住在黑暗的楼梯间，还是已经被拽出并耷拉在房门上的门铃，都表明诗人的处境已岌岌可危，而后面诗句中又进一步提到了夜间光顾的所谓“客人”和镣铐，更让人联想到大清洗时期司空见惯的抓人场面——夜间实施抓捕。最后两行诗，则表明诗人视死如归、大义凛然的人生态度。

从此处的分析可见，与诗人悲剧命运密切相关的时代这一时间标记,被诗人不经意地隐藏了起来,但又借助表示空间意义的城市之名称变化,告诉读者时间/时代的变迁。

对于曼德尔施塔姆而言,时间更像是空间的"第四维",这可以解释一种现象,即他在审视人类有史以来各种文化现象时,总是保持着一种超然态度,无视久远的古代与当代之间的时间跨度。在《关于但丁的谈话》中,曼德尔施塔姆探讨了他所钦佩的但丁对时间的态度:"对但丁来说,时间是历史的内容,它被理解为一种简单的共时行为;相反亦然:历史的内容是由时间及其伙伴、竞争者和共同发现者组成的联合体。但丁是一位反现代主义者。他的当代性是持续的、不可预计的、无穷尽的。这就是为什么奥德修斯那番凸显如放大镜片的讲话,可以视作既是对希腊人与波斯人的战争而发的,又是对哥伦布发现美洲、帕拉切尔苏斯的大胆实验和查尔斯五世的世界帝国而发的。……但丁具有食肉鸟类的视觉适应性,但是它无法调校到专注于一个窄小的范围:他的狩猎场地太大了。"①

在1913年发表的《彼得堡诗行》中,曼德尔施塔姆巧妙利用古典作品,来回忆不同时代的历史与文化,同样表现出对时间概念的"回避":"彼得堡的主要特征是它的文化性,这座北方之都浓缩在了各个不同的时间段,而这些时间段是通过借用古典作品表现在它的空间当中的。《彼得堡诗行》(1913)融合了当代('而涅瓦河畔——有半个世界的大使馆,/有海军部大楼,阳光灿烂,一片静谧!')和俄国历史与文化的19世纪这两个时段。由于提到了十二月党人('在枢密院广场上——有高高

---

① 《曼德尔施塔姆随笔选》,黄灿然等译,花城出版社2010年版,第314页。

的雪堆，/有篝火的烟雾和刺刀的寒光……'），历史就被引入了作品；由于使读者想起了果戈理（'法学院学生又坐上雪橇，/用夸张的动作裹起了大衣。'）和普希金（'北方的冒牌绅士的负担沉重——/这是奥涅金当年古老的悲伤；'），作品便具有了文化特征。"[1]

二 意象之间留有跨度

增大诗歌意象之间的间隔跨度，是体现曼德尔施塔姆诗歌创新的一种技巧。曼德尔施塔姆曾经有过一个很形象的比喻，通过这个比喻我们能了解他何以喜欢在意象之间留出空白，也即在意象之间制造跨度。他以面包圈为例，指出面包圈的实体部分是可以吃掉的，但中间的"孔"是无法吃掉的。由此，他更看重被有形之物圈占或克服的空白，这是一种在空间上的巧取豪夺！

同样的思想也见于他对社会结构的认识，在谈到中世纪时，他首先看重的是其社会阶层之间存在的间隙与界别："我们觉得中世纪有价值，是因为其具有高度的界限和间隔感。"[2] 曼德尔施塔姆有一首无题诗，这首诗曾引起我国诗人北岛的特别注意。初看起来，诗中的句子让人费解，会产生一种匪夷所思的印象，譬如：人死了，热沙冷却，昨天的/太阳被黑色担架抬走……

或许是诗人更容易弄明白自己同行的想法，北岛的解读让这首诗丰富的内涵变得豁然开朗，同时也让我们看到了意象间

---

① 阿格诺索夫：《白银时代俄国文学》，石国雄、王加兴译，译林出版社 2001 年版，第 244 页。

② *Мандельштам О. Э.* Шум времени. Санкт-Петербург：Издательство 《 Азбука 》，1999. С. 167.

隔距离拉大所产生的审美效果:"这首诗开篇就点明了主题:生命的重与轻,比米兰·昆德拉那个时髦的话题整整早了半个多世纪。诗人先提到玫瑰之重,是蜜蜂和黄蜂的生命之源。人死了,热沙冷却,昨天的/太阳被黑色担架抬走。这句是整首诗的'诗眼'。写战争的诗多了,有谁能写得比这更真实更可悲呢?人死了和热沙冷却有一种对应关系。我们也常说'战死在沙场',这热沙是死者在大地上最后的归宿。而被黑色担架抬走的不是死者,而是昨天的太阳。这昨天的太阳,显然是指人类以往的价值和信仰。"①

曼德尔施塔姆巧用意象间隔,这种手法也见于我国诗人马致远创作的《秋思》一诗,其中的"古道西风瘦马""小桥流水人家""枯藤老树昏鸦"等,都是单独的意象,经由读者的想象,涌现相应的画面,在读者的参与下实现抒情表意的目的。在这里,需要特别指出的是,在马致远的这首诗中,"古道""西风""瘦马""枯藤""老树""昏鸦"等均能构建独立的意象,但在构词分析上,从表意传情的角度看,每个二字词组中更为关键的是第一个字,发挥着绘画中色调的功能。无独有偶,曼德尔施塔姆在创造意象时,也经常借助修饰语来烘托意象携带的情感意蕴与色调。

曼德尔施塔姆的《威尼斯生活》创作于 1920 年,我们选取开头的四行诗来看一下。

阴暗而徒劳的威尼斯生活,

① 北岛:《说曼德尔施塔姆的诗〈无题〉》,载《名作欣赏》2006 年第 8 期。

> 对于我则是一抹亮色，
>
> 她正盯着破旧的蓝玻璃
>
> 那种微笑充斥着冷漠。

在描写和概括威尼斯生活时，诗人用了"阴暗"与"徒劳"这两个形容词；在描摹笑容时，则用了"充斥着冷漠"来说明情感的性质；谈到玻璃时，则用了"破旧"和"蔚蓝"两个修饰语。不管是威尼斯这座城市留给诗人的整体印象，还是冷漠的笑容或破旧的蓝玻璃，都分别作为独立的意象，服务于全诗这一整体。

总而言之，曼德尔施塔姆为了延长读者审美活动的过程，让每一句诗"咀嚼"起来更有味道，他不仅努力增加了意象之间的联想空间，而且在诗行与诗行之间也留下了大量的空白。

三　同一意象反复出现并发生变化

将相同或相近似的意象编织在同一首诗中，这是曼德尔施塔姆十分喜欢的手法之一。他之所以会这样做，也与他对词的意义构成的理解有关，二者在原理上是同一的。一个词出现在一个句子中，就这个词的多种语义而言，不同的句子会各取所需，不尽相同。纵向说来，通过经常性的使用一个语词，这个语词在使用的过程中就会呈现出立体的形态。同样，在诗中出现一个意象之后，继之以另一个相同或相仿的意象，然后借助诗句结构或修饰语的变化，让两个意象产生微妙或显著的差异，这会引起读者既熟悉又陌生的双重感受，从而增加了诗歌的审美长度。

曼德尔施塔姆的《蝗斯钟表》一诗创作于 1917 年，讲述的是他躺在病榻上的一次感受。夜间，房间里一片静寂，炉子燃烧的声音显得格外清晰。外头正下着雨，此情此景，令病中的曼德尔施塔姆浮想联翩：

> 鑫斯钟表在那儿唱着歌，
> 冷热病簌簌地发作，
> 干燥的炉子沙沙作响，
> 红色的丝绸燃烧着。
>
> ……
>
> 房顶上雨儿在嘟嘟囔囔，
> 黑色的绸缎在火中作响，
> 但乌龟会听到这声音，
> 在海底说一声：请原谅。①

　　诗中提到的冷热病发作时，病人会感觉忽冷忽热，身体也会不时出现哆哆嗦嗦的症状。曼德尔施塔姆用表示"簌簌地发作"的动词来形容这样的体征表现，在描写炉子发出的声响时，使用了另一个动词，但表示的意思仍然是沙沙作响。这样，将火焰的跳动与生命的持续做了对比，而开头的一句谈到的是钟表，象征时间的钟表留给人的印象则是冷漠——"在那儿唱着歌"。换言之，时间对生老病死持一种漠然的态度。在这首诗中，多次使用

---

① *Тарановский К. Ф. О поэзии и поэтике.* М. : Языки русской культуры, 2000. С. 105—106.

"丝绸"这一字眼,但与之搭配的形容词每次都不一样。首先出现的是"红色的丝绸",由于上下句中出现了炉子,根据普通人的生活经验,我们知道火苗是红色的。因此,我们不难弄懂,曼德尔施塔姆此处使用"丝绸"来表示炉子中闪动的火苗,并且还让我们了解到另外一些信息,即炉子里的木柴或煤球燃烧得很充分,没有冒出浓烟,也没有噼里啪啦地乱响。在此处引用的诗句第二部分,尽管仍然谈到了"在火中作响",表面上似乎仍在描述此前提到的炉子,但实际上已经转移了描摹的对象。通过形容词的更换,告知人们丝绸的颜色有了变化,也引导我们将注意力转移到颜色之上。既然这里描写的不是室内的炉子,那么为什么再次提到"火"呢?夜色下,户外正下着雨,雨滴敲打着房顶,发出均匀的声音,与之相伴的是水花四溅的画面。之所以这时候的丝绸变成了黑色,主要是指夜幕之黑,提到"火"则是要刻画雨滴撞击到房顶上激起的水花,正像炉子中的火苗那样在不时蹿跃和闪耀。

通过分析《蠡斯钟表》这首诗,我们能看到,曼德尔施塔姆对诗歌意象的建构技巧运用到了炉火纯青的程度。但就关键的一个意象"丝绸"而言,不仅能用来描摹声音,还可以用来表现声音效果。正如柏格森所指出的那样:"空间的各物构成一个无连续性的众多体;……意识所以能保持它们,乃是由于外界的这些不同状态引起了种种意识状态,而这些意识状态互相渗透,不知不觉地把自己组成一个整体,并通过这个联系过程把过去跟现在联在一起。"①

---

① 柏格森:《时间与自由意志》,吴士栋译,商务印书馆 2002 年版,第 82 页。

在曼德尔施塔姆的诗作中，还有一种与意象重复这一手法在原理上相同的表现，就是在一组或不同时期诗作中重复一些诗句或诗节，以此在不同诗作之间建立起一种联系，不同诗作共同来完成对同一种现象的展示或对某种思想的表达。

最典型的例子是 1937 年 3 月 19 日创作的两首同名诗《我在天堂迷了路，——我该怎么办》。为了明显起见，我们将这两首诗抄录如下，可以加以对照。

一

我在天堂迷了路，——我该怎么办？
这位靠近天堂的人，我请教你！
但丁的九只大力士手中的圆盘
叮当作响对你们更是轻而易举。

请别把我和生活掰开，——它往往
梦中杀人，又马上来把你抚爱，
只为使你的耳朵，眼睛，甚至眼眶，
都感受到一种佛罗伦萨的悲哀。

请别给我的额头上，请别这样
扣上一顶让我非常舒服的桂冠，
最好还是，请你来把我的心房
撕成一堆发出蓝色声响的碎片！

当我鞠躬尽瘁，与世永远别离——

我活着时曾经和一切人友好，——

我要用我胸膛中所有的元气

把天堂的回声传播得更远更高！

二

我在天堂迷了路，——我该怎么办？

这位靠近天堂的人，我请教你！

但丁的九只大力士手中的圆盘，

叮当作响，变黑，变蓝、窒息，

对你们来说更加显得容易……

假如我不是个过时的、无用的老朽，

你，这位高高在我之上的先生，

假如你有权给我的杯中注酒，

请求你让我敢于开怀畅饮，

祝福那飞旋的高塔长寿，——

祝福那搏斗着的任性的碧空。

鸽子窝、椋鸟笼，一片黑沉沉，

最蓝最蓝的阴影的模式，

解冻的冰，上乘的冰，春天的冰，

朵朵白云——充满魅力的战士——

注意！乌云正在被加以扼制！①

---

① 此处两首诗的译文选用了智量译本，参见《贝壳——曼德尔施塔姆诗选》，智量译，外国文学出版社1991年版，第134—137页。

上面的这两首诗写于同一天,除了第一个诗节中存在着大致相同的内容外,下文中的意象和表述均不相同,但两首诗都表达了诗人在当时的心境和情绪。在曼德尔施塔姆不同时期的诗作中,这样的重复现象并不鲜见,这也是他追求诗歌创新的一种途径。

　　我们知道,发掘词与词之间、意象与意象之间的隐在联系,这是曼德尔施塔姆关于创新的一种理解。他认为,作为文学家,利用文字来创造出新的思想,唤起人们新的感受,这是诗人的神圣使命之一。词、意象彼此之间的相互阐发和辉映,孕育出新的命题和观念,这种努力和探索的确成为曼德尔施塔姆诗歌革新的方向之一。促成事物或现象之间联系,这一原则不仅体现在具体的一首诗中,也体现在一组诗中,甚至会体现在一个时期所有的诗篇之中。因此,在解读曼德尔施塔姆的诗歌作品时,将不同时期或不同主题的诗篇放在一个框架内去审视,会有意想不到的发现,这种联系当然不是全然主观色彩的,因为在这些可能存在联系的诗篇中,诗人有意无意地都留下了思想串联的"蛛丝马迹"。1917 年 12 月,诗人创作了《致卡桑德拉》一诗,当时的俄国已经爆发了十月革命。这一历史剧变给每一位俄国人的生活都带来了天翻地覆的变化,不仅仅表现在物质生活上,更重要的表现是对未来的担忧,对自我定位的思考。在如此重大的历史时刻,曼德尔施塔姆写下了这首献给阿赫玛托娃的诗,以此来表达两个人面对震撼世界的时代变化所存在的困惑和思考:

　　　　卡桑德拉,在如花盛开的瞬间,

我不曾寻觅你的唇，你的眼，

而在这欢庆无眠的十二月，

回忆让我们焦虑不安。

在一九一七年的十二月，

我们相爱着，失去了一切：

一个被民众的意志劫掠，

一个则自己将自己洗劫……

……

　　上面这首诗中，除了提到荷马史诗中具有预言能力的卡桑德拉外，还有两处文字让我们联想到另一首诗《失眠。荷马。涨满的风帆》。在后面这首诗开题的一句中，有"失眠"一词，这里的失眠起因于诗人对特洛伊战争的回忆，在《致卡桑德拉》中也提到了"无眠"，继而提到了"回忆"带来的影响；此外，在《致卡桑德拉》的第二个诗节中，有一句"我们相爱着，失去了一切"，这一句与《失眠。荷马。涨满的风帆》中的"一切都受爱的驱使"存在着呼应关系。在史诗《伊利亚特》中，荷马讲述了卡桑德拉曾预言特洛伊木马暗藏的危险，并且她的预言在后来得到了验证。在《致卡桑德拉》这首诗中，诗人一方面希望阿赫玛托娃能成为像卡桑德拉一样具有预言能力的人，另一方面也在预言阿赫玛托娃未来的悲剧命运！通过"我们相爱着"这句诗，试图唤醒人们高举爱的旗帜，摒弃暴力和恐怖，一起携手面向未来。不幸的是，在现实世界的十二月，在革命胜利之后的十二月，他俩已失去了一切，反映出"爱"的力量在这里无足轻重。

借助个别意象、用词或整个句子的再现，两首诗或多首诗之间建立起一起联想或相互辉映的关系，这在曼德尔施塔姆的作品中是常见的现象。譬如，在 1914 年创作的《阿赫玛托娃》中，有一句："那条仿古典主义的披肩/从肩上垂下，变得呆板"；在另一首写于 1915 年的诗《我无法观看著名的"费德拉"》中，则有诗句："古典主义的披肩从肩膀垂下……"之所以可以将两首诗放在一起，使之可以相互呼应，不仅仅是因为存在着表达上的相近或雷同，更重要的是两首诗的基调是相同的，诗人在诗中表现和强调的都是悲伤、愤怒以及坚强的性格。

四 创建富有潜台词的意象

曼德尔施塔姆擅长创建富有广阔联想空间的意象，其中一种形式表现为留下丰富的潜台词。在采用这种方式创作的诗歌中，意象表面上是具体的、世俗的，但通过进一步的分析，可以揭示更为深邃的思想含义，进而将整首诗的意义提升到一个更为宏大的主题层面。

我们以诗人 1921 年创作的《车站音乐会》一诗为例。

无法喘气，地上蠕动着蛆虫，
没有一个星星没有开口，
但上帝看到，音乐笼罩众人，
由于缪斯的歌唱，车站在抖，
提琴的空气被机车汽笛打断，
然后，又再一次重新合拢。

巨大的公园。车站的大玻璃球。

钢铁的世界再一次被迷惑。

车厢庄严地驶进音符的宴会，

这宴会举行在朦胧的乐土。

孔雀的鸣叫，钢琴的轰鸣——

我迟到了。我害怕。这是梦。

我走进车站的玻璃森林，

提琴的旋律渗进眼泪和慌张。

夜间的合唱那野性的开端，

腐烂的温床上玫瑰的芳香，

亲爱的暗影在玻璃天空下过夜，

它躲在游牧人群的中央。

我感到：音乐和泡沫中，

钢铁的世界乞丐般地颤抖，

我紧紧地靠着玻璃的庇护；

蒸汽弄瞎了弓弦的瞳孔，

你往何方？可爱幽灵的丧宴上，

音乐最后一次为我们演奏。

（刘文飞　译①）

---

① 曼德尔施塔姆：《时代的喧嚣》，刘文飞译，云南人民出版社 1998 年版，第 33—
34 页。

初看起来，诗里面仅仅提到了车站，并没有点明究竟是哪一处火车站。不过，从字里行间，读者能了解到，这里所谈的是巴甫洛夫斯克火车站，因为诗中讲到了在车站举行音乐会这样的情形，而在该车站举办音乐会，这是 19 世纪俄国人就早已熟知的事实。另外，诗里提到了安葬仪式即 1921 年在喀山大教堂举办过为死去的象征派诗人勃洛克、阿克梅派诗人古米廖夫祈福的活动。这样，将车站举办音乐会这一传统，与众所周知的纪念活动联系了起来，从而将诗歌主题引向了讨论诗人在时代更替之际思考生死与价值这一宏大主题。

当我们读到"由于缪斯的歌唱，车站在抖，/提琴的空气被机车汽笛打断"这样的诗句时，我们首先想到的是现代技术与音乐精神之间的关系，接下去便会思考人在钢铁时代的存在问题。临近结尾的地方，诗人提到了"蒸汽弄瞎了弓弦的瞳孔"，这句诗具有重要的启示意义，蒸汽这一意象代表着钢铁时代的强劲发展趋势，而弓弦则代表着人文精神的暗弱，最终让诗人产生了留在当前世界的孤苦与茫然之感。

在《再论诗歌文本中潜台词的功能：以〈车站音乐会〉为例》① 一文中，加斯帕罗夫详细地分析了曼德尔施塔姆在诗中安排的联想标记。论者认为，在曼德尔施塔姆著名的《车站音乐会》一诗中，现代文明带来的钢铁世界的象征——铁路、火车汽笛，与小提琴合奏曲并置在一起，但二者并没有表现为相互冲突的关系。诗中，音乐与汽笛声相互交映，时而交融，时而分开，

---

① Гаспаров Б. М. Литературные лейтмотивы. Очерки по русской литературе XX века. М. , 1993. С. 162—186.

以此来展示现代文明进程与人文传统维系之间的关系。实际上，彼得堡至巴甫洛夫斯克的铁路于 1837 年投入使用，当时这一段铁路是为修建更长的铁路所进行的一项实验。其中，彼得堡至皇村的那一段于 1837 年 10 月 30 日竣工，而主要路段是从皇村至巴甫洛夫斯克，直至 1838 年春天才完工。曼德尔施塔姆在这里涉及这一历史事实，不仅仅是在回忆往事，显然另有他意。

众所周知，1837 年对于俄罗斯人而言，更容易想到的是普希金的忌日——伟大诗人普希金被誉为俄罗斯诗歌的太阳，恰恰于这一年离开人世。这种联想与回忆相对于当年修建的铁路，可能更容易唤醒俄罗斯人的情感。这样一来，发生于同一年的两个事件之间就建立起一种联系。就更长的历史来看，钢铁时代的到来与普希金所体现的音乐精神，在这一历史瞬间实现了交织，但同时相互保持着独立性。另外，就在 1921 年 8 月末，在彼得格勒的喀山大教堂，为死去的两位诗人勃洛克、古米廖夫举行过安魂祈祷活动。诗中出现了安葬死者的仪式，指的正是这一活动。在这里，曼德尔施塔姆将小提琴比作希腊神话中的阿俄涅斯（即缪斯），表演的合奏曲被视作对 1921 年刚去世的两位诗人的追悼和缅怀。将巴甫洛夫斯克与皇村并置，这一做法在表现具体的世俗生活的同时，也蕴含着一种象征意义。

我们知道，不管是巴甫洛夫斯克，还是皇村，都是首都的郊区，连接着铁路的两端。这条铁路由巴甫洛夫斯克驶向皇村，开往彼得堡。曼德尔施塔姆的抒情主人公是一名乘客，没有赶上最后一班列车。他站在空荡而昏暗的车站上，望着远去的最后一节车厢闪耀着的灯光，火车正朝着烟雾弥漫的极乐世界——皇村方向驶去，而皇村一度作为诗人的摇篮，普希金、阿赫玛托娃等人都曾在此学习和创作。列车满载着诗人们远去，驶向另一个象征着和谐的世界，只有作为晚辈诗人的主人公耽搁了下来，留在了现实世界，然而音乐精神已随着渐行渐远的列车离开了。在读者的联想中，可以将普希金之死与勃洛克、古米廖夫的死联系起来，三位诗人的死意味着音乐精神的衰减或消失。著名学者加斯帕罗夫认为，滞留于生死两界之间的主人公孤独彷徨，这一场景很容易让人联想起作曲家格鲁克创作的歌剧《俄耳甫斯与欧律狄刻》：巴甫洛夫斯克车站同样有着圆柱和圆顶，仿佛摇身一变，成了古时的剧场，正在演出格鲁克的作品。作为迟到的乘客，诗歌主人公发出"你往何方"的追问，急于证明自己与那些死去的诗人是同类，试图追赶上正在远逝的列车。

通过解读《车站音乐会》这首诗，我们也应注意到，曼德尔施塔姆的诗歌还具有另一个特点，即诗人作品的自我互文性。在考察他与其他诗人、经典作品之间存在互文的同时，还应该考虑到他本人不同时期作品之间存在的互文现象，这样有助于更好地领略和诠释其诗歌的奥秘。在这首诗中，提到的车站音乐会传统，在其自传性散文作品《时代的喧嚣》中也有专门的记述："在90年代中期，整个彼得堡都很向往巴甫洛夫斯克，就像向往某一片乐土。机车的汽笛和铁道的响声与1812年序曲那爱国主义的强音混合在一起，在被柴可夫斯基和鲁宾施坦所统治的巨大车站里，有一种特殊的气息。"[①] 从这一段文字中，从散落在字里行间的情感印记上，我们能够看到曼德尔施塔姆以及彼得堡人对车站音乐会传统的深刻记忆，能感受到诗人对这一传统的美好印

---

① 曼德尔施塔姆：《时代的喧嚣》，刘文飞译，云南人民出版社1998年版，第60页。

象。那么，在解读二者之一时，都可以借助相互辉映的文本，为更好地理解与领会文本的意蕴提供便利和条件。

曼德尔施塔姆十分善于将貌似常用的生活词汇赋予别样的内容，不知不觉中扩大诗歌意象的联想空间。在 1918 年创作的 *Tristia* 中，诗人这样写道：

> 我喜欢纺线就这样持续如常：
>
> 梭子来回动，纺锤嗡嗡响。

诗人将这首诗名为 *Tristia*，不难得知，该名称源自古罗马诗人奥维德的《哀歌》。有了这样的一个前提条件，纺线这一场景，就能让读者联想到古希腊、罗马神话中的"命运三女神"纺线的故事。神话中的三位女性负责纺织生命之线，并决定每个人生命的长短。这里，诗人希望这种纺线的状态保持下去，不希望任何人的生命之线被中止或剪断。

擅长利用诗歌意象表达意蕴万千的潜台词，这可以说是曼德尔施塔姆的一种天赋，在创作的早期对这一手法便已驾轻就熟，运用得炉火纯青。我们来看一看他创作于 1914 年的《自画像》：

> 头儿扬起，暗语便振翅飞升，
>
> 礼服却像麻袋那样肥大笨重；
>
> 眼睛闭上，双手保持不动，
>
> 可见，运动的密室并未启用；
>
> 这样，他才能起舞，才能高歌，
>
> 语词的可塑性变得炽热，

旨在用与生俱来的和谐节奏，

去克服有生以来的笨嘴拙舌！

（1914 年）

　　这首名为《自画像》的诗，单从诗行的表层意思看，确实准确地刻画出了曼德尔施塔姆个人的行为习惯，尤其是写作诗歌时的习惯动作和身体形态。现实生活中，曼德尔施塔姆给人的印象总是喜欢昂着头，仿佛人们见到的仅是他的肉身，而灵魂已不知飞升到了何处……从画家们给他画的肖像来看，艺术家所中意并乐于描摹的也经常是他这样的姿态。在诗中，诗人悄然铺排了一种动态与静态之间的对立关系：抬头的动作对应着呈现静态的礼服，眼睛和手部的动作变化对应着密室的不变。在诗行之间设置这样的对立关系，可以说是曼德尔施塔姆诗歌中常见的用词特点——将意义相反的词并置在一起（在更高层面上，甚至于他的诗集之间也存在着这种性质的对立和呼应关系，譬如，《石头》和 *Tristia* 从基调上看，也存在着对立：诗集《石头》中表现出诗人朝气蓬勃的热情，勇往直前，对发挥个人才华，参与人类的创造活动表现出高度自信；而在 *Tristia* 中，则更多关注与死亡相关或相近的主题，诗行之间流动的情感更多表现为忧伤）。

　　在创作诗歌时，曼德尔施塔姆有种习惯，身体要保持安静状态，这就是诗中提到的"眼睛闭上，双手保持不动"的含义。诗人紧接着解释了为何要采取这样的方式写作，目的在于让"语词的可塑性变得炽热"。在这里，曼德尔施塔姆将语词比作高温状态下的锻铁，可以锻压出各种各样的形式，用来表达丰富多样的内容。这里的"炽热"表达的意思是思维活跃，整个大脑处于高速运转的紧张状态。最后一句诗可分为两个部分进行理解,前半部分表明诗人对其才华的自信,后半部分则陈述了一种事实——由于全家人自华沙移民到彼得堡,他的父母对俄语不够精通,导致诗人语言表达上的吃力("笨嘴拙舌"),这正是诗人要借助上天赐予的才华克服的弱点。作为犹太人出身的曼德尔施塔姆,跟随父亲来到俄罗斯,开始在一种全新的语言环境中生活,的确存在着语言习得和交流上的压力,但作为诗人这或许也是有利的条件。在俄国形式主义学派看来,"陌生化"或"间离效果"都是创造艺术之美的途径,在语言表达上也是如此。与土生土长的俄国人所说的俄语相比,曼德尔施塔姆的俄语带有独特的腔调和韵味,"习惯的东西让人感到奇怪,不像自身,语言也异于大众化语言,感觉似乎像外语。不从事诗歌创作的人们把这些'暗语'或'符咒'理解为'另一种'语言。是否因此'异族人'大量参与俄语诗歌,当然也不仅仅是俄语诗歌的创作?这种自然的'异语性'似乎能给予普通语言以诗歌张力,将其带入另一个'奇怪的'维度"①。在曼德尔施塔姆的自传《时代的喧嚣》中曾有这样的描述:"父亲则完全没有一种语言,这是一种口齿不清和失语症。"②但在深层意义上似乎并不局限于此,也可理解为时代的氛围带来的压抑感受,或者说风云变幻带来的不稳定、不清晰感,导致人们对外界的把握存在犹疑,表现为语言表达上的乏力和模棱两可。这第二种含义同样可在《时代的喧嚣》中找到相对应的表述:"在我和世纪之间,是一道被喧嚣的时代所充斥的

① 爱普施坦:《哈西德派和塔木德派:帕斯捷尔纳克与曼德尔施塔姆创作比较研究》(1),李志强译,载《俄罗斯文艺》2010年第4期。
② 曼德尔施塔姆:《时代的喧嚣》,刘文飞译,云南人民出版社1998年版,第79页。

鸿沟，是一块用于家庭和家庭记事的地盘。家庭想说什么？我不知道。家庭天生就是口齿不清的，然而它却有些话要说。我和许多同时代人都背负着天生口齿不清的重负。我们学会的不是张口说话，而是呐呐低语，因此，仅仅是在倾听了越来越高的世纪的喧嚣、在被世纪浪峰的泡沫染白了之后，我们才获得了语言。"①

我们稍加注意就能发现，在《自画像》这首诗中，诗人在描写他进入创作状态时，整个身体活动转入"静态"，但在身体保持静止状态的时候，精神世界却变得无比活跃起来，到了载歌载舞的程度！从动态到静态，表面上是一种状态的变化，但从另一个角度看，内心生活则是由静态转向动态！

在我们试图揭开曼德尔施塔姆诗歌的奥秘时，尤其是在研究其诗歌意象的特点时，需要意识到，他的系列革新主要是在诗歌内部展开的。就其诗歌意象的构建而言，在一定程度上，类似于水墨画风格，每一笔下去都落脚于一个核心，但笔墨会浸染扩散开来，在核心的外围渲染而成一种光晕一样的东西，与相邻的"光晕"既保持着独立的姿态，又存在相互交融的趋势和倾向。这正是曼德尔施塔姆之诗歌意象所独有的创新与魅力。从哲学上看，曼德尔施塔姆之诗歌意象的独特之处，恰好体现了他所推崇的柏格森的观点："然而，这些单词、诗行和段落当中，却流动着作为这首诗的整体的那个简单的灵感。所以，在被分解出来的个体当中，也有一个生命在继续移动：个体化的趋向既处处受到对抗，同时又被一种与之抗衡并作为其补偿的联合趋向所完成，仿佛生命的多样性单一整体被引向了多样性的方向，并且竭力撤

---

① 曼德尔施塔姆：《时代的喧嚣》，刘文飞译，云南人民出版社1998年版，第111页。

回为其自身。一个局部刚要与其他所有的局部（或者至少是与最接近它的那些局部）重新联合，便立即被分离开来。因此，在整个生命领域里，个性化与联合之间才存在着一种平衡。个体的结合，就成为社会群体；而社会群体一旦形成，就常常会将联合起来的个体溶解为一个新的有机体，以使其自身变成一个个体，从而能够再度作为一个新联合体的组成部分。"①

第四节　曼德尔施塔姆诗歌的结构变化

我们知道，与马雅可夫斯基等未来派诗人不同，曼德尔施塔姆的诗歌创新选择了另一条路径。就曼德尔施塔姆的全部创新而言，其注意力主要放在了诗歌内部，不管是诗歌用词还是意象建构，都在继承普希金等 19 世纪诗歌的优良传统基础上进行改进与完善。在诗歌结构方面的变化，同样体现着曼德尔施塔姆一贯的立场。从曼德尔施塔姆的创作实践看，他没有像马雅可夫斯基那样创立阶梯式诗歌，而是增加了诗行各自的独立性，同时又保持着不同诗行之间的有机联系。有机联系是曼德尔施塔姆诗歌结构改进与创新的立足点和根本特征，主要借助诗行独立、语词或意象重复、邀请读者参与文本建构等方式，来形成独具品格的诗歌结构。

一　诗行独立性得到强调

曼德尔施塔姆始终强调创造就意味着突破虚无与空白，所有

---

① 柏格森：《创造进化论》，肖聿译，华夏出版社 2000 年版，第 221 页。

的创作都是在"建造"，他特别强调纹理与层次，重视匀称与协调之美！词语之间、意象之间、诗行之间，都存在着空间或联想空间上的层次关系。这样做的美学意义，就在于延迟或阻滞读者的审美体验。

简单说来，曼德尔施塔姆强调诗行的独立性，具体表现就是在诗行之间留有空白，根本目的就是借助诗行圈占更多的空间，而这样做的初衷主要是对空间或空间关系的偏爱。关于曼德尔施塔姆的诗歌结构，他本人实际上有过论述，在其散文作品《第四散文》中，诗人谈到他对于创作劳动的看法："对于我来说，在面包圈中有价值的是那个洞孔。该如何对付面包圈中的发面呢？面包圈可以被吃掉，而洞孔却会留下。真正的劳动，就是布鲁塞尔的花边。那中间最主要的东西，就是视线可以捕捉到的一切：空气，穿透的孔，空缺。"[1] 照此说来，诗行独立，不同诗行之间就会存在空白，而这种空白就类似于面包圈中间的"洞孔"。既然这种"洞孔"是使面包圈之所以成其为面包圈的"最主要的东西"，那么，要想创作独具品格的诗歌，其独特之处也可以遵循这种原理来体现，具体就可以表现为诗行的独立。

诚然，曼德尔施塔姆的这种做法，还有更深的含义。在他看来，人的创造性首先表现为对空间的克服，通过彼此疏离而又统一的诗行，可以"占领"更多的空间。在他的诗歌创作理念中，对空间的克服总是最高的宗旨之一，在其诗中也一直在宣扬这一价值层面的追求：

---

[1]　曼德尔施塔姆：《时代的喧嚣》，刘文飞译，云南人民出版社 1998 年版，第 138 页。

石头，请你化作饰绦，

请你变成蛛网，

用你的细针去刺伤

苍天那空荡荡的胸脯。

（《我恨这种星光……》）①

在我们着手分析曼德尔施塔姆的诗歌结构特点之前，让我们先来看一下马雅可夫斯基在诗行方面的创新举措，通过对比，有助于更好地认识曼德尔施塔姆诗行革新的意义。众所周知，马雅可夫斯基也是一名热衷于诗歌革新的诗人，最具代表性的创新表现为"阶梯诗"。

人们之所以将马雅可夫斯基以特殊方式排列诗行而得的诗称为"阶梯诗"，是因为从纸面上看这种诗确实与台阶或阶梯的样式十分相像。借助这种技术性手段，读者阅读时目光移动的幅度更大，频率也会增加，因此导致阅读时长增加，获得审美感受的时长也跟着增加。早在形式主义学派时期，语言学家雅各布森就分析并总结过这种诗歌变革手法的功能："立体派和未来派广泛使用阻滞理解的手段，在诗歌中，现代理论家揭示出来的阶梯结构就是一种这样的手段。"② 以下是马雅可夫斯基创作于 1927 年的长诗《好》中的部分诗句：

军队

---

① 阿格诺索夫：《白银时代俄国文学》，石国雄、王加兴译，译林出版社 2001 年版，第 242 页。

② *Якобсон Р. О.* Работы по поэтике. М. : Прогресс, 1987. С. 414—420.

走过，

让我检阅。

军队

行进，

敲着

大鼓。

英姿

勃发，

昂首

阔步。

佩戴红星的人——

拉着大炮

前进。

我亦步亦趋，

紧跟着

他们的进行曲：

你

的

敌

人——

我

的

敌

人。

要来吗？

好得很。

把敌人

碾成粉。①

仅从上面所引的部分诗句，"阶梯诗"的外部特征就让人一目了然了。从具体的诗行来看，马雅可夫斯基将人们常用的四字词组"英姿勃发""昂首阔步"均按两个字一组分开，这样读起来更接近军队行进时的节奏感和豪迈气概。紧接着将"你的敌人""我的敌人"中的每一个字都独立成行排列，让人联想到行军时喊的"一二三四"，但在这里又增添了另外的意蕴，对敌人的仇视感得到了体现，给人以不共戴天、咬牙切齿之印象，故而一字一顿。

关于马雅可夫斯基等未来派诗人的诗歌革新，G. M. 海德在自己的一篇文章《俄国未来主义》中，谈到了与意大利未来派的相近之处："马里内蒂②的许多作品不是按人性化的句法安排版面，而是按一定的排印设计，形成一种原初的视觉整体；同样，马雅可夫斯基成卷的诗作也是以新奇的排版和布局出现，或者出自他本人（马雅可夫斯基对绘画艺术颇有造诣）的设计，或者是他的某位同事的构思。所以，和马里内蒂的情形一样，当词在印页上忽上忽下，忽而变大忽而变小以至于无，或形成各种可体现

① 余振：《马雅可夫斯基诗歌精选》，北岳文艺出版社2000年版，第367—368页。
② 马里内蒂于1909年2月20日在《费加罗报》上发表《未来主义宣言》。此前，马里内蒂曾用法文写过一些象征派诗歌。以马里内蒂为首的未来主义者们要求摧毁唯美论，主张反文学，为此，1912年马里内蒂又推出《未来主义文学的技巧宣言》。以马里内蒂为代表的西欧未来主义者推出了以"反痛苦""速度宗教""破除格式""机器崇拜""重建宇宙"等为关键词的新观念。

或违背它们的语义内容的形状和图案时,词就获得了新的功能"①。未来派诗人对技术的崇拜,对多种技术行业技巧的借鉴,都表现得一目了然:"他们主要的创作技巧是'错位'原则,即'移动结构'的规则。"②

曼德尔施塔姆在安排诗行,或者说他在进行诗歌内部结构的改革时,一个具体表现就是致力于拉大诗行之间的距离,使诗行之间的逻辑关系变得松散。在读者看来,会明显地感觉到诗行的独立性。在创作于 1933 年的一首名为《阿里奥斯特》的诗中,这种强调诗行独立的特点表现得尤为明显。

> 欧洲冷冰冰的。意大利黑漆漆一片。
>
> 像理发匠的手,政权令人讨厌。
>
> 那该多好,尽快将宽大的窗户敞开,
>
> 那窗口面对着亚得里亚海。

众所周知,阿赫玛托娃与曼德尔施塔姆属于无话不谈的知心朋友③。1914 年,曼德尔施塔姆为这位好友题献过一首诗,名之为《阿赫玛托娃》:

> 侧面像,一脸愁怨,

---

① 〔英〕马·布雷德伯里、詹·麦克法兰:《现代主义》,胡家峦等译,上海外语教育出版社 1992 年版,第 239 页。

② 阿格诺索夫:《二十世纪俄罗斯文学》,凌建侯等译,中国人民大学出版社 2001 年版,第 33 页。

③ 1911 年 3 月 14 日,在维亚切斯拉夫·伊万诺夫的"塔楼"里,曼德尔施塔姆初识安娜·阿赫玛托娃,后逐渐成为好友。

望着那些冷漠的人。
那条仿古典主义的披肩
从肩上垂下，变得呆板。

不祥的声音，如苦酒
解除内心深处的锁链
怒气冲冲的费德拉①
从前由拉歇尔②扮演。

　　在刻画阿赫玛托娃的肖像时，曼德尔施塔姆以侧面像的方式
突出了女诗人的脸部特征。阿赫玛托娃的脸型非常明朗，线条流
畅但并不圆润，给人以孤傲与哀怨的感觉。前两行诗似乎在描摹
侧面像留给人们的印象，而第三、第四行则描写阿赫玛托娃喜欢
穿戴的披肩，并通过披肩来说明女诗人的创作风格（"仿古典主
义"），同时也借助披肩的"呆板"来说明阿赫玛托娃的高贵与冷
傲。另外，这首诗的第二部分与第一部分明显拉开了距离，似乎
主要的内容是谈论拉辛的名剧《费德拉》及其著名的扮演者拉歇
尔。读者读到这里，能抓住的唯一的线索就是"不祥的声音"。
这一线索在提示人们，这里描写的是女诗人的声音与腔调，暗含
着与女诗人的交流能够荡涤心灵之意，而女诗人的才貌又可与拉
辛笔下的费德拉以及 19 世纪法国女演员拉歇尔一样出众。就整首

————————

　　① 《费德拉》是拉辛（1639—1699）的最后一部杰作，根据希腊神话改编而成，费
德拉是该剧的女主角。
　　② 拉歇尔（1821—1858），法国戏剧表演艺术家，演技高超，曾出演拉辛名剧《费
德拉》中的女主角。

诗来看，第一部分谈到女诗人的侧面像，第二部分谈到拉辛的《费德拉》，这样便在当代诗人、17 世纪的剧作家、19 世纪的法国演员三者之间建立起一种联系，单从时间的跨度上，就可以想象诗行之间留出的空间有多大，诗行的独立性由此便得到了保证。

如果认为《阿赫玛托娃》这首诗创作于早期，对分析曼德尔施塔姆的诗歌特色未必具有全面意义，那么我们再选一首后期的诗歌来考察。《我应该活，尽管我死过两次》写于 1935 年 4 月：

> 我应该活，尽管我死过两次，
>
> 而洪水已让这座城市失去理智：
>
> 它那么美，多么快乐，颧骨多么高，
>
> 犁铧下，肥沃的土层多么可爱，
>
> 四月耕耘中的草原多么安谧，
>
> 而天空，天空——你的布奥纳罗提……①

在这首曼德尔施塔姆创作于较晚时期的诗中，我们可以发现，几乎每一行都具有独立性，相互之间也看不出逻辑或因果之类的关系。

二 借助重复来实现诗行或意象间的呼应与共鸣

我们试以《彼得保罗》一诗为例加以分析。在 1916 年 5 月，曼德尔施塔姆创作了以《彼得保罗》为题的一组诗，分为两部分。由于版本不同，这两部分时而合在一起，被当作一首诗；时

---

① 《曼杰什坦姆诗全集》，汪剑钊译，东方出版社 2008 年版，第 188 页。

而分开，作为各自独立的两首诗。但最早的时候，曼德尔施塔姆
是将它们放在一起发表的，而且效仿普希金的做法，用彼得保
罗①来代指彼得堡这座城市。显然，这两首诗带有一些消极与哀
伤的感情色彩，这与当时进行的第一次世界大战的氛围有关。

1

春寒料峭。透明的春天已到，

为彼得保罗披上绿莹莹的绒毛，

而那涅瓦河的波涛如水母

让我多多少少有些厌恶。

沿着北方之河的河岸，

疾驰的汽车像萤火虫一般，

蜻蜓和钢壳甲虫也在飞旋，

星星那金色的别针在闪烁，

但不管什么星星都比不过

海水那深重的祖母绿色。

2

我们将死于彼得保罗这座透明的城市，

普洛塞尔皮娜②在将我们统治。

每次叹气都会吸入致命的空气，

每时每刻都会成为我们的死期。

海洋的女神，威严的雅典娜，

---

① 彼得大帝当年创建彼得堡时，最早建成的是一个要塞，以彼得、保罗这两个圣徒的名字命名。曼德尔施塔姆在这里用这个要塞代指彼得堡这座城市。

② 普洛塞尔皮娜，是古希腊神话中的冥后。

请将厚重的石头头盔取下。

我们将死于彼得保罗这座透明的城市，

掌管这里的不是你，而是普洛塞尔皮娜。①

在这组冠名为《彼得保罗》的诗歌中，上篇中出现了"透明的春天"这一意象，而下篇中则有"透明的城市"这样的意象，二者使用了同一个修饰语——"透明的"。在上篇中，诗人提到了春天已经到来，热闹的生活已经展开，诗中涌现出车水马龙的生活图景。不管是在街上疾驰的汽车，还是在空中飞行的钢壳甲虫，这些现代文明带来的成果并没有引起诗人的兴趣。在诗人眼里，汽车变成了萤火虫。同样，天空中虚无缥缈的星辰也不是诗人所在意的东西。当提到涅瓦河涌动的波浪时，诗人将这些波浪比作水母，并表达了厌恶的感受。在当时第一次世界大战的背景下，这些可以亲眼看到的波浪更像是人类掀起的仇恨，狭隘的仇恨带来了战争，这是诗人所不齿的，所以才会"多多少少有些厌恶"。相对于涅瓦河的波浪，相对于天上的星星，相对于街上的汽车等，诗人唯一推崇的是大海，这是永恒的象征："不管什么星星都比不过/海水那深重的祖母绿色。"这样看来，上篇中的春天之"透明"表达的本是初春的景致，虽然树上已开始显现隐隐约约的绿意，但树木毕竟还是光秃秃的，城市给人一片空荡之感。同时，诗人也在表明一种心迹，他期望能为永恒作出自己的贡献，以自己的努力去填充"透明"象征着的空白，而目前的成

---

① 此处的两首诗均出自：*Мандельштам О. Э. Собрание сочинений в 4 т. М.：Арт-Бизнес-Центр, 1999. Т. 1. С. 122.*

180

绩微不足道，还像初春的这座城市一样"透明"。

在下篇中，诗人感觉到了战争将带来灭顶之灾的恐惧。"透明的城市"想要表达的主要意思，已不再是初春时节万物寂寥的自然画面，而是指当时的彼得堡在物质条件方面一无所有，民不聊生，在战争面前一筹莫展的状态。在这座由冥后主宰的城市里，诗人劝说永恒的象征——海神雅典娜摘下石头头盔，这是迫不得已的选择，因为这是一座"透明的城市"。

通过多次重复"透明"一词，以这样的方式，曼德尔施塔姆在"透明的春天"和"透明的城市"之间建立了联想的空间，彼此相互呼应，让人在充满希冀的春天与大难当头的城市这两者的反差中体验人生。

三 文本具有开放性， 文本意义的形成必须有读者的参与

德国诗人席勒在《审美书简》中，曾谈论过形式与内容或材料的关系："我深信，美只是一种形式的形式，而且那通常称作它的材料（内容）的东西，势必被视为已经赋予了形式的材料（内容）。"[①] 从曼德尔施塔姆就作者与读者之间关系的论述中，我们可看到，他心目中的作品是一个开放的体系，也即作品的内涵是有待于读者的参与方能显露的。对比席勒关于形式与内容的说法，可见曼德尔施塔姆将创作者的主要目标放在了形式上，至于形式钩织出来的内容，则需要借助读者的领悟力去参悟。就作者本人而言，似乎也没有十足的把握，明晓所创作的作品能给人们

---

① 弗雷德里克·詹姆逊：《语言的牢笼、马克思主义与形式》，钱佼汝、李自修译，百花洲文艺出版社 1997 年版，第 340 页。

带来多少联想。

1913 年，在《阿波罗》杂志第 3 期上，曼德尔施塔姆发表了《论交谈者》一文，专门论述了创作者与读者之间的关系。曼德尔施塔姆借用了巴拉丁斯基的一首无题诗，用来明确自己对读者的定义以及对读者的期待之情：

> 我的天赋贫乏，我的嗓音不大，
> 但我生活着，我的存在
> 会使这大地上的某人好奇：
> 我的一个遥远的后代，
> 会在我的诗中发现这一存在；
> 也许，我能与他心灵相通，
> 如同我在同辈中找到了朋友，
> 我将在后代中寻觅读者。①

曼德尔施塔姆将这一想法进一步发挥，将之比喻成海难者临危前抛出的漂流瓶。谁捡到这个瓶子，谁就能知晓遇难者的身世等信息。同样，不管是当代的读者，还是几百年甚或几千年之后的读者，只要他能读懂诗人创作的诗，那么他就是诗人心目中的读者。显然，在今天看来，曼德尔施塔姆能有这样超前的认识是难能可贵的。不过，在当时，曼德尔施塔姆的这番言论直接针对的是象征派诗人。在该文中，曼德尔施塔姆并不讳言，点名批评了巴尔蒙特等象征派诗人的孤芳自赏："对'交谈者'的拒绝，

---

① 曼德尔施塔姆：《时代的喧嚣》，刘文飞译，云南人民出版社 1998 年版，第 155 页。

像一根红线贯穿在我姑且称之为巴尔蒙特式的那种诗歌中。不能藐视交谈者:难以理解的、未获承认的他,将残酷地进行报复。我们在他那里寻求对我们之正确的赞同和确认。诗人更且如此。"①

曼德尔施塔姆认为:"对于艺术家而言,最大的奖赏就是能鼓励人们,使他们开展与己不同的思考与体验。"②

Л. 索伯列乌曾分析过曼德尔施塔姆作于 1915 年的一首诗《马群嘶鸣着,欢快地飞驰》③:

马群嘶鸣着,欢快地飞驰,

罗马的铁锈色染红了山地,

澄澈的时间激流带走

古典春天那干巴巴的金子。

……

到我的暮年,愁绪中会闪着光亮:

我在罗马出生,它将回到我的身旁:

对我而言,慈祥的秋天是一只母狼,

凯撒之月,八月的微笑中含着哀伤。④

① 曼德尔施塔姆:《时代的喧嚣》,刘文飞译,云南人民出版社 1998 年版,第 159 页。

② *Семенко И. М.* Поэтика позднего Мандельштама. М., 1997. С. 133.

③ *Соболеву Л.* Из опыта комментирования одной «античной» строки на уроке литературы. // *Лекманов О. А.* Книга об акмеизме и другие работы. Томск: Издательство «Водолей», 2000. С. 365—367.

④ 最后四句的原诗: Да будет в старости печаль моя светла: //Я в Риме родился, и он ко мне вернулся; //Мне осень добрая волчицею была//И-месяц Цезаря-мне август улыбнулся.

这里的"凯撒之月",对应着原文中的"месяц Цезаря",既可以理解成凯撒的月亮,也可以理解为凯撒的月份。"八月的微笑中含着哀伤",对应着原文的"мне август улыбнулся",其中的第二个词表示八月份,但假如首字母大写,就成了人名,指的是当年曾放逐古罗马诗人奥维德的古罗马开国皇帝奥古斯都。在这首诗中,曼德尔施塔姆不仅提到了罗马,还提到了凯撒大帝以及奥古斯都。在最后一句诗中出现了"август"(八月)这个词,而这个词又与"Август"(奥古斯都)音形相同,仅后者首字母表现为大写而已。这样的安排不可能不引起读者的联想。

另外,曼德尔施塔姆的这首诗还与普希金的诗、雅兹科夫的诗存在着互文关系。曼德尔施塔姆诗中的"печаль моя светла"(愁绪中会闪着光亮),源自于普希金1829年创作的一首诗,即《阴霾漫上格鲁吉亚的山丘⋯⋯》中的诗句:

> 我悲伤而又愉快;
>
> 愁绪中闪着光亮;
>
> 我忧是因你在我心上⋯⋯①

普希金的好友雅兹科夫也是一位诗人,他根据普希金的兄弟列夫·普希金讲过的一件事,创作过这样一首诗:

> 我们的八月愁眉不展,

---

① 普希金的原诗:Мне грустно и легко;//печаль моя светла;//Печаль моя полна тобою...

184

这与我们根本不相干！

我们吃喝玩乐把歌唱，

无忧无虑，快乐张扬。

我们的八月愁眉不展，

这与我们根本不相干！①

对照原文可以发现，雅兹科夫在诗中也提到了八月这个词，但首字母是大写的（Наш Август смотрит сентябрём），显然是有意为之，目的就是要让人联想到古罗马开国皇帝奥古斯都。

在俄文中有句谚语——смотреть сентябрём，是利用月份来表达的，意为"愁眉不展"。雅兹科夫诗中"我们的八月愁眉不展"使用了这句谚语。那么，雅兹科夫何以要将"八月"这个俄文单词的首字母大写呢？这与普希金相关的一段真实故事有关。1822 年，流放中的普希金在回复弟弟的来信时，谈到部长对他的事漠不关心，接着便引用了自己《致奥维德》一诗中的诗句：

啊，朋友，请将我的哀求带给奥古斯都，

但奥古斯都愁眉不展②。

不管是普希金还是雅兹科夫，都采用了俄语谚语——смотреть сентябрём（"愁眉不展"），但将八月这个单词首字母大

---

① 原文：Наш Август смотрит сентябрём—//Нам до него какое дело！//Мы пьем, пируем и поем//Беспечно, радостно и смело. //Наш Август смотрит сентябрём—//Нам до него какое дело！（《Мы любим шумные пиры…》）

② 原文：О други, Августу мольбы мои несите, //Но Август смотрит сентябрём.

写，以来表示指的是奥古斯都，这一做法最早来源于普希金。流放中的普希金想到自己当下的境遇，自然联想到了伟大诗人奥维德所面对的奥古斯都，便故意将俄文八月这个单词的首字母大写，让人想起古罗马的奥古斯都。

我们再回头看一下曼德尔施塔姆最后的那句诗："凯撒之月，八月的微笑中含着哀伤。"这里面同时可以解析出两重意思。如果把"凯撒之月"理解为"凯撒的月亮"，那么这个"月亮"指的是后文隐在文字下的奥古斯都，整句诗可以理解为：伟大的古罗马开国皇帝奥古斯都，像月亮一样辉映着凯撒大帝①，因为奥古斯都是凯撒大帝的养子，并在凯撒大帝被刺杀后为之复仇。如果将"凯撒之月"理解为属于"凯撒的月份"，这也与史实相符合。我们知道，公元 14 年 8 月，在奥古斯都去世后，罗马元老院决定将八月称为"奥古斯都"月。这时候，后文的解读就偏向于"愁眉不展"这句俄文谚语，表示诗人将八月视作一个忧郁的月份，与此同时，也符合阴郁的秋天留给俄国人的印象。

当然，对曼德尔施塔姆的这首诗的解读，远远没有穷尽它的诸多可能。在解读曼德尔施塔姆诗歌的时候，经常会遇到这样的情况，各种意见相持不下，聚讼纷纭，譬如对《车站音乐会》一诗的解读，迄今已有至少五种版本，而且这五种解读都出自著名学者之手②。在另一种解读方法中，即通过比对曼德尔施塔姆诗歌的草稿和修改过程，有人发现，曼德尔施塔姆经常故意删略诗

---

① 公元前 44 年 3 月，凯撒大帝被刺杀。公元前 43 年，屋大维（奥古斯都）与马克·安东尼、雷必达结成罗马"后三头同盟"，打败了刺杀凯撒大帝的共和派贵族。

② 详见：《Концерт на вокзале》О. Мандельштама: пять разборов.//Вестник ПСТГУ III: Филология 2008. Вып. 2（12）. С. 7—10.

句中发挥连接作用的词，将领悟诗歌真意的线索清除，从而使诗句的解读陷入迷局。这种现象启发人们想起，曼德尔施塔姆在《关于但丁的谈话》一文中，就曾强调过草稿的重要性："草稿是永远灭绝不掉的。在诗歌中，在雕塑作品中，在所有艺术之中，没有成品……草稿的完整无缺，这是保持作品能量的法则。"[①] 当 Г. Г. 阿麦林和 В. Я. 莫尔杰列尔分析曼德尔施塔姆的《抒情曲》（Канцона）时，就曾指出，研究曼德尔施塔姆诗歌文本中的"不在场"比"在场"难度更大，但也更具有意义："在文本中让什么东西缺席，就方法的多样性而言，并不亚于表现'在场'的方法。恰恰是这些看不见的线让'在场'联合起来，'在场'就包容在实现'不在场'的这些形式之中。"[②]

一首诗歌意义的阐发离不开的读者积极参与，这是曼德尔施塔姆所提倡和盼望的效果，同时也成为了曼德尔施塔姆诗歌的一个显著特点。读者对于作品的意义，在曼德尔施塔姆看来，是不可或缺的，这种读者参与创作的现象在俄国学者的研究中也曾引起过重视。譬如，俄国学者哈利泽夫曾指出："诚如 А. Н. 维谢洛夫斯基所揭示的那样，语言艺术（史诗、抒情诗和戏剧）是在混合的创作基础之上形成的，混合的创作其原初的样式就是祭祀典礼仪式上的合唱，其功能是神话—祭祀和施妖术。在这种仪式上的混合艺术中没有区分表演者和接受者。所有在场的人既是正进行的演出活动的创作者，又是这一活动的参与者。"[③]

---

① *Семенко И. М.* Поэтика позднего Мандельштама. М. , 1997. С. 7.

② *Амелин Г. Г.* , *Мордерер В. Я.* Миры и столкновенья Осипа Мандельштами. М. : Языки русской культуры, 2000. С. 37.

③ 哈利泽夫：《文学学导论》，周启超、王加兴等译，北京大学出版社 2006 年版，第 129 页。

四 用联系论替代因果关系, 部分与整体之间呈现出全息技术效果

在《人道主义与当代》（1923）一文中，曼德尔施塔姆谈到了有机体的问题，这对于理解其诗歌的结构变化具有重要意义。在这篇文章中，曼德尔施塔姆强调每一个部分都与整体关联着，他这样写道："简单、机械的巨大体积和赤裸裸的数量是与人敌对的，诱惑我们的不是新的社会金字塔，而是社会的哥特式建筑：重量和力的自由的游戏，设计得如同一座复杂、茂密的建筑森林的人类社会；在那儿，一切都是有目的、有个性的，每一部分均与巨大的整体相呼应。"①

为了达到这种效果，在诗歌创作实践中，诗人首先将事物或现象之间的联系放在首位，而将人们习以为常的逻辑、因果等关系置于次要地位。这首先表现为，曼德尔施塔姆创作的每一篇作品都可能与另一部作品存在呼应关系，诗与诗之间，诗与散文作品之间，都可以相互阐发或补充。与此同时，在具体的一首诗中，每一行都与另一行保持着独立而呼应的关系，其间并不存在逻辑上的连续性，但这并不妨碍它们共同构建出一个统一体。学者布赫施塔卜认为，在曼德尔施塔姆的诗歌中，逻辑关系或因果关系是扑朔迷离的，像幽灵一般存在着。"逻辑关系，根本上说来并不是不可猜测的。……逻辑关系并不能确定语言表达结构，而是通过语言结构来确立。"那么整首诗又是以怎样的方式维持统一的结构呢？布赫施塔卜指出："曼德尔施塔姆借助文化的不同层次、众多时代来发声。在其诗歌中，各种文化时代在语言中

---

① 《曼德尔施塔姆随笔选》，黄灿然等译，花城出版社 2010 年版，第 121 页。

分别留下一个层面，在意识面前展示出来。单独的一个词，尽管不具特殊含义，但仍可以唤醒这些时代。"①

1922 年，曼德尔施塔姆创作了《温柔的唇边泛起疲倦的玫瑰色泡沫》：

温柔的唇边泛起疲倦的玫瑰色泡沫，
公牛在狂怒地翻卷绿色的波涛，
打着响鼻，不喜欢爬犁——贪恋女性，
脊背不习惯有重负，劳作很辛苦。

间或，海豚弓起脊背向上跃起，
偶尔会遇见一只多刺的海胆。
欧洲温柔的手掌，抓住一切吧！
你到哪里可以为颈项找到称心的牛轭？

欧洲痛苦地聆听巨大的拍水声，
多云的大海沸腾成一个圆形的喷泉，
显然，震惊于海水油亮的闪光，
多么希望从粗糙的悬崖上滑下来。

哦，桨架的嘎吱声比它亲切许多倍，
怀抱一般宽敞的甲板，一群绵羊，
还有在巍峨的船尾闪烁的鱼儿！

① *Бухштаб Б.* Поэзия Мандельштама//Вопросы литературы, 1989. № 1. С. 129.

无桨的桨手和它一起漂向更远的地方。

（汪剑钊　译）①

首先，这首诗表现的内容来源于古希腊神话：美女欧罗巴是腓尼基台洛斯国的公主。有一次，公主欧罗巴和女伴们在海边玩耍，爱上欧罗巴的宙斯变身为一头公牛来到海岸上。欧罗巴与这头公牛嬉戏，最后骑上了牛背，宙斯便驮起欧罗巴飞奔而去，横渡爱琴海逃到克里特岛。在克里特岛，欧罗巴与宙斯结了婚，生下三个儿子。根据传说，欧罗巴是最早来到克里特岛这片土地的，为此，便以她的名字来命名人类新踏上的这块大陆，即今天的欧洲。

曼德尔施塔姆之所以想到创作这样一首诗，据考证，是因为曼德尔施塔姆见过以这个故事为题创作的名画《劫掠欧罗巴》，这幅画由著名画家瓦连京·谢洛夫于 1910 年完成，而画家之所以创作这幅画，则是因为 1907 年曾亲自到过克里特岛②。

诗中不仅以人的各种感官印象来描摹这幅画所讲述的神话故事，而且还与公元前 600 年的诗人萨福形成对话和呼应关系。我们看到，诗中使用了描述各种感官印象的词汇，如视觉类——"玫瑰色""绿色""闪光"等；听觉类——"响鼻""巨大的拍水声""桨架的嘎吱声"等；触觉类——"温柔的""粗糙的"等；味觉类——"痛苦地"……当年，萨福在描摹"厄洛斯"时，曾使用矛盾修饰语（逆喻），称之为"又甜又苦的折磨"。曼

---

① 《曼杰什坦姆诗全集》，汪剑钊译，东方出版社 2008 年版，第 99—100 页。

② *Ральф Дутли* "Нежные руки Европы"：о европейской идее Осипа Мандельштама. // 《 Отдай меня，Воронеж... 》. Воронеж，1995. С. 15.

德尔施塔姆在诗中提到了萨福曾使用的这个字眼"苦"，但将表示甜蜜的含义散布在整首诗里，使用了"温柔""称心""亲切"等词语。以这样的方式，与古希腊著名女诗人形成呼应。曼德尔施塔姆的这种风格和追求，恰如俄国学者阿格诺索夫所言："曼德尔施塔姆是一位富有深刻的文化象征联想力的诗人。他的联想系列渗透到包括诗歌、艺术散文、批评文章、随笔在内的全部作品，将其全部创作连贯成统一的篇章。意义相近的形象性符号，在各种体裁、各个时期的作品中出现，让读者在逻辑联想的帮助下理解诗人融于其中的深意，弄清它思维的'非线性'的逻辑。"①

在解读这首貌似寻常的诗歌时，我们能感觉到，诗里诗外，从油画到神话，从地理上的欧洲到神话中的女子，从当代诗人到古希腊的萨福，多种文化现象遥相呼应。在编织这样的关系之网时，曼德尔施塔姆的做法与他所推崇的但丁有异曲同工之妙。在1933年写成的《关于但丁的谈话》中，曼德尔施塔姆对《神曲》中的时间结构产生了浓厚的兴趣并表示高度认同。正如 Ю. 洛特曼对但丁所作分析得出的认识："站在新时代的门口，但丁看到了新文化要面对的一种主要危险。他个人的理想就是一体化：涵盖他那个时代所有的科学知识而带来的博学多识，在其意识中并非是指各种零散知识的堆砌，而是要构成一个一体化的统一大厦。"② 我们看到，如同但丁当年的做法，曼德尔施塔姆将个人的渊博学识用来构建一个统一大厦，在大厦内部涌动着各种各样的

---

① 阿格诺索夫：《二十世纪俄罗斯文学》，凌建侯等译，中国人民大学出版社2001年版，第233页。

② *Лотман Ю.* Избранные статьи: В 3 т. Таллинн: Александра, 1992. Т. 1. С. 457.

联系网络。

在曼德尔施塔姆的很多诗中，各种历史文化现象彼此辉映，在读者的意识中呈现出一张扑朔迷离的"星图"，建立起一种跨越时空的联系。在这种联系中，每一个"扣眼"或节点，都是整体中的一部分。

第五节 社会现实与曼德尔施塔姆的诗歌

曼德尔施塔姆是一个沉湎于文化历史之中的诗人，这一点已经成为人们的共识。对于曼德尔施塔姆而言，无论是在现实生活中，还是在诗歌创作上，关注和思考人类文化现象始终是他最为用心的方面。与此同时，我们也看到，他的诗歌创作主题或动机貌似源自遥远的过去，但实际上与现实生活息息相关，现实生活成为他文学创作和哲学思考的源泉。在这一节中，我们主要探讨两个方面的内容：其一，揭示现实生活与曼德尔施塔姆诗歌创作的联系；其二，分析曼德尔施塔姆对以十月革命为主题的时代所持的态度。

首先，现实生活中的经历经常成为曼德尔施塔姆诗歌创作的诱因，但他经常在作品中抹失掉现实本身留下的印记。

在解读曼德尔施塔姆的诗歌时，不仅需要丰富的文化历史知识，还需要了解曼德尔施塔姆创作诗歌之时的所见所感。只有这样，才有可能更好地把握其诗歌真意。1931 年 1 月，曼德尔施塔姆和妻子在列宁格勒有过几近流浪街头的遭遇，迫不得已而决定前往莫斯科。让曼德尔施塔姆落入这样一种境地的是吉洪诺夫，后者冷漠地认为"曼德尔施塔姆在列宁格勒不应有立锥之地"①。就这样的遭遇，曼德尔施塔姆曾写下一首诗《我和你坐在厨房里》，由此我们可发现曼德尔施塔姆的创作与现实生活之间的联系：更多情况下，现实生活的点点滴滴都会催发诗歌创作的灵感，诗人将这些点滴置于文化与历史的联系网格之中，让个体或具体的遭遇在历史文化的辉映下，呈现出别样的姿态，从而勾起人们的思考与回忆。

> 我和你坐在厨房里，
>
> 闻着散发出来的煤油气。
>
> 锋利的餐刀和一条面包……
>
> 如愿意，可将煤油炉灌满，
>
> 要不就收拾行李，
>
> 天亮前用绳子捆扎结实，
>
> 我们将前往火车站，
>
> 别让任何人知道我们的行迹。

同样写于 1931 年的另一首诗《我成为族长还为时尚早》②，也包含着当时社会上的大事件和诗人生活中的所见所感。首先，曼德尔施塔姆创作《我成为族长还为时尚早》一诗的诱因之一，是当时英国著名作家萧伯纳正在访问苏联。1931 年 7 月 26 日，苏联官方在莫斯科举行了隆重的仪式，庆祝作家诞

---

① *Мандельштам Н.* Воспоминания. М.，1999. С. 280—281.

② 俄文：《 Еще далёко мне до патриарха... 》.

辰七十五周年①。

> 我成为族长还为时尚早，
>
> 按年龄还不够年高德昭。

该诗第二节则提到了"窃贼电影"，对应的同样是现实生活中的内容：1931 年 5 月 16 日，在莫斯科非公开放映了第一部有声电影《新生活通行证》。电影讲述了一些流浪儿被改造成为有用之才的故事，电影中的亮点是米哈伊尔·扎若夫饰演的小偷芝岗。自 1931 年 6 月 1 日起，这部电影在莫斯科开始公映。

> 试想，靠什么和世界相连，
>
> 连自己都不信：一派胡言！
>
> 半夜打开别人家房门的钥匙，
>
> 还有十戈比的银币在口袋里，
>
> 还有一部窃贼电影的胶片。

就曼德尔施塔姆的诗歌（包括散文）创作而言，每一部作品都有创作的具体背景。如果没有朋友的回忆录，没有其妻子纳杰日达·曼德尔施塔姆精心撰写的回忆材料，读者很难还原每首诗创作的诱因。从上面的分析可见，不管是《我和你坐在厨房里》，

---

① *Лекманов О. А.* Осип Мандельштам：Жизнь поэта. М.：Молодая гвардия，2009. С. 208—209.

还是《我成为族长还为时尚早》，其中隐约提及的个人遭遇、萧伯纳访苏、第一部有声电影等信息，都无法一下子让读者明了其中的原委。但从这些分析中，我们能认识到，曼德尔施塔姆的创作实际上无时不在与具体的时代生活发生着联系，尽管他喜欢将这些生活碎片放在历史的反光镜上审视，但凭着诗行之间留下的蛛丝马迹，仍可以寻找到这些碎片最初的形态。这一特点在其早期的创作中就表现了出来，在谈论曼德尔施塔姆的第一本诗集《石头》时，著名学者 B. 日尔蒙斯基便已指出，曼德尔施塔姆诗中反映的并非生活之现实，而是"将现实生活置于已有的文化与艺术创作之中进行加工"①。在另一首诗中，曼德尔施塔姆谈到自己与时代之间的关系："不管时代多么生涩，/我还是喜欢抓住它的尾巴。"② 由此可见，曼德尔施塔姆本人一直在努力保持着与时代的联系，虽然他"对于尘世生活不甚在行，粗心大意，缺乏条理性"③。

其次，曼德尔施塔姆对革命和时代保持着热情，尽管他更喜欢在文化历史的烟波中徜徉往返。

学者阿夫卢丁始终持有这样的看法："认为曼德尔施塔姆的诗歌具有反苏倾向，这样的结论显然是错误的。他坚信，'对第四阶层的美好誓言'让他有义务与苏联的现实和解。可兹证明的一个例子就是，他曾想在拉普大会上发言，但当时并没给他机会。"④

① *Мандельштам О. Э.* Избранные стихотворения. М.: «Олма-Пресс», 2000. С. 453.

② 原诗为：Уж до чего шероховато время, /А все-таки люблю за хвост ловить его.

③ О. Э. Мандельштам в записях дневника и переписке С. П. Каблукова. // *Мандельштам О.* Камень. Л., 1990. С. 241.

④ *Аврутин М.* Мандельштамовские перпендикуляры (к 120-летию со дня рождения). Семь искусств, 2011. №1.

在格·伊万诺夫撰写的回忆录《彼得堡的冬天》中，专门谈到与曼德尔施塔姆的交往，回忆了不少鲜为人知的掌故。对于曼德尔施塔姆对革命终究持何态度这一问题，从伊万诺夫的记述中，我们也可以找到一些佐证。革命到来之初，曼德尔施塔姆同大部分文化精英和知识分子一样，显然也是充满了期冀与欣喜之情，这是毋庸置疑的一个事实。有人认为，尽管曼德尔施塔姆此时站在了布尔什维克一边，但出于天生羞涩等性格原因，他并没有完全加入革命带来的新生活之中："曼德尔施塔姆站在布尔什维克'那一边'，确切地说，挨近布尔什维克。他没有入党（因胆怯，想必白党一来，要被吊死的），当然没当上人民委员同志。但是在外围某个位置厮混着，巴结某个人，同不该握手的人握手——为此得到某种好处。"① 依照格·伊万诺夫的分析，曼德尔施塔姆的这种做法只是为了生存，而且没有那么多的心机，因为曼德尔施塔姆曾有诗句，可以表明自己的真实心迹："多脏的手我都曾握过，／尽管话不投机半句多。"

曼德尔施塔姆本人在其自传体散文《时代的喧嚣》中，曾提到过自己一度接触马克思主义学说，并断断续续地参加一些进步活动，这些事情主要发生在捷尼舍夫学校学习期间。在这本传记中，诗人提到了当时的校长弗拉基米尔·吉皮乌斯比较开明，曾提供马克思的《资本论》让他阅读。在1906年秋天，曼德尔施塔姆结识了同年级的鲍里斯·西纳尼。在自传《时代的喧嚣》中，曼德尔施塔姆提到了对他影响很大的这位同学："当我以一

_____

① 格·伊万诺夫：《彼得堡的冬天》，贝立文、章昌云译，学林出版社1999年版，第109页。

个彻头彻尾的马克思主义者进入班级的时候，等待着我的是一个
很厉害的对手。听完了我那些自信的话语之后，一位男孩走到了
我的身边，他腰上束着一根细细的带子，头发近乎赤红，全身都
显得很狭窄，窄窄的肩膀，既大胆又温柔的窄窄的脸庞，手指纤
细，脚也很小。……他自告奋勇要做我的老师，在他活着的时候
我也没有离开过他，我老是跟在他的后面，佩服他思维的清晰、
精神的饱满和表现。他死在历史岁月到来的前夜，为了历史岁月
的这一到来，他已做好了准备，他的天性也做好了战备，恰好在
牧羊犬准备躺在他的脚边、先知的细竿应该换成牧人的权杖时，
他就做好了这样的准备。他的名字叫鲍里斯·西纳尼。我说带着
温情和崇敬道出这个名字的。"① 西纳尼出身于一个民粹派家庭，
他引导曼德尔施塔姆参与一些政治活动。曼德尔施塔姆对马克
思主义产生了浓厚兴趣，不仅读过德国社会民主党的第一个纲
领——《爱尔福特纲领》，而且 1907 年在巴黎听过社会革命党
人鲍里斯·萨维科夫对侨民所作的演讲。"1907 年 9 月是曼德
尔施塔姆热衷于革命活动的时期。当时，他和鲍里斯·西纳尼
一起到芬兰湾的拉伊沃拉游玩，在那里想加入社会革命党的战
斗组织，但由于这两个捷尼舍夫学校的毕业生尚未成年，组织
上没有将他们吸收为成员。"并且，据涅尔列尔考证，在警察局
的档案材料中，的确有曼德尔施塔姆与战斗组织成员保持联系
的材料。② 不管是从曼德尔施塔姆的自传，还是从生前与其交好

---

① 曼德尔施塔姆：《时代的喧嚣》，刘文飞译，云南人民出版社 1998 年版，第 100—
101 页。

② Лекманов О. А. Осип Мандельштам: Жизнь поэта. М. : Молодая гвардия, 2009.
С. 34.

的友人的回忆材料中，我们不难发现，诗人对十月革命尤其是对马克思主义的兴趣不仅浓厚，而且立场十分坚定。当他带着崇敬之情回忆起那位西纳尼同学时，也从一个侧面揭示出西纳尼带着他参加革命活动所留下的印象之深刻。

分析和判断任何的人和事，需要将之放在具体的历史语境之中，不管是宏观的，还是微观的，都应该考虑到具体的语境。否则，我们得出的结论很难站得住脚，自然也就会有失偏颇。俄国十月革命之后，那些从前信仰革命，并认为革命在当时的俄国已不可避免的人，面对成为现实的革命之胜利，开始有了分歧。这种分歧既表现在思想认识上，也表现在行为选择上。1922年苏维埃政权决定将一些持不同看法的知名人士驱逐出境，其中包括别尔嘉耶夫、谢苗·弗兰克、费奥多尔·斯捷蓬等人。尽管这些人遭到驱逐，但从对他们的审问和鉴定材料中，或者从后来他们的回忆材料中，仍能看到他们对革命和新政权持肯定或观望而非拒绝的态度。譬如说，谢苗·弗兰克在供述时，明确指出"苏维埃政权存续了五年，这证明了它不是一个偶然现象，而是一个有着深刻历史原因并符合民族精神和道德状况的政权。至于它的体系，因为我不赞同通行的民主形式的教条（议会制、全民投票等等），所以怀着极大兴趣观察以苏维埃政权为代表的新的统治方式"①。在弗兰克回答政治保卫局审讯员的问题时，未见到他对苏维埃政权持敌对的立场或姿态，具体而言，他的意见主要表现为对民主形式持怀疑态度。另一位遭到驱逐的哲学家费奥多尔·斯捷蓬，之所以遭受如此命运，更多的可能是由于他曾担任克伦斯

---

① 别尔嘉耶夫等：《哲学船事件》，伍宇星编译，花城出版社2009年版，第27页。

基的政治秘书。1922 年年满三十八岁的斯捷蓬在"供述"中明确指出："在俄罗斯共和国，唯一一个以群众为支撑组织起政权的政党是俄国共产党，它将对民族和国家起首要作用。"① 别尔嘉耶夫曾经由"合法马克思主义"转向宗教唯心主义，自我标榜是"极权主义的共产主义的反对者"②，但同时也公开宣称自己"赞同社会主义，但我的社会主义是人格主义的，非专制主义的，不允许社会凌驾于源自每个人的精神价值的个体之上，因为人是自由的精神，是个体，是上帝的形象。我是反集体主义者，因为我不允许把个人良知外向化，把它搬到集体中"③。尽管别尔嘉耶夫对俄国发生的社会主义革命存在一些看法，但他仍然做到了尊重历史规律，并指出："我认识到俄罗斯经历布尔什维主义是完全不可避免的，这是俄罗斯民族命运的内在时刻，是它的存在主义辩证法。再回到布尔什维克革命之前是不可能的，任何复辟的尝试，哪怕是恢复到二月革命的原则，都是无能为力且有害的。"④站在基督徒的道德制高点上，别尔嘉耶夫等人对革命胜利后短暂的无序状态表现出了过度的惊恐和担忧。相对于那些选择离开祖国或抵制革命的知识界精英，曼德尔施塔姆做出了艰难的选择，毅然站在了新的时代面前，既没有选择逃离到西方，也没有表现出颓废和绝望，而是以一种务实的态度坦然接受了现实，担负起维系俄罗斯文化传统的神圣使命，安心于自己所钟爱的文化事业。作为曼德尔施塔姆的挚友，同样是阿克梅诗人，安娜·阿赫

---

① 别尔嘉耶夫等：《哲学船事件》，伍宇星编译，花城出版社 2009 年版，第 47 页。
② 同上书，第 105 页。
③ 同上书，第 104 页。
④ 同上书，第 87 页。

玛托娃对历史现实的态度与之相仿。阿赫玛托娃一生中经历的磨
难或许并不少于曼德尔施塔姆，她的丈夫尼古拉·古米廖夫被
杀，儿子列夫·古米廖夫多次入狱，她本人遭到莫名其妙的诬陷
和批判，但这一切并没有改变她对祖国的热爱，她没有流露出对
苏联政体的不满或牢骚，这样的坚定立场恐怕只有亲身经历过那
个时代的人才可能解释清楚。英国学者以赛亚·伯林曾获得机会
见到阿赫玛托娃，并与之深入交谈，但据他证实，从未发现阿赫
玛托娃对苏联政体表露不满："阿赫玛托娃生活在可怕的岁月中，
根据娜杰日塔·曼德尔施塔姆的叙述，她在其间表现得像个英
雄。这被所有有效的证据所证实。她既不曾公开，事实上也不曾
私下里对我讲过一句反对苏联政体的话。但她的一生，是赫尔岑
曾经这样概括的整个俄罗斯文学的特质——对俄罗斯现实的不断
的批判。"① 阿赫玛托娃对现实社会的这种立场和态度，从一个侧
面，多少能帮助我们理解曼德尔施塔姆对待革命现实的态度。

　　曼德尔施塔姆痴迷于人类历史文化，并且极其珍视人道主义
价值和传统，但他并没有纠结于时代的"喧嚣"，而是勇于面对
和强调现实生活的意义，曾宣称，作为诗人，他"不想要另一个
天堂，除非是生活"②。在十月革命胜利后，1918 年曼德尔施塔姆
就创作了《自由的黄昏》一诗，表达了他对新时代的看法。有人
据此认为："曼德尔施塔姆并不是新政权的坚定反对者：他相信
世界已不得不基于善和公正进行变革。在《自由的黄昏》（1918）

---

① 以赛亚·伯林:《安娜·阿赫玛托娃: 一个回忆》, 马海甸译, 载《记忆》第 4
辑, 林贤治、章德宁主编, 中国工人出版社 2002 年版, 第 191 页。
② 张建华、王宗琥主编:《20 世纪俄罗斯文学: 思潮与流派》, 外语教学与研究出
版社 2012 年版, 第 63 页。

一诗中，他颂扬时代之伟大，带着憧憬与担忧望向远方："'透过网子，浓重的黄昏，/看不见太阳，大地在漂浮。'"① 而且，在诗中，曼德尔施塔姆称新政权的掌舵者为"人民领袖"。由此可见，他对新时代还是抱以希望，期望新的政权为俄国和人民带来更美好的未来。显然，在十月革命胜利后，像曼德尔施塔姆等人，出现过犹疑，不过很快就意识到新时代的到来。曼德尔施塔姆在创作《自由的黄昏》这首诗时，已经意识到列宁肩负的重担，并为之加油。"不管怎么说，列宁所接受的权力重担是难以承受和致命性的。曼德尔施塔姆看到了这一点，并准备对这种英勇和果敢表示敬意。"这就是为何曼德尔施塔姆在诗中写道："大地在浮动。勇敢些，男子汉……"② 实际上，在十月革命胜利之后的那段时期，曼德尔施塔姆将更多的精力放在了他所痴迷的历史文化上，几乎无暇顾及当下的时代生活，以至于有人认为他在逃避："他在革命爆发时和在文学争执中，一直是个局外人——这就使他成为当局眼中的怀疑对象，并最后导致了他的毁灭。"③ 这样的认识虽然有失偏颇，但也说明了曼德尔施塔姆确实没有太多地去关注当时波澜壮阔的时代变化。我们认为，作为曼德尔施塔姆诗歌传统的继承者之一，诗人布罗茨基对曼德尔施塔姆的悲剧命运所作的分析更具说服力："在诗歌中，如同在任何地方，精神上的优越总要在肉体的层次上遭遇抵抗。……我不认为格奥尔基·伊万诺夫1917年对曼德尔施塔姆诗歌的嘲笑以及与之形成呼应的

---

① 《Русская литература XX века》. Под редакцией В. П. Журавлева. М. : Просвещение, 2003. C. 82.

② *Гордин Я*. Перекличка во мраке. Санкт-Петербург, 2000. C. 57.

③ 马克·斯洛宁：《苏维埃俄罗斯文学》（1917—1977），蒲立民、刘峰译，上海译文出版社1983年版，第262页。

30 年代的官方放逐有什么特别之处，我更看重曼德尔施塔姆与各种大众化生产逐渐拉开的距离，尤其是语言上和心理上的距离。其结果是这样一种效果：其声音愈清晰，便愈显得不和谐。没有合唱队喜欢这声音，美学上的孤立需要肉体的容积。当一个人创建了自己的世界，他便成了一个异体，将对抗袭向他的各种法则：万有引力、压迫、抵制和消灭。曼德尔施塔姆的世界大得足以招来这一切袭击。我并不认为，若俄国选择了一条不同的历史道路，他的命运便会有什么不同。他的世界是高度自治的，难以被兼并。"①

1933 年，曼德尔施塔姆因为写了那首著名的讽刺斯大林的诗②，引起了一场风波。为此，布哈林曾在向斯大林请示工作的信笺中，貌似不经意地提出建议，希望斯大林关注此事。布哈林在信笺的最后写了这样一段话："再提一次关于曼德尔施塔姆的事情，由于曼德尔施塔姆被捕一事，鲍里斯·帕斯捷尔纳克彻底神经错乱了，此事却无人知晓。"斯大林在布哈林的信笺上批复道："谁给他们逮捕曼德尔施塔姆的权力？胡闹。"③ 经历过这件

———————

　① 布罗茨基：《文明的孩子》，刘文飞译，参见刘文飞《诗歌漂流瓶——布罗茨基与俄语诗歌传统》，浙江文艺出版社 1997 年版，第 173 页。

　② 即 1933 年 11 月曼德尔施塔姆创作的《我们活着，感觉不到国土在脚下……》："我们活着，感觉不到国土在脚下，/我们相距十步，听不见彼此对话，/有时候，只把话说到一半就必须/把克里姆林宫的山民提一下。/他的粗手指肥得像只蠕虫，/他的每句话像大秤砣那么准确无差，/他那蟑螂般的眼睛在讪笑，/他的皮靴筒子闪烁着光华。//他周围是一群细脖子领袖人物，/他在耍弄效劳卖命的半人半妖，/有的吹哨，有的哭啼，有的像猫叫，/只有他一个人胡言乱语，指手画脚/他下达命令如同分发蹄铁——/打在两腿中间，打在头顶、眼眶、眉梢。/处死的每个人都应当叫好，/赞美奥塞梯人的慷慨怀抱。"——参见乌兰汗《俄罗斯文学肖像》（诗歌卷），广西师范大学出版社 2007 年版，第 324 页。

　③ *Сарнов Б.* Сталин и писатели. М.：Эксмо, 2009. С. 364.

事之后，在 30 年代的后续诗歌中，能看出曼德尔施塔姆对自己的
行为已有悔过之意："实际上，在 30 年代的多首诗歌中（在著名
的《讽刺短诗》之后），有一种主题，表现出有罪、缘于困惑而
生的痛苦以及与国家争执而不知所措之感"①：

> 我亲爱的祖国在和我交谈，
>
> 她纵容我、责备我，却并不申斥我，
>
> 可我已经被激怒，像一个目击者，
>
> 她也突然醒悟，像一只朱雀，
>
> 点燃海军部的灯光……
>
> （汪剑钊 译）②

在 1935 年 6—7 月创作的组诗中，我们也能看到曼德尔施塔姆
对时代的态度。在这一组诗中，曼德尔施塔姆首先表示："我不希
望在温室里的青年中间/去兑换灵魂的最后一个铜板，/……/我喜
欢有红军皱褶的军大衣——"：

> 我应该活下去，呼吸，布尔什维克化，
>
> 自行工作，不理会那些传闻。
>
> 我在北极听到了苏维埃马达的轰鸣，
>
> 我记得一切：德国兄弟的脖子，
>
> 园丁和刽子手用罗累莱的百合梳

---

① *Чалмаев В.* Блуждающие сны Осипа Мандельштама. //*Мандельштам О. Э.*
Избранные стихотворения. М. : 《Олма-Пресс》, 2000. С. 42.

② 《曼杰什坦姆诗全集》，汪剑钊译，东方出版社 2008 年版，第 193 页。

来填充自己闲暇的时光。

（汪剑钊　译）①

　　1935 年，在他看过电影《夏伯阳》之后，曾发自肺腑地希望
将个人的名誉与时代结合起来，创作了诗歌《从湿漉漉的银幕上
传出声音》：

测量我，考验我，重新裁剪我——

铆定大地的热气多么神奇！

夏伯阳的步枪卡了壳——

帮帮忙，松开它，解开它！……②

（汪剑钊　译）

　　由于曼德尔施塔姆两度蒙冤入狱、被捕并遭到流放，这给人
一种印象，即他是革命和新政权的敌人。在分析他的生平和创作
时，一度曲解过他对十月革命、对斯大林所持的立场和态度。在
各种论调中，著名学者米哈伊尔·加斯帕罗夫由于考虑到了人民
对革命和斯大林的接受过程这一要素，他的见解更具说服力并得
到了更多的认同："……人民接受了这种制度，也接受了斯大林：
有人是因为对革命的记忆犹存，有人是受到催眠式宣传的影响，
有人则是因为愚钝而忍受。平民知识分子的传统不会让曼德尔施

---

① 《曼杰什坦姆诗全集》，汪剑钊译，东方出版社 2008 年版，第 193 页。

② 此处引用该诗的最后一个诗节，原文为：Измеряй меня, край, перекраивай-/
Чуден жар прикрепленной земли！/Захлебнулась винтовка Чапаева：/Помоги, развяжи,
раздели！译文全文参见《曼杰什坦姆诗全集》，汪剑钊译，东方出版社 2008 年版，第 195 页。

塔姆有这样的想法，即大家都跟不上形势，只有他能保持步调一致。沃罗涅日时期，曼德尔施塔姆创作的那些重要诗篇，正是表示接受的诗篇：先是对制度的接受，而后是对领袖的接受。在第一类诗歌中，居于核心的是 1935 年的《斯坦司》，让人联想到普希金 1826 年创作的《斯坦司》。在第二类诗歌中，居于核心的是所谓的斯大林颂歌，写于 1937 年，能让人联想到 *Tristia* 中提到过的奥维德①对奥古斯都的颂扬"。②

加斯帕罗夫提到的这首颂歌，是 1937 年 1—2 月写成的（当时诗人仍在沃罗涅日流放），但直到 1989 年才公开发表。在这首诗中，诗人以豪迈而高亢的语调提到了斯大林、列宁等名字，感叹列宁和斯大林所开创的事业之宏伟！在下面节选的片段中，诗人称斯大林为斗士：

> 艺术家，要注意保护好斗士：
> 以湿润的注意力之潮湿的蓝色针叶林
> 围绕他的全身。不要用恶魔的形象
> 和贫乏的思想来令他伤心，
> 艺术家，帮帮那个人，他全身心与你在一起，
> 他在思考、感受和建设。
> 不是我，也不是其他人——人民才是他的至亲——
> 人民—荷马在三倍地赞美。

---

① 奥维德是古罗马诗人，作品有《变形记》《岁时记》《爱的艺术》《哀怨集》《黑海书简》等。在奥维德创作《岁时记》时，奥古斯都曾亲自下令，将奥维德流放到黑海之滨。流放中的奥维德给奥古斯都等写信，自认有罪，并对奥古斯都进行颂扬。

② *Гаспаров М.* Избранные статьи. М. : НЛО, 1995. С. 361.

> 艺术家，要注意保护好斗士——
>
> 人类森林密集地跟在他身后，
>
> 未来本身——就是智者的侍卫，
>
> 愈加经常、愈加勇敢地听从他的指示。①

1933 年写出那首讽刺诗，但随后又创作了为数不少的诗作来表示对时代的认同，这让人觉得曼德尔施塔姆的表现反常。但如果将曼德尔施塔姆 1933 年之前的诗歌考虑进来，就能看到他对时代所持的立场（譬如 1918 年创作的《自由的黄昏》），进而便能认识到曼德尔施塔姆立场的一贯性。就曼德尔施塔姆对斯大林态度的变化，或许应该从另一个方面去看，即不排斥曼德尔施塔姆对斯大林有了新的认识。

迈科夫斯基是白银时代和十月革命的亲历者，他认为白银时代的精英们当时也在思考文化的复兴和国家的未来这样的问题："白银时代，作为一个反叛的、寻神性质且将美挂在嘴边的时代，至今并没有被遗忘。……它孕育着新的俄罗斯，……不同于精神空虚和奴性的俄罗斯。"② 对于革命前的知识分子而言，文化复兴是当年维切亚斯拉夫·伊万诺夫"塔楼"里参与讨论的人们共同关切的主题，而曼德尔施塔姆也曾是光顾"塔楼"的常客。将文化复兴当作"塔楼"参与者的梦想，有人进而将白银时代看作一种设计和虚构。基于同样的研究策略和视角，有人指出，十月革命实际上在一定程度上实现了空想性质的现代主义蓝图。在《作

---

① 汪剑钊：《曼杰什坦姆诗全集》，东方出版社 2008 年版，第 343 页。

② *Омри Ронен Серебряный век как умысел и вымысел.* М.：ОГИ，2000. С. 36.

为一种文体的斯大林》一书的作者鲍里斯·戈罗伊斯看来，斯大林的极权主义改变了生活，而斯大林用来替换生活本身的是"统一的艺术设计，在这个蓝图中现实与艺术是同一的，由此，全部的苏联生活可视作一部完整的艺术作品"。① 从创作于 1937 年的《颂歌》来看，在曼德尔施塔姆对斯大林的认识上存在着同样的倾向。

从曼德尔施塔姆的全部创作来看，十月革命之后，他便逐渐回到了自己所痴迷的历史文化之中："如果说帕斯捷尔纳克是通过大自然走向了自由之路，那么，对于曼德尔施塔姆来说，首先是经由文化。"② 在曼德尔施塔姆漫步于人类历史文化长廊之际，他与现实生活保持着密切联系，并没有钻进故纸堆，而是将现实生活的零碎记忆都放进了文化历史的网格之中。1937 年 1 月 21 日，曼德尔施塔姆从暂时居住的沃罗涅日寄给蒂尼亚诺夫一封信，信中曾不无谦逊地总结了自己的诗歌。可以说，曼德尔施塔姆通过这封信言简意赅地概括了自己的艺术追求和所取得的成就，朴素的话语中透着无比的自信："已经四分之一个世纪了，我不分轻重，闯入了俄国诗歌；但是很快我的诗就会与之合流，在它的结构和成分中带来一些变化"③。

---

① *Гройс Б*. Утопия и обмен. М. , 1993. С. 6.

② *Гордин Я*. Перекличка во мраке. Санкт-Петербург, 2000. С. 98.

③ Мандельштам Н. Я. Третья книга. М. : Аграф, 2006. С. 209.

结　语

1922 年诗人曼德尔施塔姆创作过一首诗，名为《世纪》。时至今日，读起来仍让人为其豪迈而动情。在改天换地的特定历史时期，曼德尔施塔姆以敏锐的目光和天才般的预感，洞察到了他所生逢时代的不足，并以牺牲个人为代价，自愿承担起时代和艺术赋予一位诗人的使命。在这首荡气回肠的诗歌中，曼德尔施塔姆这样写道：

> 我的世纪，我的猛兽，
>
> 有谁能正视你的双眼，
>
> 并用自己的一腔鲜血
>
> 把两个世纪的脊柱粘连？[①]

在同一年，曼德尔施塔姆还撰写了文学评论文章《十九世纪》。站在新世纪的门槛上，诗人就俄罗斯文化的未来发展，提

[①] 顾蕴璞：《时代的"弃儿"，历史的骄子》，载《外国文学评论》1990 年第 4 期。

出了独到的见解："至于这个新的世纪，这个宏大而又不屈不挠的世纪，我们都是拓荒者。让 20 世纪欧化，使之具有人道主义因素，用神学的体温使之变暖，这正是 19 世纪遭受失败而被命运抛落到历史新大陆上的人们的任务。"①

在今天看来，曼德尔施塔姆的使命得到了人们的认可，而且他的诗歌创作观对俄国诗歌的后来发展的确意义非凡，他在包括诗歌用词、结构安排等方面的创新，在布罗茨基等后辈诗人中都得到了继承与发扬②（全面而详尽的统计与分析，可参见俄国学者祖波娃的专著《语言历史语境中的当代俄国诗歌》）。B. 巴巴耶夫斯基长期致力于俄国诗歌传统研究，他认为，20 世纪 20—70 年代的诗歌沿着现代主义的诗歌传统而继续发展，可以划分出来三条脉络。第一条脉络源自阿克梅派，也可以说是彼得堡脉络，主要继承安年斯基、勃洛克、阿赫玛托娃、曼德尔施塔姆的经验；第二条线自未来派延展开去，也可以说是莫斯科脉络，主要借鉴赫列勃尼科夫、帕斯捷尔纳克、马雅可夫斯基、茨维塔耶娃的经验；第三条线是农民诗歌，主要沿袭克留耶夫、叶赛宁。20 世纪中叶的每一位诗人身上，都可追溯到上述某种脉络的影响。参照这种分类，后来的布罗茨基、B. 索科洛夫、A. 库施奈尔、O. 丘洪采夫可算作沿袭阿克梅传统的派系；叶甫图申科、沃兹涅先斯基、Д. 萨莫伊洛夫、Ю. 库兹涅佐夫——沿袭未来派传统；C. 维库洛夫、B. 索洛乌欣、O. 福金、H. 特里亚普金、H.

<hr>

① *Мандельштам О. Собрание сочинений. В 4-х томах. М. : Арт-Бизнес-Центр,* 1993. Т. 2. С. 271.

② *Зубова Л. В. Современная русская поэзия в контексте истрии языка. М. : Новое* литерарурное обозрение, 2000.

鲁勃佐夫——沿袭叶赛宁等人的乡村诗歌传统。①

我们看到，曼德尔施塔姆的诗歌理论以及创作成就，对俄国诗歌产生了深远的影响。从特殊的时代背景看，曼德尔施塔姆的诗学主张发挥着一种承前启后、拯救文化免于断裂的作用。

在以上分析与研究的基础上，我们可以得出结论：

（一）曼德尔施塔姆的"词与文化"创作观独具品格，不能用阿克梅派的诗学构架去简单框定和诠释，其诗歌创新的理论是整合柏格森哲学、形式主义诗学而成。曼德尔施塔姆"词与文化"观的核心内容是有机联系论，作者、作品以及读者的定位和作用呈现出新的面貌，是基于俄国诗歌传统的创新。曼德尔施塔姆的诗歌创作所追求的效果是：每一个词都携带着不同时代所赋予的各种含义，在组织句子时，通过激活词的多重含义，使其和其他的词之间产生更广泛而富有深度的呼应和共鸣，使诗句获得新的感染力。诗人擅长借助诗行的结构，使一个最普通的词获得最丰富的含义，仿佛每一个词都具有色、香、味，可以看得见，摸得着。不管是对语词的把握与运用，还是对诗歌内部结构的革新，曼德尔施塔姆的诗歌创新都表现为由传统的"作诗"走向了"建造诗"。②

（二）"词与文化"观旨在促进世界不同文化的交流与共生，追求和谐，具有超越宗教、民族、文化、时间和空间等的开放性，因而不能简单地认为其诗歌以欧化为特征。俄国诗人艾基认为，

---

① *Большев А. О.*, *Васильева О. В.* Современная русская литература. СПб, 2000. С. 105.

② *Басинский П.* Искусство стихостроения. // Мандельштам О. Э. Стекла вечности: Стихотворения. М.: Эксмо-Пресс, 1999. С. 367—368.

曼德尔施塔姆代表着欧化倾向的诗歌，那他为何又严守经典俄语诗歌的诗行结构、韵律规范呢？他固然熟悉古希腊罗马文化，但诗歌和散文中充斥的古希腊罗马文化标志，并不是单纯地反映其喜好，而是因为这两种文化的确是人类文明史上的丰碑，尤其对于欧洲，有重要的借鉴价值；我们也不难看到，在他的作品中，斯拉夫文化元素（人名、地名、建筑、纪念碑、彼得堡的每一处标志性建筑，如海军部大厦等）同样随处可见。

（三）恢复曼德尔施塔姆作为"革命的债务人"的自我定位，肯定其为革命准备"此刻还不需要的礼物"的志向，从而纠正以往研究中的意识形态化倾向。由于他的"不谙世事"而两次被捕入狱，更容易被贴上"意识形态"标签。实际上，正如他自己曾经声明的那样，虽不关心当下的"革命"，更关心自己所嗜好的历史文化现象，但他坚信自己所做的维系文化统一的努力对革命的未来有好处。也正是因此，他才会被白匪、孟什维克、布尔什维克等阵营轮番抓捕，误认为他是另一方的奸细。简而言之，当时，诗人曼德尔施塔姆并不关心时事，作为"文明的孩子"，他有单纯而幼稚的一面，认为找到了自己要做的事情，且能让俄罗斯文化免于断裂，便心无旁骛地热衷于文化研究和诗歌创新。

总体说来，对于俄罗斯诗歌而言，曼德尔施塔姆的努力是一种基于传统的开拓性创新：强调审美与人道主义目标，不追求艺术对社会的直接有用性，致力于促成不同时空、不同领域、不同现象之间的有机联系，立足尘世生活，创造人类社会各民族文化的和谐之美。

参考文献

阿格诺索夫：《二十世纪俄罗斯文学》，凌建侯等译，中国人民大学出版社 2001 年版。

阿格诺索夫：《白银时代俄国文学》，石国雄、王加兴译，译林出版社 2001 年版。

爱普施坦：《哈西德派和塔木德派：帕斯捷尔纳克与曼德尔施塔姆创作比较研究》（1），李志强译，载《俄罗斯文艺》2010 年第 4 期。

巴尔蒙特：《象征主义诗歌简述》（1907），程海容译，载《俄罗斯文艺》1998 年第 2 期。

伯林：《苏联的心灵》，潘永强、刘北成译，译林出版社 2010 年版。

柏格森：《创造进化论》，肖聿译，华夏出版社 2000 年版。

柏格森：《时间与自由意志》，吴士栋译，商务印书馆 2002 年版。

别尔嘉耶夫：《俄罗斯思想》，雷永生、邱守娟译，生活·读书·新知三联书店 1995 年版。

别尔嘉耶夫等：《哲学船事件》，伍宇星编译，花城出版社 2009 年版。

北岛：《时间的玫瑰》，中国文史出版社 2005 年版。

北岛：《说曼德尔施塔姆的诗〈无题〉》，载《名作欣赏》2006 年第 8 期。

北岛：《北岛说曼德尔施塔姆的诗〈列宁格勒〉》，载《名作欣赏》2006 年第 9 期。

《贝壳——曼德尔施塔姆诗选》，智量译，外国文学出版社 1991 年版。

布罗茨基：《从彼得堡到斯德哥尔摩》，王希苏、常晖译，漓江出版社 1991 年版。

布雷德伯里、麦克法兰：《现代主义》，胡家峦等译，上海外语教育出版社 1992 年版。

布洛克曼：《结构主义：莫斯科——布拉格——巴黎》，李幼蒸译，商务印书馆 1980 年版。

查尔斯·霍默·哈斯金斯：《12 世纪文艺复兴》，夏继果译，上海人民出版社 2005 年版。

《第四散文：曼德尔施塔姆随笔集》，安东译，学林出版社 1998 年版。

弗雷德里克·詹姆逊：《语言的牢笼、马克思主义与形式》，钱佼汝、李自修译，百花洲文艺出版社 1997 年版。

戈宝权：《马雅可夫斯基研究》，武汉大学出版社 1980 年版。

葛兆光：《汉字的魔方》，辽宁教育出版社 1999 年版。

格·伊万诺夫：《彼得堡的冬天》，贝立文、章昌云译，学林出版社 1999 年版。

顾蕴璞：《时代的"弃儿"，历史的骄子》，载《外国文学评论》1990 年第 4 期。

哈利泽夫：《文学学导论》，周启超、王加兴等译，北京大学出版
　　社 2006 年版。

哈耶克：《科学的反革命》，冯克利译，译林出版社 2003 年版。

胡学星：《曼德尔施塔姆的历史文化观》，载《国外文学》1999
　　年第 3 期。

胡学星：《一首诗中隐藏的世界观——试析曼德尔施塔姆的〈拉
　　马克〉》，载《俄罗斯文艺》2008 年第 1 期。

胡学星：《试论马雅可夫斯基与曼德尔施塔姆的诗歌创新》，载
　　《中国俄语教学》2008 年第 3 期。

胡学星：《巧用诗歌意象之间的间隔——曼德尔施塔姆的诗歌奥
　　秘简析》，载《解放军外国语学院学报》2008 年第 6 期。

胡学星：《古米廖夫所译中国组诗〈瓷亭〉之准确性》，载《山东
　　外语教学》2011 年第 6 期。

黄灿然：《英语文体的变迁》，载《读书》1996 年第 5 期。

霍达谢维奇：《大墓地——霍达谢维奇回忆录》，袁晓芳、朱霄鹂
　　译，学林出版社 1999 年版。

霍达谢维奇：《摇晃的三脚架》，隋然、赵华译，东方出版社 2000
　　年版。

伽莫夫：《从一到无穷大：科学中的事实和臆测》，暴永宁译，科
　　学出版社 2002 年版。

克利福德·格尔茨：《文化的解释》，韩莉译，译林出版社 1999
　　年版。

林贤治、章德宁主编：《记忆》第 4 辑，中国工人出版社 2002 年版。

刘文飞：《二十世纪俄语诗史》，社会科学文献出版社 1996 年版。

刘文飞：《诗歌漂流瓶》，浙江文艺出版社 1997 年版。

卢多维科·加托：《帝国时代：中世纪》，夏方林译，四川人民出版社 2000 年版。

《马克思恩格斯和文学问题》，郭值京等译，上海译文出版社 1984 年版。

马克·斯洛宁：《苏维埃俄罗斯文学》（1917—1977），蒲立民、刘峰译，上海译文出版社 1983 年版。

《曼德尔施塔姆随笔选》，黄灿然等译，花城出版社 2010 年版。

曼德尔施塔姆：《语言的本源》，韩世滋译，载《俄罗斯文艺》1997 年第 1 期。

曼德尔施塔姆：《时代的喧嚣》，刘文飞译，云南人民出版社 1998 年版。

《曼杰什坦姆诗全集》，汪剑钊译，东方出版社 2008 年版。

彭克巽主编：《苏联文艺学学派》，北京大学出版社 1999 年版。

任光宣：《俄罗斯文化十五讲》，北京大学出版社 2007 年版。

什克洛夫斯基：《散文理论》，刘宗次译，百花洲文艺出版社 1994 年版。

特伦斯·霍克斯：《结构主义和符号学》，瞿铁鹏译，上海译文出版社 1987 年版。

王加兴、王生滋、陈代文：《俄罗斯文学修辞理论研究》，黑龙江人民出版社 2009 年版。

汪介之：《远逝的光华——白银时代的俄罗斯文化》，译林出版社 2003 年版。

王立业主编：《洛特曼学术思想研究》，黑龙江人民出版社 2006 年版。

维·伊万诺夫：《对于象征主义的见解》（1912），载《俄罗斯文艺》1998 年第 2 期。

乌兰汗：《俄罗斯文学肖像》（诗歌卷），广西师范大学出版社
　　2007 年版。

乌兰汗：《俄罗斯文学肖像》（散文卷），广西师范大学出版社
　　2007 年版。

叶夫多基莫夫：《俄罗斯思想中的基督》，杨德友译，学林出版社
　　1999 年版。

余振：《马雅可夫斯基诗歌精选》，北岳文艺出版社 2000 年版。

约翰·赫伊津哈：《中世纪的衰落》，刘军等译，中国美术学院出
　　版社 1997 年版。

查晓燕：《普希金："动态的经典"——兼议"诗学流亡"中的阿
　　赫玛托娃、茨维塔耶娃和曼德尔施塔姆》，载《北京大学学
　　报》（哲学社会科学版）1999 年第 S1 期。

张冰：《白银时代：俄国文学思潮与流派》，人民文学出版社 2006
　　年版。

张建华、任光宣、余一中：《俄罗斯文学选集》，外语教学与研究
　　出版社 1998 年版。

张建华、王宗琥主编：《20 世纪俄罗斯文学：思潮与流派》，外语
　　教学与研究出版社 2012 年版。

郑体武：《危机与复兴：白银时代俄国文学论稿》，四川文艺出版
　　社 1996 年版。

郑体武：《曼德尔施塔姆的早期创作》，载《外国文学研究》1998
　　年第 2 期。

郑体武：《俄国现代主义诗歌》，上海外语教育出版社 1999 年版。

郑体武：《俄罗斯文学简史》，上海外语教育出版社 2006 年版。

周宪：《文化表征与文化研究》，北京大学出版社 2007 年版。

周启超：《俄国象征派文学研究》，社会科学文献出版社 1993 年版。

周启超：《白银时代俄罗斯文学研究》，北京大学出版社 2003 年版。

曾思艺：《俄国白银时代现代主义诗歌研究》，湖南人民出版社 2004 年版。

Аврутин М. Мандельштамовские перпендикуляры（к 120-летию со дня рождения）. Семь искусств，2011，№1.

Амелин Г. Г. , *Мордерер В. Я.* Миры и столкновенья Осипа Мандельштами. М. : Языки русской культуры，2000.

Баевский В. С. История русской поэзии：1730—1980 гг. Смоленск： Русич，1994.

Белый А. Луг зеленый. М. , 1910.

Большев А. О. , *Васильева О. В.* Современная русская литература. СПб，2000.

Бурлюк и др. Пощечина общественному вкусу. Литетатурные манифесты：От символизма до «Октября»/Сост. Н. Л. Бродский и Н. П. Сидоров. М. : « Аграф »，2001.

Бухштаб Б. Поэзия Мандельштама//Вопросы литературы. 1989. №1.

Гаспаров Б. М. Литературные лейтмотивы. Очерки по русской литературе XX века. М. , 1993.

Гаспаров М. Избранные статьи. М. : НЛО，1995.

Гаспаров М. Л. О. Мандельштам：гражданская лирика 1937 года. М. : РГГУ，1996.

Гордин Я. Перекличка во мраке. Санкт-Петербург，2000.

Гройс Б. Утопия и обмен. М. , 1993.

Делекторская И. Б. Мандельштамовское общество (Москва) . Записки Мандельштамовского общества. Т. 11. О. Э. Мандельштам, его предшественники и современники. М. , 2007.

Дзюбенко М. А. Сохрани мою речь. Вып. 3. Часть 2. Москва, 2000.

Жирмунский В. Поэтика русской поэзии. Санкт-Петербург：Азбука-классика, 2001.

Заславский П. Д. Вещь в стихотворении после акмеизма О. Э. Мандельштама. Воронеж, 2007.

Зубова Л. В. Совеременная русская поэзия в контексте истрии языка. М. : Новое литерарурное обозрение, 2000.

Иванов Вяч. Борозды и межи. М. , 1916.

Иванов В. И. Родное и вселенское. М. , 1994.

Карпов А. С. Осип Мандельштам. Жизнь и судьба, М. , 1998.

Кихней Л. Г. Философско-эстетические принципы акмеизма и художественная практика Осипа Мандельштама. М. : Диалог-МГУ, 1997.

«Концерт на вокзале» О. Мандельштама: пять разборов. //Вестник ПСТГУ III: Филология 2008. Вып. 2 (12) .

Ласунский О. Г. Жизнь и творчество О. Э. Мандельштама. Воронеж, 1990.

Лекманов О. А. Мандельштам и античность. М. : ТОО "Радикс", 1995.

Лекманов О. А. Книга об акмеизме и другие работы. Томск:

Издательство «Водолей», 2000.

Лекманов О. Осип Мандельштам. М.: Молодая гвардия, 2009.

«Литературные манифесты: От символизма до ⟨Октября⟩». М., 2001.

Лифшиц Г. М. Многозначное слово в поэтической речи: История слова "ночь" в лирике О. Мандельштама. М., 2002.

Лотман М. Ю. Мандельштам и Пастернак. Таллинн, 1996.

Лотман Ю. Избранные статьи: В 3 т. Таллинн: Александра, 1992. Т. 1.

Лотман Ю. Осип Мандельштам: поэтика воплощенного слова. См.: Классицизм и модернизм: Сборник статей/Редколлегия: И. Аврамец, П. -А. Енсен, Л. Киселева и др. Тарту, 1994.

Маковский С. Портреты современников. М.: Аграф, 2000.

Мандельштам Н. Я. Третья книга. М.: Аграф, 2006.

Мандельштам Н. Воспоминания. М., 1999.

Мандельштам О. Сочинения в 4-х томах. М.: ТЕРРА, 1991.

Мандельштам О. Э. Слово и культура. М.: Советский писатель, 1987.

Мандельштам О. Э. Собрание сочинений в 4 т. М.: Арт-Бизнес-Центр, 1999. Т. 1.

Мандельштам О. Э. Собрание сочинений в 4 т. М.: Арт-Бизнес-Центр, 1993. Т. 2.

Мандельштам О. Э. Собрание сочинений в 4 т. М.: Арт-Бизнес-Центр, 1994. Т. 3.

Мандельштам О. Э. Собр. соч. В 3 томах. Washington: Inter-Language Literary Associates, 1967. T. 3.

Мандельштам О. Избранные стихотворения. М. : ОЛМА-ПРЕСС, 2000.

Мандельштам О. Э. Избранное. Смоленск: Русич, 2000.

Мандельштам О. Камень. Л. , 1990.

Мандельштам О. Проза поэта. М. : Вагриус, 2000.

Мандельштам О. Э. Слово и культура. М. : Советский писатель, 1987.

Мандельштам О. Э. Стекла вечности: Стихотворения. М. : Эксмо-Пресс, 1999.

Мандельштам О. Шум времени. Санкт-Петербург: Издательство «Азбука», 1999.

Мандельштам О. Шум времени. СПб. : Издательский Дом "Азбука-классика", 2007.

Мандельштама О. «"Отдай меня, Воронеж..."». Воронеж, 1995.

Маяковский В. В. Полное собрание сочинений: В 13 т. М. , 1955—1961.

Мережковский Д. С. Полн. соб. соч. : В 24 т. Т. 18. М. , 1914.

Меркель Е. В. Концепция слова и проблемы семантической поэтики Осипа Мандельштама. М. , 2002.

Минералова И. Г. Русская литература серебряного века (поэтика символизма). М. : Издательство Литературного института им. : А. М. Горького, 1999.

Мицишвили. Пережитое. Тбилиси, 1963.

Нерлер П. М. О. Э. Мандельштам. "И ты, Москва, сестра моя, легка. . . " М. , 1990.

Нерлер П. М. "Сохрани мою речь. . . " (К 100-летию со дня рождения О. Э. Мандельштама) М. , 1991.

Нерлер П. М. Осип Мандельштам в Гейдельберге. М. , 1994.

Нечепорук Е. И. Осип Мандельштам и его время. М. , 1995.

Омри Ронен Серебряный век как умысел и вымысел. М. : ОГИ, 2000.

Панова Л. Г. « Мир », « пространство », « время » в поэзии Осипа Мандельштама. М. : Языки славянской культуры, 2003.

« Парадоксы русской литературы ». Под редакцией Владимира Марковича и Вольфа Шмида. СПб: Инапресс, 2001.

Попов Е. А. Эволюция культурфилософских взглядов О. Э. Мандельштама. //Известия Уральского государственного университета, 2007. №53.

Потебня А. А. Из записок по теории словесности. Харьков, 1905.

« Пощечина общественному вкусу ». М. , 1912.

Райс Э. М. Творчество Осипа Мандельштама//Мандельштам О. Э. Собр. соч. В 3 томах. Washington: Inter-Language Literary Associates, 1967.

Рапацкая Л. А. Нискусство « серебряного века », М. : Просвещение « Владос », 1996.

Рассадин С. Б. Очень простой Мандельштам. М. , 1994.

« Русская литература XX века ». Под редакцией В. П. Журавлева.

М. : Просвещение, 2003.

《 Русские писатели, XX век 》. Биобиблиогр. слов. : В 2 ч. Ч. 2. Редкол. : Н. А. Грознова и др. М. : Просвещение, 1998.

Сарнов Б. М. Заложник вечности. Случай Мандельштама. М. : Аграф, 2005.

Сарнов Б. Сталин и писатели. М. : Эксмо, 2009.

Семенко И. М. Поэтика позднего Мандельштама. М. , 1997.

Тарановский К. Ф. О поэзии и поэтике. М. : Языки русской культуры, 2000.

Тюпа В. И. Творчество Мандельштама и вопросы исторической поэтики. Кемерово: КГУ, 1990.

Тютчев Ф. И. Избранное, Ростов-на-Дону, 1996.

Успенский Ф. Б. Три догадки о стихах Осипа Мандельштама. М. : Языки славянской культуры, 2008.

Фролов Д. В. О ранних стихах Осипа Мандельштама. М. : Языки славянских культур, 2009.

Ханзен-Лёве Оге А. Русский формализм: Методологическая реконструкция развития на основе принципа остранения. М. : Языки русской культуры, 2001.

Шкловский В. Б. Гамбургский счет. М. : Советский писатель, 1990.

Якобсон Р. О. Работы по поэтике. М. : Прогресс, 1987.

Якунин А. В. Концепция парадокса в художественном сознании О. Э. Мандельштама. Комсомольск-на-Амуре, 2007.